Jutta Wilke

Wie ein Flügelschlag

Über zwölf Jahre war Jutta Wilke selbstständige Anwältin für Familienrecht. Nach der Geburt ihres fünften Kindes hängte sie die Robe an den Nagel, um sich ganz ihrer Großfamilie zu widmen. Als dann auch der jüngste Spross einen Kindergartenplatz ergattern konnte, beschloss Jutta Wilke, noch einmal ganz neu durchzustarten und endlich das zu machen, wovon sie ihr Leben lang geträumt hatte: Kinderbuchautorin zu werden.
Für »Wie ein Flügelschlag« erhielt sie ein Stipendium des Hessischen Ministeriums für Wissenschaft und Kultur.

Jutta Wilke

Wie ein Flügelschlag

Thriller

Ravensburger Buchverlag

Als Ravensburger Taschenbuch
Band 58461
erschienen 2014

MIX
Aus verantwortungsvollen Quellen
FSC® C114500

Für Mimus, meinen Lehrer, Mentor und Freund

1 2 3 4 17 16 15 14

Ungekürzte Lizenzausgabe
mit freundlicher Genehmigung des Coppenrath Verlags, Münster

Text: Jutta Wilke,
vertreten durch: Literatur Agentur Hanauer, München
Umschlaggestaltung: Martina Eisele,
unter Verwendung von Fotos von
© Garry Gay/Photographers's Choice/Getty Images;
© Quang Ho/Shutterstock

Postfach 18 60, 88188 Ravensburg

Printed in Germany

ISBN 978-3-473-58461-1

www.ravensburger.de

Ich habe unter Wasser gelernt
zu atmen.
Da sind mir Flügel gewachsen.
So habe ich Vögel zu Brüdern
und Fische zu Schwestern bekommen.

Dorothea Reinecke

Ich war fünf, als ich fliegen lernte.

Ich schlüpfte aus den Armen meiner Mutter, die im hüfthohen Wasser stand, wand mich unter dem Seil hindurch und flatterte davon wie ein kleiner Vogel. Kein Boden mehr unter den Füßen und keine Hände mehr, die mich umklammerten. Über mir der Himmel und unter mir nichts als Wasser.

Erst als meine Mutter schrie, ich solle sofort zurückkommen, wurde mir klar, dass ich frei war. Meine Mutter konnte nicht schwimmen.

Und sie kann es bis heute nicht …

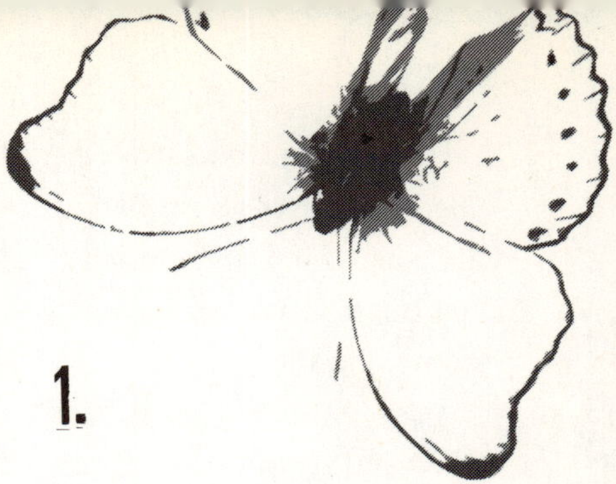

1.

Montag, 25. Januar

Wenn ich hier fertig bin, bringe ich sie um. Eigenhändig.

Noch vierundzwanzig Runden.

I came to win, to fight …

Rihanna in meinen Ohren gibt mir den Takt vor.

Noch dreiundzwanzig Runden.

»He, Jana. Viel Spaß noch!«

Ich beiße die Zähne zusammen. Drehe die Lautstärke höher.

I came to fly …

Halt dich da raus, Nora. Sonst bring ich dich gleich mit um.

Noch zweiundzwanzig Runden.

Ich schaue den anderen nach. Meine Finger sind steif vor Kälte.

So gut es geht, ziehe ich die Ärmel meines Sweatshirts über die geballten Fäuste. Meine Handschuhe sind spurlos verschwunden. Wieder mal.

»Heute gibt's Rührei. Soll ich deine Portion gleich mitessen?«

Bea. Die frisst doch sowieso schon für drei. Nur nicht reagieren. Laufen. Einfach weiterlaufen und nicht hinhören. Die anderen interessieren mich nicht. Mir geht es nur um Melanie. Melanie Wieland.

Noch einundzwanzig Runden.

Sie hatte versprochen zu kommen. Hatte versprochen, mir zuzuhören. Die halbe Nacht habe ich wach gelegen, mir die Worte zurechtgelegt, einen Ausweg gesucht. Aber es gibt nur diese eine Möglichkeit.

Noch zwanzig Runden.

Wir hatten nicht miteinander gesprochen, aber ihre SMS war eindeutig. *Okay, lass uns reden. Ich komme zur Bushaltestelle. Mel*

Die anderen trafen sich auf dem Schulhof. Die Haltestelle war eine gute Idee. Dort in dem Wartehäuschen würde uns niemand sehen.

Ich war bereit gewesen. Hatte meine Entscheidung getroffen. Fragte mich inzwischen sogar, warum ich so lange dafür gebraucht hatte.

Ich hasse dieses Stadion. Es ist stockdunkel. Flutlicht gibt es nicht. Und der Untergrund ist vereist vom festgetretenen Schnee. Zehn Kilometer hat Drexler mir aufgebrummt. Zehn Kilometer, hübsch aufgeteilt in 400-Meter-Runden. Sechs habe ich schon hinter mir. Fehlen nur noch neunzehn Runden auf dieser verdammten Bahn.

Mein Atem malt weiße Wolken in die Luft. Der Schnee knirscht unter meinen Füßen. Es ist immer noch dunkel, und ich muss höllisch aufpassen, dass ich nicht ausrutsche.

Noch achtzehn Runden.

»Geht's ein bisschen flotter? Was soll das werden? Ein Winterspaziergang?«

Drexler. Der Duft von frischem Kaffee steigt mir in die Nase. Verdammt. Wo hat der Kerl jetzt einen Kaffee her?

Ich ziehe das Tempo ein wenig an.

Noch siebzehn Runden.

Es fängt an zu dämmern. Die Ersten kommen aus dem Wohntrakt, frisch geduscht, die Klamotten gewechselt.

In der Mensa brennt Licht.

»Ich gehe jetzt frühstücken. Du läufst die zehn zu Ende. Und pass auf, dass du nicht einschläfst dabei.«

Ich schlucke meine Antwort hinunter. Mit dir lege ich mich nicht an. Noch nicht. Erst will ich mit Melanie reden.

»Nächstes Mal kommst du pünktlich zum Morgentraining. Dafür sorge ich schon, Jana Schwarzer.«

Ich erreiche die Kurve und höre Drexlers Stimme nur noch im Rücken. Sie berührt mich nicht. Soll er toben.

Wenn er erfährt, was ich Melanie sagen will, wird er noch viel mehr toben. In meinem MP3-Player hat Nicki Minaj übernommen. Singt gegen Rihanna an.

I wish today it will rain all day …

Noch sechzehn Runden.

Melanie. Vermutlich liegt sie noch zu Hause im Federbett und träumt von Pokalen. Es kommt häufiger vor, dass sie das Morgentraining schwänzt. Die Externen nehmen es mit dem Frühsport nicht so genau. Melanie musste noch nie Strafrunden laufen. Dafür sorgt ihr Vater schon.

Noch fünfzehn Runden.

Ich habe kein Problem damit, vor dem Frühstück zu trainieren. Meistens bin ich sowieso schon wach und die Waldläufe machen mir Spaß. Im Wald ist es anders als auf der Bahn. Vor allem im Winter. Die Stämme der grauen Bäume glitzern jetzt silbern in der Dunkelheit. Der Frost der letzten Nacht hat alles mit einer schützenden Haut überzogen. Ich stelle mir vor, einer von ihnen zu sein. Stark und unbeweglich …

Auch heute war ich früh wach, stand wie vereinbart pünktlich am Bushäuschen und habe gewartet. Wer nicht kam, war Mel. Bis mir endlich klar wurde, dass sie mich einfach versetzt hat, war Drexler mit den anderen längst weg. Ich hab noch versucht, Mel auf dem Handy zu erreichen. Ohne Erfolg. Schließlich hab ich nichts mehr gemacht. Nur gewartet. Als Drexler mit der Gruppe aus dem Wald zurückkam und mich mit Kopfhörern im Ohr an der Bushaltestelle sitzen sah, ist er explodiert. Hat total die Kontrolle verloren und rumgeschrien. Die anderen standen dabei und grinsten. Dann hat mich Drexler auf die Bahn geschickt.

Noch vierzehn Runden.

Der Schweiß läuft mir übers Gesicht, meine Kopfhaut juckt unter der Wollmütze. Ich wische mir mit dem Ärmel über die Augen. Mit jedem Atemzug strömt eisige Luft in meine Lungen.

Noch dreizehn Runden.

Das Erste, was ich sehe, ist ein blaues Leuchten. Der Schnee unter meinen Füßen flackert rhythmisch auf.

Blau – weiß – blau – weiß.

Ich passe mein Lauftempo dem Farbwechsel an.

Links – rechts – links – rechts.

Dann sehe ich den Krankenwagen. Er steht auf dem Schulhof und sein Blaulicht spiegelt sich in den Fenstern. Neben dem Krankenwagen hält ein weiteres Auto. Ich werde langsamer.

Noch zwölf Runden.

Zwei Männer steigen aus dem Auto. Erste Gesichter tauchen hinter den Scheiben der Mensa auf. Kurz darauf verschwinden sie wieder und die Jalousien werden zugezogen. Die Männer laufen zum Hallenbad. Die Sanitäter holen eine Trage aus dem Krankenwagen.

Noch elf Runden.

Drexler sprintet aus der Mensa. Ich fange an zu gehen. Bernges erscheint jetzt auch auf dem Schulhof, will ebenfalls zum Hallenbad. Ich bleibe stehen. Was hat er dort zu suchen?

Ich warte darauf, dass mein Atem sich beruhigt.

Immer noch elf Runden.

Im Hallenbad wird es hell. Jemand hat Licht gemacht. Die Putzfrau. So früh am Morgen kann höchstens die Putzfrau in der Halle sein. Vielleicht ist sie ausgerutscht. Deshalb der Krankenwagen. So muss es sein.

Ich verlasse die Bahn und gehe langsam zum Schulhof hinüber. Niemand sagt etwas dagegen. Keiner hält mich auf und schickt mich zurück. Hinter den Jalousien ist es still. Eine Putzfrau ist uninteressant.

Ich könnte jetzt auch frühstücken gehen. Drexler hat mich längst vergessen. Ich sollte beruhigt sein, dass es nur um eine Putzfrau geht, die zu unvorsichtig war und auf dem nassen Hallenfußboden ausgerutscht ist.

Aber was wollen Drexler und Bernges in der Halle? Und was

sind das für Männer? Der eine könnte ein Notarzt sein? Und der andere?

Ich wiederhole mein Mantra: nur eine Putzfrau, nur eine Putzfrau. Gleich werden die Sanitäter mit der Trage herauskommen, die Putzfrau in den Krankenwagen schieben und ich kann endlich frühstücken.

Mein Kopf sagt mir, ich soll jetzt rübergehen und die Reste vom Rührei essen, solange es noch warm ist. Meine Beine bleiben einfach stehen. Die Sanitäter kommen mit der Trage aus dem Hallenbad, schieben sie mit kräftigen Stößen über den Schnee.

Warum atmet mein Brustkorb nicht erleichtert aus? Ich halte die Luft an.

Die Trage ist leer. Unbenutzt. Die Männer schieben sie zurück in den Krankenwagen.

Blau – weiß – blau – weiß – blau – weiß.

»Macht endlich das Scheißlicht aus, verdammt!«

Ein Schrei zerreißt die Stille des frühen Wintermorgens. Ich zucke zusammen. Die Sanitäter fahren herum und starren mich an. Erst jetzt wird mir klar, dass ich es war, die geschrien hat. Einer der beiden geht auf mich zu und packt mich am Arm.

»Fass mich nicht an, Mann!«

»Du gehst jetzt besser ins Haus.«

»Ich hab gesagt, du sollst mich nicht anfassen!« Ich reiße mich los.

Aus der Halle kommt eine Frau. Sie wird von einem der anderen Männer geführt. Die Putzfrau. Also doch ein Unfall. Zum Glück scheint ihr nicht viel passiert zu sein. Sie setzen sie in das Auto und bringen ihr eine Decke. Wo bleiben Drexler und Bernges? Seit wann interessiert sich Drexler für die Putzfrauen an unserer Schule?

Der Sanitäter zuckt mit den Schultern und geht zurück zu seinem Krankenwagen. Ich schaue hinüber zur Halle. Obwohl sie jetzt hell erleuchtet ist, kann ich nichts erkennen. Das Blaulicht flackert weiter in den großen Scheiben. Langsam nähere ich mich der Längsseite. Das Glas ist beschlagen, die warme, feuchte Schwimmbadluft bricht sich an den kalten Fensterfronten und perlt in dünnen Rinnsalen an ihnen hinunter.

Schweißtropfen laufen mir über die Stirn und brennen in den Augen. Ich presse erst meine Hände, dann das Gesicht gegen das Glas. Ich versuche, das Brennen wegzublinzeln. Die Mütze auf meinem Kopf kratzt. Warum war die Trage leer? Und was ist mit Drexler und Bernges? Was geht da drin vor sich?

Ich öffne die Augen wieder und langsam gewöhnen sie sich an das Licht. Irgendetwas zieht mich in das Innere der Halle. Ich stemme mich gegen die Scheibe, will dem Sog nicht nachgeben, aber mein Blick gleitet schon suchend über das Becken. Auch das Wasser leuchtet im Rhythmus. Einen Moment betrachte ich die Wasseroberfläche, dann taste ich die Konturen des Beckens ab. Ich sehe die Startblöcke, den Beckenrand, sehe Drexler, der auf dem Boden kniet. Neben ihm Bernges und ein weiterer Mann. Ich presse mich fester gegen die Scheibe. Der Mann läuft jetzt auf und ab, gestikuliert wild und schreit in sein Handy. Drexler steht auf, stopft die zu Fäusten geballten Hände in die Taschen seiner ausgebeulten Trainingshose. Auf einmal hebt Bernges den Blick und wendet sich mir zu. Ich starre ihm ins Gesicht. Er starrt zurück. Dann schüttelt er den Kopf und schaut wieder dahin, wo Drexler eben noch gekniet hat. Meine Augen folgen seinem Blick, mein Herz schlägt bis zum Hals.

Die Scheibe scheint unter dem Druck meiner Hände und meiner Stirn nachzugeben. Ich spüre, wie sich all meine Gedanken, meine Fragen und meine Wut in mir zu einem einzigen Klumpen zusammenballen. Einem dicken eiskalten Klumpen, der immer größer wird, erst meinen Hals ausfüllt, dann meinen Magen, dann meinen ganzen Bauch.

Alles fühlt sich falsch an. Ganz falsch. Ich werde keine Silberhaut bekommen wie meine Bäume im Wald. Die Kälte muss von außen kommen, um zu schützen. Nicht von innen.

Und während sich dieser eisige Klumpen in mir ausbreitet, wandert mein Blick zu dem Körper auf dem Hallenboden. Hält sich an den Füßen fest, will nicht über die nackten Beine nach oben wandern, über den schwarzen Schwimmanzug, den flachen Bauch, und wird doch von diesem eisigen Klumpen immer weiter gezogen, über den Brustkorb, der vollkommen bewegungslos ist, bis zu dem Gesicht, das mir zugewandt am Boden liegt, eingerahmt von nassen Locken.

Ein Engel mit gebrochenen Flügeln.

Der Klumpen in mir zerspringt, und tausend kleine Eissplitter durchbohren mein Herz, als ich kurz in die starren Augen sehe, bevor einer der Männer eine Decke darüberlegt.

Melanie. Melanie Wieland.

»Du blöde Kuh! Du gottverdammte elende blöde Kuh!«

Diesmal weiß ich, dass ich es bin, die schreit. Die Starre fällt von mir ab, meine Hände lösen sich, meine Fäuste trommeln gegen die Scheibe, als müsste ich nur fest genug auf sie einschlagen und laut genug schreien, damit Mel wach wird, die Decke von sich wirft und aufsteht.

Blau – weiß – blau – weiß.

Und Nicki in meinem Kopf singt:

But I think I'm still an angel away …

Nein! Nein! Nein! Nein! Warum hast du das gemacht? Warum? Ich reiße mir die Kopfhörer runter. Meine Stirn schlägt im gleichen Rhythmus wie meine Fäuste gegen das Glas.

In der Halle geraten sie in Bewegung, Drexler, die beiden Männer, Bernges, alle rühren sich, nur Melanie nicht. Die liegt weiter unter ihrer Decke wie Dornröschen, träumt meine Träume, lacht im Schlaf über mich und verhöhnt meinen Ehrgeiz.

Ich rutsche an der Glasscheibe hinunter in den Schnee. Die Eissplitter in mir haben keinen Platz mehr und endlich finden sie ihren Weg nach draußen.

Ich kotze mir meine ganze beschissene Seele aus dem Leib.

Melanie Wieland ist tot. Und ich –

habe sie umgebracht.

2.

Drei Wochen zuvor

»Nein, nein, NEIN!« Drexlers Faust donnerte auf den Startblock. »Verdammt noch mal, Uhland, was war DAS? Beweg deinen Hintern aus dem Wasser! Sofort! Schwarzer! Komm her! Zeig uns, wie man eine ordentliche Rollwende macht!«

Ich stöhnte. Nicht schon wieder. Nora kletterte aus dem Becken und verschränkte die Arme vor der Brust. Sie sah mich mit diesem Blick an, der sagte: *Du blödes Arschloch, was hast du eigentlich hier zu suchen? Verschwinde wieder dahin, wo du hergekommen bist!*

Ich sah den Mittelfinger, den sie hinter Drexlers Rücken hob, und tauchte ab. Unter Wasser war Drexlers Gebrüll nur noch ein Dröhnen. Ich versuchte, Noras Blick aus meinem Kopf zu kriegen. Schwimmen. Linker Arm, rechter Arm, atmen. Links. Rechts. Atmen. Unter mir nur das Wasser und die Markierung. Kopf senken. Kinn zur Brust. Leichter Delfinbeinschlag. In der Drehung Nase zu den Knien, Ferse zum Hintern. Beine nicht durchstrecken. Obwohl ich ihn nicht hörte, kannte ich Drexlers Kommentare. Nicht auf dem Bauch abstoßen. Auf dem Rücken.

Vor der Wende nicht nach vorne schauen. Kein Blick nach vorne. Nach dem Abstoßen mindestens einen Armzug nicht atmen. Und wieder. Nicht nach vorne schauen. Denk an die Gleitphase. Ich schwamm. Links, rechts, atmen. Links, rechts, atmen. Und Wende. Meine Grenze war der Beckenrand. Dazwischen war ich frei.

Drexler pfiff. Das war's für heute. Mittagspause. Die anderen waren schon auf dem Weg zu den Duschen, als ich aus dem Wasser stieg.

»Beweg deinen Hintern aus dem Wasser, beweg deinen Hintern aus dem Wasser!«, hörte ich Bea grölen.

»Halt's Maul!« Nasse Handtücher klatschten auf nackte Haut. Klatsch, klatsch. Eine brüllte. Bea vermutlich. Jemand anders lachte. Am liebsten wäre ich im Wasser geblieben, weitergeschwommen. Im Wasser konnte ich atmen, draußen war die Luft so dünn. Aber während der Mittagspause war die Halle geschlossen. Keine Ahnung, warum. Hunger hatte ich sowieso keinen.

Endlich wurde es ruhiger. Die anderen waren schon in der Umkleide, als ich duschen ging.

»Ach, da bist du ja.« Jemand kam noch mal zurück. Es war Melanie. »Ich habe mich schon gefragt, wo du bleibst.«

Ich tat so, als ob ich sie nicht gehört hätte. Hielt den Kopf weiter unter den heißen Wasserstrahl.

»Mach dir nichts draus«, sagte sie, bevor sie ging, »die meinen es nicht so.«

Ich antwortete nicht. Was hätte ich auch sagen sollen?

Klar meinten die das so. Trotzdem versuchte ich, mir nichts daraus zu machen. Sollten sie reden. Ich wusste, dass ich ohne das Stipendium nicht hier wäre. Aber ich war hier. Ich war nicht hier, weil ich Geld hatte. Ich war hier, weil ich schwimmen konnte. Und das allein zählte. Für mich jedenfalls.

Ich kann nichts – außer schlafen, essen und schwimmen. Das soll Michael Phelps einmal gesagt haben. Über meinem Schreibtisch hängt ein Foto von dem amerikanischen Superschwimmer, den Spruch habe ich druntergeschrieben.

Ich trocknete mich ab, ging in die Umkleide und öffnete meinen Spind. Verdammte Scheiße. Meine Sachen waren weg.

Scheiße, Scheiße, Scheiße.

Sicherheitshalber schaute ich in die anderen Fächer. Obwohl ich wusste, dass ich da nichts finden würde. Kroch zwischen den Bänken rum. Kleine Steinchen bohrten sich in meine nackten Knie. Nichts. Meine Sachen waren weg. Und draußen fünf Grad minus.

Barfuß, mit meinem nassen Handtuch um den Körper, machte ich mich auf den Weg von der Halle zum Wohntrakt. Einmal quer über den Hof. Ein paar Jungs grinsten. In der kahlen Linde flatterten Wäschestücke. Meine Sachen.

Als ich mir endlich was Frisches angezogen hatte und in die Mensa kam, waren die anderen schon fast fertig. Ich nahm ein Tablett und suchte mir einen freien Tisch. Es machte mir nichts aus, allein zu essen. Aber es machte mir etwas aus, wenn sie mir dabei zusahen.

Jemand zog einen Stuhl zurück und setzte sich zu mir. Melanie. »Tut mir leid wegen vorhin«, sagte sie. »Aber ich konnte nichts machen. Die anderen haben deine Sachen einfach geschnappt und sind rausgerannt.«

»Schon gut.«

Klar konnte sie nichts machen. Was sollte Melanie auch machen? Melanie, die Queen. Die Vorzeigeathletin. Sie liebten sie. Sie vergötterten sie. Sie wollten nicht, dass sie sich mit mir abgab. Aber das war Mel egal. *So ein Blödsinn,* sagte sie immer. *Du gehörst doch zu uns.* Sie kapierte nicht, dass so eine wie ich nie dazugehörte.

Ich hatte Melanie gleich am ersten Schultag nach den Sommerferien kennengelernt. Ich stand damals ziemlich verloren auf dem Schulhof und versuchte, mich zu orientieren. Wo die Schwimmhalle war, war klar, auch die Sporthalle war nicht zu übersehen. Den Wohntrakt und das Schulgebäude konnte ich am Anfang aber kaum auseinanderhalten. Außerdem hat die Schule zwei Eingänge, von denen der eine zu den Klassenräumen und der andere in den naturwissenschaftlichen Trakt führt. Ich hatte in der ersten Stunde Chemie, so stand es zumindest auf meinem Stundenplan, aber ich hatte keinen blassen Schimmer, wohin genau ich gehen musste.

Die Schüler rannten an mir vorbei, und ich überlegte gerade, wen ich ansprechen und um Hilfe bitten könnte, da betrat Melanie den Schulhof. Sie kam nicht aus der Mensa wie die anderen, sondern sie war einem schwarzen Auto entstiegen, das genau vor dem Schulhof gehalten hatte. Dass Melanie eine Externe war und jeden Tag zur Schule gebracht wurde, wusste ich damals noch nicht. Dass sie etwas Besonderes war, sah ich dagegen auf den ersten Blick.

Sie trug eine weiße Jeans und darüber eine Bluse im Shabby-Look. Ihre schulterlangen Locken hatte sie offen und ihre hellen Haare glänzten in der Sonne wie Gold. Ihre Augen verbarg sie hinter einer schwarzen Sonnenbrille, die sie in dem Moment, in dem sie den Schulhof betrat, langsam abnahm. Sofort scharten sich einige Mädchen um sie, und ich konnte nicht damit aufhören, sie anzustarren.

Was macht so eine an einem Internat für Leistungssportler?, fragte ich mich. Ich traute ihr bestenfalls einen Platz in einer Cheerleadergruppe zu.

Melanie musste bemerkt haben, wie ich sie anstarrte. Jedenfalls ließ sie ihre Groupies einfach stehen und schlenderte zu mir herüber.

»Du bist neu hier, oder?«

Ich nickte.

»Du siehst ein bisschen verloren aus. Suchst du was?«

So viel Freundlichkeit auf einmal verunsicherte mich total. Ich schwieg.

»Kann ich dir irgendwie helfen?«

Als ich endlich meine Sprache wiedergefunden hatte, stellte sich heraus, dass wir in die gleiche Klasse gingen. Und nicht nur das, Melanie erzählte mir auch, dass sie ebenfalls der Leistungsgruppe Schwimmen angehörte. Noch am gleichen Tag, während des Nachmittagstrainings, wurde mir klar, dass ich zum ersten Mal ernsthafte Konkurrenz bekommen hatte. Melanie Wieland hatte nicht nur einen sehr sauberen Stil, sie schwamm auch echt schnell. Ich musste mich richtig anstrengen, um an ihr dranzubleiben.

So nah unsere Leistungen im Schwimmen auch beieinanderlagen, so verschieden waren wir sonst. Vermutlich hatte diese Schule kaum zwei unterschiedlichere Menschen zu bieten als uns beide. Melanie, der blonde Rauschgoldengel, trug fast immer weiße oder helle Klamotten. Ich dagegen hatte fast nur dunkle Sachen, so schwarz wie meine raspelkurzen Haare, die meist in alle Richtungen von meinem Kopf abstanden. Wo Mel auftauchte, wurde sie sofort von ihren Fans umringt, die sie umflatterten wie die Motten das Licht. Ich erkannte schnell, dass sie diese Bewunderung nicht wirklich genoss. Vielleicht war das der Grund, warum ich mich von Anfang an zu ihr hingezogen gefühlt hatte. Melanie nahm es hin, weil es zu ihrem Leben dazugehörte. Mehr nicht. Sie wirkte auf mich manchmal wie ein Wesen von einem fernen Planeten, das nur ganz zufällig mitten in dieses Internat geplumpst war und jetzt eben versuchte, das Beste daraus zu machen. Und wie aus einer fremden Welt fühlte ich mich ja auch oft genug. Nur mit dem Unterschied, dass die anderen mich in der Regel ignorierten.

Manchmal ließ Mel sie einfach stehen und setzte sich zu mir. Dann wurden wir stets argwöhnisch beobachtet. Es gefiel ihnen nicht, wenn Mel mit mir sprach. Auch jetzt folgten ihr wieder die Blicke von Nora und Bea, als sie an meinem Tisch Platz genommen hatte.

»Hast du Mathe schon?«, fragte sie.

Ich nickte. Klar, hatte ich. Ich zog das Heft aus dem Rucksack und schob es ihr rüber.

»Danke!« Sie freute sich wirklich. »Ich hab gleich noch Theater-AG, da schaff ich Mathe nicht mehr. Ist echt nett von dir.«

»Kein Problem. Was spielt ihr in diesem Jahr?«

»Das Leben ein Traum«, sagte Melanie und steckte mein Matheheft ein.

Ich verstand nicht.

»›Das Leben ein Traum‹ von Calderón de la Barca, das spielen wir.« Sie stand auf. »Handelt von einem Vater, der seinen

Sohn in einen Turm sperrt, um ihn von der Welt fernzuhalten. Oder die Welt von ihm. Wie im echten Leben halt. Komm doch mal zu den Proben und schau's dir an.«

»Wie im echten Leben? Sperrt dich dein Vater auch in einen Turm? Vielleicht bist du Rapunzel?« Ich lachte.

»Okay, der Turm ist ein großes Haus. Aber ich fühle mich trotzdem oft eingesperrt.« Sie klang traurig, als sie das sagte.

»Dann müssen wir dringend einen Prinzen für dich finden, der dich befreit.« Ich zwinkerte Mel zu. Aber sie zuckte nur mit den Schultern. Dann ging sie.

Ich schob die letzten Nudeln auf die Gabel. In einem Turm lebte Melanie sicher nicht. Eher in einer Villa. Draußen am Stadtrand. Ihr Vater war Arzt und als stellvertretender Leiter des Stadtklinikums ein richtig hohes Tier.

»Hey!«, rief Bea. Aus dem Augenwinkel sah ich, wie sie Jonas einen Stoß versetzte. »Hey, zeig uns mal 'ne ordentliche Wende, Mann!« Jonas torkelte gegen meinen Tisch. Riss das Glas um.

»Verdammt!« Ich sprang auf, aber es war schon zu spät. »Hast du keine Augen im Kopf?«

»Hey, pass auf, was du sagst.«

Jonas Matthies war einen Kopf größer als ich, und obwohl wir jetzt schon ein halbes Jahr in der gleichen Klasse saßen, wusste ich fast nichts über ihn. Mit seinem breiten Brustkorb und den kurz rasierten dunklen Haaren hätte er gut in eine amerikanische Footballmannschaft gepasst, tatsächlich gehörte er aber ebenfalls zu den Schwimmern. Er stand wie alle hier auf Mel, das war nicht zu übersehen, aber bisher hatte sie seine Annäherungsversuche einfach ignoriert.

Fluchend versuchte ich, den Orangensaftsee mit meiner Serviette vom Tisch zu wischen, machte aber alles nur noch schlimmer. Umziehen konnte ich mich jetzt auch gleich noch einmal.

»Du kannst doch schwimmen, was regst du dich so auf?«, feixte Nora.

»He, Leute, was soll das?« Tom fummelte ein Päckchen Taschentücher aus seinem Rucksack und reichte es mir. »Lasst sie in Ruhe. Jana kann doch nichts dafür, dass Drexler sich wie ein Idiot benimmt.«

Ich tat so, als hätte ich die Taschentücher nicht gesehen. Nicht, weil ich Tom nicht mochte. Er war in Ordnung. Aber ich wollte nur weg hier. Ich hatte im Moment keinen Bedarf, noch mehr Zeit mit Bea, Nora und Co. zu verbringen. Rasch räumte ich meinen Kram zusammen, schnappte das Tablett und schob mich an den anderen vorbei.

Im Hof sah ich Melanie mit Bernges sprechen. Er unterrichtete Deutsch und Latein. Früher war ich nie besonders gut in Deutsch, aber seit ich Bernges als Lehrer hatte, war es mein Lieblingsfach geworden. Neben Sport natürlich.

Langsam näherte ich mich den beiden. Soweit ich wusste, war Bernges erst kurz vor mir an diese Schule gekommen. Manchmal schien es mir, dass er der Außenseiter unter den Lehrern war. Er saß oft allein am Tisch, während die anderen in Grüppchen zusammenstanden. Schon dadurch fühlte ich mich zu ihm hingezogen. Aber ich war nicht die Einzige, die ihn mochte. Obwohl er noch neu hier war, wurde er gleich im ersten Schuljahr von den Schülern zum Vertrauenslehrer gewählt. Seine Art, mit den Leuten zu reden, gefiel allen, nicht nur mir. Ich hätte ihn gern meiner Mutter vorgestellt. Am Tag der offenen Tür vor den Weihnachtsferien wollte ich ihr die Schule zeigen und vor allem sollte sie Bernges kennenlernen. Aber meine Mutter kam nicht.

»Ich denke nicht daran, mich auch noch bei den Leuten zu bedanken, die mir mein Kind weggenommen haben«, sagte sie und damit war das Thema für sie erledigt.

»Soll ich noch mal mit deinen Eltern sprechen?« Fragend blickte Bernges Melanie an.

»Ich glaube nicht, dass das eine gute Idee ist. Ich krieg das schon hin.«

Melanie stopfte einen Stapel Papier in ihren Rucksack. Sie sah kurz zu mir rüber, um gleich wieder wegzuschauen. Mel sprach nicht gern über ihre Eltern. So viel wusste ich schon. Wenn Bernges mit ihnen reden wollte, ging es sicher um die Theater-AG. Melanie hatte mir einmal anvertraut, dass ihr Vater alles andere als erbaut davon gewesen war, dass sie eine der Hauptrollen bei der nächsten Aufführung spielen sollte. Aber Melanie hatte sich durchgesetzt. Und jetzt gab es offensichtlich wieder Stress.

Ich wollte einen großen Bogen um die beiden machen, doch Bernges winkte mich zu sich heran.

»Hallo, Jana, kein Training mehr heute?«

Ich schüttelte den Kopf. Drexler hatte das Nachmittagstraining abgesetzt und überließ es uns, ob wir noch mal ins Wasser wollten. Normalerweise hielt mich nichts vom Schwimmtraining ab, aber ich hatte mitbekommen, dass Nora und die anderen sich zum Wasserballspielen verabredet hatten, und darauf hatte ich keine Lust.

»Wenn du nichts anderes vorhast, kannst du gern mit Melanie zu den Theaterproben kommen. Wir benötigen immer Helfer.« Bernges lächelte.

»Ich bin keine gute Schauspielerin. Ich kann ja nicht mal meinen Lehrern was vorspielen.« Eigentlich sollte das ein Witz sein. Aber niemand lachte.

»Du brauchst ja keine Rolle zu übernehmen. Die wichtigsten Rollen sind sowieso erst mal verteilt. Aber da ist noch viel anderes zu tun: Bühnentechnik, Beleuchtung, Ton, Kulisse. Solche Sachen halt.«

»Jana kann supergut malen«, mischte Melanie sich ein.

»Wirklich? Solche Leute brauchen wir noch dringend. Für die Bühnenbilder.« Auffordernd sah Bernges mich an.

Ich zuckte mit den Schultern. Es stimmte, ich malte ganz gern. Bisher hatte ich angenommen, dass das niemanden interessieren würde. Schließlich waren wir hier, um zu trainieren, und nicht, um Künstler zu werden. »Ich denke mal darüber nach. In Ordnung?«

Bernges nickte. »Einverstanden. Muss ja nicht gleich sein. So richtig loslegen wollen wir sowieso erst im zweiten Halbjahr, nach den Zeugnissen. Nur die Hauptrollen müssen ein bisschen früher anfangen, schließlich haben sie ziemlich viel Text zu lernen.« Er zwinkerte Melanie zu.

Unsicher trat ich von einem Fuß auf den anderen und schaute weg.

Die Vertraulichkeit zwischen den beiden war mir unangenehm. Sie verstärkte mein Gefühl, nicht dazuzugehören.

»Sag deinem Vater einen schönen Gruß. Das nächste Mal brauche ich dich aber wieder bei den Proben.«

Wieder zuckte Melanie zusammen, als Bernges ihren Vater erwähnte. »Ja danke. Werde ich ausrichten. Bis morgen dann.« Sie winkte mir kurz zu, dann drehte sie sich um und ging.

Ich wollte weiter zum Wohntrakt, aber Bernges hielt mich am Arm fest. Erstaunt blieb ich stehen.

»Ich mache mir Sorgen um Melanie. Ihr Vater setzt sie zu sehr unter Druck. Pass ein bisschen auf sie auf, ja?«

Ich starrte Bernges an. Meinte er das ernst? Glaubte er wirklich, ich, Jana Schwarzer, hätte auch nur den Hauch einer Chance, auf Melanie Wieland aufzupassen? Und worauf genau sollte ich überhaupt achten? Bekam Melanie nicht ohnehin schon alles, was sie sich nur wünschen konnte? Sie sah supergut aus. Sie war die talentierteste Schwimmerin an unserer Schule. Melanie konnte mit ein bisschen Ehrgeiz alles schaffen. Sogar Olympia lag für sie in Reichweite. Es war doch klar, dass ihr Vater da ein wenig Druck machte. Schließlich soll er in seiner Jugend selbst ein erfolgreicher Schwimmer gewesen sein. Einige seiner Pokale zierten heute noch die geheiligte Heldengalerie im Flur vor dem Lehrerzimmer.

Einmal habe ich Melanie gefragt, ob sie nicht wahnsinnig stolz sei auf ihren Vater. Da hat sie nur böse gelacht und mich einfach stehen lassen. Seitdem habe ich das Thema ihr gegenüber nie wieder angesprochen. Besonders gut schien das Verhältnis zwischen den beiden jedenfalls nicht zu sein. Aber im Gegensatz zu mir *hatte* sie immerhin einen Vater.

»Also dann. Schau mal vorbei.« Bernges riss mich aus meinen Gedanken. Bevor ich etwas antworten konnte, wendete er seinen Rollstuhl und fuhr davon.

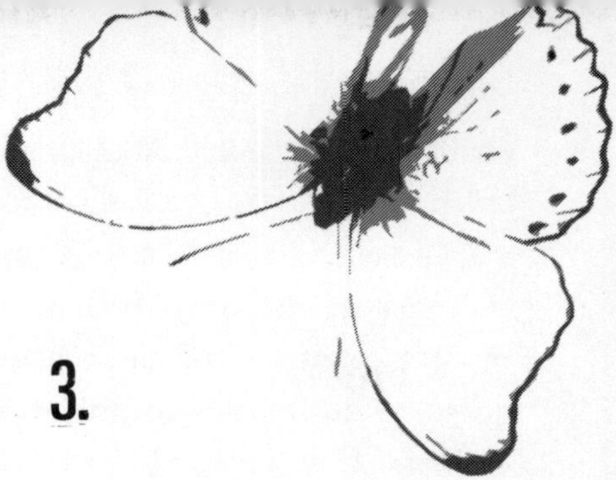

3.

»Blöde Sache, das mit deinen Klamotten.«

»Mhm.«

»Ist jetzt schon das dritte Mal, oder?«

Ich zuckte mit den Schultern. Tom reichte mir mein Sweatshirt.

Ohne seine Hilfe würde mein Zeug vermutlich immer noch in den Bäumen auf dem Schulhof hängen. Ich hatte versucht, die Sachen mit einem Besen runterzuschlagen, aber ich war einfach zu klein.

»Danke.« Ich stopfte das Shirt in meinen Sportbeutel. Ich wusste, ich sollte noch irgendetwas Nettes zu ihm sagen, aber mir fiel einfach nichts ein.

»Vielleicht versuchst du es mal damit, ein bisschen lockerer zu sein.«

»Lockerer?« Ich starrte Tom an.

»Na ja, nicht so abweisend. Lockerer halt.« Er sah an mir vorbei. »Ich glaub, die haben einfach Angst vor dir.«

Angst. Wenn Tom wüsste, wie viel Angst ich vor den anderen hatte. Nicht als Konkurrenten im Training. Im Wasser waren wir alle gleich. Aber draußen. Draußen war es, als kämen sie aus einer anderen Welt. Einer Welt, die ich bisher nur aus dem Fernsehen kannte. Aber darüber wollte ich nicht mit ihm reden.

»Danke noch mal. Ich bringe jetzt den Besen zurück.«

Tom war nett. Trotzdem ging er mir manchmal auf die Nerven. Ich konnte einfach nicht damit umgehen, dass er immer helfen wollte. Es irritierte mich so, weil es nicht hierher passte. Niemand an dieser Schule interessierte sich doch dafür, wie es dem anderen ging. Im Grunde waren die anderen immer nur die, die es zu besiegen galt. Wer besser war, kam weiter. Das war draußen so. Und das war hier drin nicht anders.

In Gedanken korrigierte ich mich. Melanie war anders. Obwohl sie die einzige ernsthafte Konkurrenz für mich war, hatte sie sich von Anfang an bemüht, mir zu helfen. Nur im Wasser nahm sie keine Rücksicht auf mich, und das war okay so.

Ich hatte mir gerade den Besen geschnappt, als sie über den Schulhof kam.

»Hallo, ihr zwei. Hast du deine Sachen wieder, Jana?«

Ich nickte. »Tom hat mir geholfen, sonst wäre ich nie drangekommen.«

Melanie klopfte ihm auf die Schulter. Dann breitete sie die Arme aus und deklamierte:

»Darauf sei dir, Herr, erwidert,
dass das Geben einen Mann
adeln und erhöhen kann!«

Tom grinste und verbeugte sich schwungvoll. Mel zwinkerte mir zu. »Manchmal ist es ganz nützlich, wenn man seine Texte rechtzeitig auswendig lernt.«

»Wolltest du nicht nach Hause fahren?« Jetzt fiel es mir wieder ein. Mel hatte die Theater-AG doch für heute abgesagt.

»Mein Vater steht länger als geplant im OP. Mein Bruder hat mich angerufen. Ich konnte also noch zu den Proben gehen.«

Melanie wirkte glücklich, als sie das sagte. Und ich war neidisch. Einen Bruder hatte ich mir auch oft gewünscht. Einen, der mir ein bisschen den Rücken freihielt, wenn Mama wieder ihre Klammertage hatte. So nannte ich die Tage, an denen meine Mutter sich mit schöner Regelmäßigkeit in ihren Depressionen verfing und sich an mich hängte wie ein Ertrinkender an einen Rettungsring. In diesen Phasen schnürte sie mir regelrecht die Luft ab und ich wollte noch dringender weg als ohnehin schon.

Vielleicht ging es Melanie ja ähnlich, überlegte ich. Vielleicht war das Theaterspielen für sie das, was für mich das Schwimmen war.

»Habt ihr Lust auf einen Kakao?« Tom hatte ich komplett vergessen.

»Klar, warum nicht. Wenn du ihn spendierst.« Melanie hakte sich bei Tom unter. »Aber nur, wenn Jana auch mitkommt.«

»Na klar kommt Jana mit.« Tom bot mir seinen freien Arm an. »Darf ich bitten?«

Ich zögerte. Einerseits war die Aussicht auf einen heißen Kakao jetzt mehr als verlockend. Aber mein Taschengeld für diesen Monat war schon lange aufgebraucht, und es war mir peinlich, das zuzugeben. Ich war mir nicht sicher, ob Toms Einladung auch mir gegolten hatte.

Dann sah ich, wie Melanie mich anlächelte und mir aufmunternd zunickte. Ich gab mir einen Ruck und hakte mich ebenfalls bei Tom unter.

Später dachte ich oft, dass das der einzige Moment war, in dem wir als Freundinnen völlig unbeschwert waren. Weit weg vom Training und jeglichem Druck.

Wir brachten dem Hausmeister seinen Besen zurück, verließen das Schulgelände und gingen zum *Zeitlos*. Das *Zeitlos* ist ein Café direkt gegenüber vom Internat, das vermutlich schon existierte, als Melanies Vater noch die Schule besuchte, zumindest wenn man den vergilbten Fotos an den Wänden glauben durfte. Alles hier war alt. Die Fotos, die Tische, die Stühle und sogar die Tapete an den Wänden. Keine Ahnung, wer auf die Idee gekommen war, ein Café neben einem Sportgymnasium *Zeitlos* zu nennen. Zeitlos war hier wirklich niemand. Im Gegenteil. Vermutlich wurde nirgendwo sonst so viel gegen die Zeit gekämpft wie bei uns. Sein Überleben verdankte dieses Café garantiert nur den Hunderten von Sportschülern, die hier im Laufe der Jahre entweder ihre Rekorde gefeiert oder ihre Niederlagen in Kakao ertränkt haben.

Wir fanden einen kleinen runden Tisch am Fenster. Es war ziemlich voll und auch laut. In der Luft hing die Feuchtigkeit nasser Winterjacken wie ein Nebel, durch den Gesprächsfetzen von allen Seiten drangen. Fast jeder Tisch war besetzt, und hin und wieder sah ich ein Gesicht, das ich vom Schulhof kannte. Melanie wurde zwei- oder dreimal mit einem »Hallo, Mel!« begrüßt. Aber wenigstens waren Nora und die anderen nicht hier. Als die Bedienung an unseren Tisch kam, bestellte Tom drei heiße Kakao mit Sahne, dann verschränkte er die Arme hinterm Kopf und lehnte sich gemütlich zurück. Sein Stuhl ächzte gefährlich.

»Warum bist du eigentlich nicht beim Wasserballspiel?«

In dem Moment, als Melanie sich mit ihrer Frage an Tom wandte, fiel es mir wieder ein, wo die anderen jetzt waren.

»Weil ich dann nicht mit den beiden berühmtesten Schülerinnen unserer Schule Kakao trinken könnte.«

Ich verdrehte die Augen und auch Melanie verzog das Gesicht. War das jetzt einfach eine plumpe Anmache oder was sollte der Spruch?

»Ach, hör doch auf«, winkte sie ab. »Berühmt. Wir sind nicht berühmt, und ich persönlich lege auch keinen gesteigerten Wert darauf, es zu werden.«

»Musst du ja auch nicht mehr, bist du ja eh schon.« Mel wollte protestieren, aber Tom redete einfach weiter: »Du trainierst mehr als jeder andere von uns. Okay, Jana ausgenommen. Du hast irre viel Talent. Wenn du so weitermachst, landest du demnächst im deutschen Kader, und dann ist es zu Olympia nur noch ein winziger Schritt.«

Der Kakao wurde serviert und ich legte meine klammen Finger dankbar um die bauchige heiße Tasse. Erst jetzt merkte ich, wie kalt mir wirklich war.

Tom war noch nicht fertig. »Warum um alles in der Welt solltest du dir diesen Stress sonst antun?«

Melanie steckte ihren Löffel mit so viel Schwung in die Sahne, dass feine weiße Sprenkel den Tisch überzogen.

»Frag doch mal Jana, warum sie so verbissen trainiert. Sie ist viel öfter im Wasser als ich und mindestens genauso talentiert.«

Erwartungsvoll sahen Tom und Melanie mich an. Ich nahm schnell einen Schluck von dem heißen Kakao, um nicht gleich antworten zu müssen. Warum trainierte ich so viel? Sicher nicht, um berühmt zu werden. Aber obschon ich die Antwort wusste, schwieg ich. Ich wollte nicht darüber sprechen. Sie würden es ohnehin nicht verstehen.

Seit ich schwimmen gelernt hatte, fühlte ich mich frei. Zu schwimmen gab mir das Gefühl, nicht mehr eingesperrt zu sein, gefangen in falschen Erwartungen, in einem Leben, das nicht meins war. In dem Moment, in dem ich ins Becken gleite, fällt alles von mir ab. Dann gibt es nur noch mich und das Wasser. Manchmal träume ich davon, immer weiter schwimmen zu können, einfach geradeaus, ohne Beckenrand, ohne Rollwende, ohne Grenzen. Und je mehr ich trainiere, desto näher komme ich diesem Ziel. Aber wie sollte ich das den beiden erklären?

»Ich will einfach gut sein«, murmelte ich und hoffte, dass sie damit zufrieden waren.

»Du bist gut«, stellte Mel trocken fest. »Aber das reicht dir nicht wirklich.«

Ich zuckte mit den Schultern. »Es geht mir nicht um den Ruhm, falls du das denkst. Nicht um Medaillen oder so.«

Ich ließ meinen Blick über die Fotos an den Wänden gleiten. Auf den meisten Bildern waren Siegerehrungen festgehalten worden. Junge erfolgreiche Menschen auf Treppchen, die stolz in die Kamera lächelten.

Ich habe auf Schwimmwettkämpfen schon so viele Medaillen und Urkunden gewonnen, dass ich sie gar nicht mehr zählen kann. Anfangs habe ich mich noch darüber gefreut und war stolz darauf. Aber es war nie jemand da, der sich mit mir freute. Während die anderen Kinder von ihren Eltern gelobt und mit ihren Medaillen fotografiert wurden, stand ich meistens allein am Beckenrand. Meine Mutter kam nicht mit zu den Wettkämpfen, sie wollte möglichst nichts damit zu tun haben. Von

Anfang an war meine Schwimmerei ihr ein Dorn im Auge. Es gefiel ihr nicht, dass ich so viele Stunden im Verein verbrachte.

Ein Trainer war auf mich aufmerksam geworden, als ich allein für mich übte, und bat meine Mutter, mich in seinen Verein zu schicken. Bis heute weiß ich nicht, warum sie mir das überhaupt erlaubt hat. Vermutlich hätte sie es nicht getan, wenn es Geld gekostet hätte, aber das tat es nicht. Als meine Mutter damals zögerte, musste der Typ vom Sportverein das Gleiche gedacht haben und bot ihr deshalb an, mich umsonst in den Verein aufzunehmen. Er erzählte ihr etwas von Ausnahmetalent und Förderung und lud Mama und mich sogar einmal zum Essen in die vereinseigene Pizzeria ein. Ich glaube, damit hat er sie gekriegt. Es kam nicht oft vor, dass sie von jemandem zum Essen eingeladen wurde, und obwohl es nur die Pizzeria eines Schwimmvereins war, stand sie an diesem Abend stundenlang vorm Spiegel. Nach dem Essen willigte sie ein und von diesem Tag an wurde das Schwimmen für mich so wichtig wie das Atmen. Ich trainierte, soviel ich konnte. Nicht wegen der Medaillen. Nicht, um besser zu sein als die anderen Kinder. Sondern um, sooft es ging, von meiner Mutter weg zu sein. Ich schwamm vor dem, was ihre Welt war, davon und wünschte mir doch, sie würde mir folgen und Teil meiner Welt werden.

Ich merkte, dass Tom und Melanie mich immer noch erwartungsvoll ansahen.

»Das Stipendium«, sagte ich schnell. »Ich muss aufpassen, dass ich das Stipendium nicht wieder verliere. Die wollen Leistung sehen. So hat man es mir zumindest gesagt. Ohne entsprechende Leistungsnachweise muss ich das Internat wieder verlassen.«

Tom nickte verständnisvoll, aber Melanie rührte wütend in ihrem Kakao. »Leistung, Leistung, immer dreht sich alles nur darum.«

»Ich schwimme gerne«, sagte ich leise. »Wirklich.«

Ihr Ausbruch hatte mich traurig gemacht. Melanie verstand mich nicht. Ich hatte geglaubt, wir wären uns ähnlich, aber das war offensichtlich ein Irrtum.

Im Moment schien es mir, als ob wir zwei verschiedene Sprachen sprechen würden.

»Also, ich schwimme auch gern«, schaltete Tom sich ein. »Manchmal habe ich keine Lust auf den ganzen Druck, aber ich glaube, wenn mir der Sport keinen Spaß machen würde, hätte ich hier nichts verloren.«

Ich nickte. »Wem das keinen Spaß macht, der würde Drexlers Ton auch kaum über sich ergehen lassen. Wozu auch? In jedem Schwimmverein ist es einfacher als hier.«

»Am Anfang habe ich meinen alten Schwimmverein auch echt vermisst«, stimmte Tom mir zu. »Wir haben da ziemlich hart trainiert, doch das war kein Vergleich zu dem, was Drexler mit uns macht.«

»Aber der Erfolg gibt ihm recht«, warf ich ein.

Erst jetzt fiel mir auf, dass Melanie sich überhaupt nicht an unserer Unterhaltung beteiligte.

»Wie findest du denn Drexler? Und wie waren deine Trainer früher?«, wandte ich mich an sie.

Mel zuckte zusammen, als ob ich sie mit meiner Frage aus einer anderen Welt zurückgeholt hätte.

»Was? Wer? Ach, Drexler? Der ist ganz okay«, stammelte sie.

Ich musste an das Gespräch mit Bernges denken. »Es ist dein Vater, der dir Stress macht, oder?«

Melanie sah mich nicht an. »Er mag die Theater-AG nicht, das ist alles«, antwortete sie. »Und im Grunde stimmt es ja, was er sagt. Die Proben fressen wirklich viel Zeit, in der ich besser trainieren sollte.«

»Noch mehr trainieren?«, entgegnete Tom. »Man kann es auch übertreiben, erklär das deinem Vater doch mal. Irgendwann brauchen die Muskeln auch eine Erholung, um wachsen und sich entwickeln zu können. Jeder, der halbwegs was von Sport versteht, weiß das.«

Mel sagte nichts mehr. Ich musste an die Galerie in der Schule denken. Mels Vater wusste mit Sicherheit ganz genau, wie ein guter Trainingsplan auszusehen hatte. Außerdem war er Arzt. Fehlende Fachkenntnis war es also kaum, was ihn auszeichnete. Eher fehlendes Feingefühl vielleicht.

»Was hat dein Vater gegen das Theaterspielen?«, versuchte ich es noch einmal. »Im Grunde ist es doch egal, was du mit deiner Freizeit anstellst, solange es dem Training nicht schadet, oder?«

»Können wir bitte über etwas anderes reden als über meinen Vater?« Mel stellte ihre Kakaotasse so heftig ab, dass sie klirrte.

Im Café war es ganz still geworden. Es schien, als ob alle Gespräche an den Tischen ringsum schlagartig beendet waren. Nur Mels Satz hing noch in der Luft. Verlegen sahen wir uns an.

Dann, genauso plötzlich, wie sie verstummt waren, setzten die Gespräche wieder ein. Es war, als hätte die Welt einfach für kurze Zeit den Atem angehalten. Jetzt drehte sie sich weiter.

Tom fand als Erster die Sprache wieder. »Da ist wohl ein Engel durch den Raum gegangen«, sagte er leise.

»Ein Engel?« Ich starrte Tom an. Auf einmal sah ich sein Helfersyndrom in einem neuen Licht. War er vielleicht religiös?

»Meine Oma hat das immer gesagt. Wenn es an einem Ort voller Menschen plötzlich ganz still wird, dann geht gerade ein Engel durch den Raum.« Er grinste verlegen. »Als kleiner Junge fand ich die Vorstellung von Engeln, die einfach so unsichtbar bei uns herumspazieren, wahnsinnig spannend und gruselig.«

»So ein Quatsch.« Melanie schüttelte den Kopf. Aber sie wirkte erleichtert, dass das Gespräch eine andere Richtung genommen hatte. Sie bückte sich und kramte in ihrem Rucksack.

»Apropos gruselig. Hier, ich hab es vorhin vor den Proben abgeschrieben. Danke noch mal, allein hätte ich das nie hingekriegt.« Sie schob mir mein Matheheft zu.

»Hab ich was verpasst?« Neugierig schielte Tom auf das Heft.

»Jana hat mich netterweise die Mathe-Hausaufgaben abschreiben lassen. Ich habe es einfach nicht kapiert.«

»Mathe, ach so. Mathe ist kein Problem. Warum mein Alter allerdings wollte, dass ich ausgerechnet Latein als Fremdsprache wähle, das frage ich mich schon manchmal. Nix gegen Bernges, der Typ ist echt in Ordnung. Und sein Deutschunterricht auch. Aber Latein?«

»Warum sitzt Bernges eigentlich im Rollstuhl? Wisst ihr das?«, fragte ich die beiden.

Melanie schüttelte den Kopf.

»Irgendwer hat mal was von einem Unfall gesagt«, antwortete Tom. »Mehr weiß ich auch nicht. Ich stelle es mir jedenfalls ganz schön schwierig vor, als Rolli ausgerechnet an einem Sportinternat Lehrer zu sein. Ich meine, es ist doch furchtbar, wenn man seine Beine nicht mehr gebrauchen kann. Und bei uns kriegt er das jeden Tag noch mal so richtig aufs Brot geschmiert, dass nur die körperliche Leistung zählt.«

»Nur dass wir mit körperlicher Leistung in seinem Lateinunterricht nicht besonders weit kommen«, warf ich ein. Plötzlich war es mir unangenehm, so über Bernges zu sprechen, und ich bereute es schon, überhaupt gefragt zu haben. Wäre Bernges mein Vater, wäre es mir jedenfalls völlig egal, ob er im Rollstuhl sitzt oder nicht.

»Ob er manchmal schwimmen geht?« Melanie sah uns an. »Ich habe mal gelesen, dass Querschnittsgelähmte durchaus noch schwimmen können, wenn die Lähmung nur die Beine betrifft.«

»Im Wasser habe ich ihn noch nie gesehen«, erwiderte Tom. »Allerdings treffe ich ihn manchmal im Kraftraum. Seinen Oberkörper trainiert er offensichtlich regelmäßig. Aber ich krieg jedes Mal ein schlechtes Gewissen, wenn ich ihn dort sehe.«

»Warum das denn? Du kannst doch nichts dafür, dass er im Rollstuhl sitzt.« Fragend schaute ich Tom an. Der zuckte mit den Schultern.

»Nein, natürlich kann ich nichts dafür. Aber kennt ihr das nicht auch? Ihr seht jemanden, dem es schlechter geht als euch, und ihr fühlt euch mies? Einfach, weil ihr euch so undankbar vorkommt für das, was ihr habt. Weil ihr alles, was ihr habt oder was ihr könnt, immer für selbstverständlich haltet.«

Melanie nickte. »Ja, ich weiß, was du meinst. Mir geht es

auch manchmal so, wenn ich Leute kennenlerne, denen es schlechter geht als mir. Meine Eltern sind so stinkreich, und ab und zu vergesse ich, dass es nicht für jeden selbstverständlich ist, immer sofort das kaufen zu können, was man sich gerade so wünscht.«

Sie sah mich an und wurde rot. »Sorry«, murmelte sie. »Ich wollte dir nicht auf die Füße treten.«

»Schon okay. Du hast ja recht. Meine Mutter hatte immer nur wenig Geld. Aber du kannst schließlich nichts dafür, dass es bei euch anders ist. Ein schlechtes Gewissen musst du deswegen also wirklich nicht haben.«

Wie hatte der Direktor es zu meiner Begrüßung gesagt? Es sei ein großes Privileg, dass ich aufgrund meiner sportlichen Leistungen in seine Schule gehen dürfe. Der Kakao schmeckte plötzlich bitter. Es gab nichts ohne Gegenleistung.

»Alles kann man sich für Geld auch nicht kaufen«, konterte Tom. »Bernges zum Beispiel wird vermutlich immer im Rollstuhl sitzen, da hilft ihm aller Reichtum der Welt nicht.«

Dankbar sah ich Tom an. Es war lieb von ihm, wie er versuchte, die Situation zu retten. Trotzdem glaubte ich, dass er nicht wirklich wusste, wovon er sprach.

Es war immer das Geld, das uns gefehlt hatte. An allen Ecken und Enden. Auch wenn meine Mutter die Schuld für ihr Unglück stets irgendwelchen Männern in die Schuhe geschoben hatte, war ich fest davon überzeugt, dass es uns besser gegangen wäre, wenn wir reich gewesen wären. Die Welt war käuflich, das hatte ich schon früh gelernt.

Ich holte tief Luft. »Und wenn einer von euch beiden mich im Schwimmen besiegen will, müsst ihr trainieren. Da hilft euch euer Reichtum gar nichts. Ich bin nämlich unbestechlich.« Ich versuchte ein Grinsen.

»Okay, okay, ich hab's kapiert.« Tom winkte der Bedienung. »Aber wenn man gleich mit zwei Mädchen ausgehen möchte, empfiehlt es sich schon, ein bisschen Kleingeld in der Tasche zu haben. Noch drei Kakao, bitte«, bestellte er. »Was muss ich zahlen, damit eine von euch freiwillig heute Abend meinen Tischdienst übernimmt?« Er klimperte mit ein paar Münzen in seiner Hosentasche.

»Tischdienst? Daher weht also der Wind.« Ich lachte und boxte Tom auf den Arm. »Das muss ich mir noch gut überlegen. Zwei Kakao für einen Tischdienst? So billig wird das wohl nicht werden. Mel ist ja fein raus als Externe, da bleibt dein reizendes Angebot wohl an mir hängen.«

Jetzt lachte auch Mel. »Du kannst ja mit zu mir kommen heute Abend. Dann kann der feine Herr sich seinen Tisch selbst decken.«

Mit zu Mel? Hatte sie das ernst gemeint? Ich traute mich nicht, noch einmal nachzufragen. Ich war noch nie bei jemandem aus der Schule zu Hause gewesen. In meiner Klasse gab es ohnehin nur wenige Externe. Die meisten von uns verbrachten die Woche im Internat und fuhren nur am Wochenende nach Hause.

Die Bedienung brachte die neue Runde Kakao, und Melanies Einladung stand noch unbeantwortet im Raum, als ihr Handy klingelte. Hektisch fummelte sie es aus ihrer Jackentasche und sah dabei auf die Uhr.

»Verdammt, so spät schon?« Melanie sprang auf und trat mit dem Handy am Ohr ein paar Schritte zur Seite. Während sie telefonierte, betrachtete sie die Bilder an den Wänden. Als sie zurückkam, wirkte sie nervös. »Ich muss nach Hause.«

Ob ihr Bruder wieder angerufen hatte? Plötzlich verhielt sich Mel wie ein gehetztes Tier.

»Hab noch nicht alle Hausaufgaben. Wir sehen uns morgen.« Sie schnappte sich ihre Jacke und den Rucksack. »Danke für den Kakao«, wandte sie sich an Tom. Und weg war sie.

»Ihr Vater muss ja ein echtes Arschloch sein, wenn sie so viel Angst vor ihm hat«, murmelte Tom und schob mir Mels zweiten Kakao zu. Sie hatte noch nicht mal daran genippt.

Seit er sie gesehen hatte, ging sie ihm nicht mehr aus dem Kopf.

Sie war besser als die anderen.

Viel besser.

Und doch schien es für sie keine Rolle zu spielen.

Es ging ihr nicht um den Sieg.

Sie wollte schwimmen.

Ihm war es, als ob sein Herz auch in ihrer Brust schlug.

Sie verstand ihn.

Das ließ sie ihm so nah sein. Und machte sie gleichzeitig so gefährlich.

Denn sie würde auf dem Grund seiner Seele lesen können wie in einem offenen Buch.

Das galt es zu verhindern.

4.

Beethovenallee 17. Endlich. Seit einer Viertelstunde fuhr ich jetzt schon mit meinem Rad durch das Musikerviertel. So heißt diese Gegend, weil hier alle Straßen nach bekannten Musikern benannt sind. Mozart, Haydn, Bach, Lehar und eben auch Beethoven. Im Dunkeln sah hier alles vollkommen gleich aus, und die Grundstücke waren so riesig, dass kaum eins der Häuser direkt am Weg lag. Namensschildchen oder Hausnummern am Eingang hatten die Bewohner dieser Gegend offensichtlich auch nicht nötig, sodass ich jedes Mal absteigen und das Rad ein Stück schieben musste, nur um herauszufinden, dass ich wieder vor dem falschen Haus stand.

Mel hatte die Einladung zum Abendessen tatsächlich ernst gemeint. Zwei Tage lang hatte ich mich gar nicht getraut, sie noch mal darauf anzusprechen. Und als sie mich dann heute Morgen fragte, ob ich nicht wirklich Lust hätte, mal vorbeizukommen, wurde ich auf einmal schrecklich nervös.

»Bitte«, hatte sie gesagt, »ich würde mich echt freuen. Und meine Eltern sind einverstanden, dass ich dich einlade.« Erst wollte ich Nein sagen. Ich hatte Melanies Vater zwei- oder dreimal an unserer Schule gesehen und fand ihn unsympathisch. Und alles, was ich sonst noch so von ihm mitbekommen hatte, machte nicht gerade Lust darauf, ihm persönlich zu begegnen. Ihre Mutter kannte ich gar nicht, sie hatte sich noch nie auf dem Schulgelände blicken lassen.

Mel musste mir meine Unentschlossenheit angesehen haben, denn sie lachte auf und klopfte mir beruhigend auf die Schulter.

»He, entspann dich. Ich dachte einfach, es könnte nett sein für dich, mal was anderes zu essen als diesen ewig gleichen Mensafraß. Außerdem würde ich mich wirklich über deinen Besuch freuen.«

Ich sagte zu. Nicht wegen des Mensaessens, das war okay, sondern weil ich mich auch freute. Das zwischen Mel und mir fühlte sich einfach gut an.

Über Melanies überstürzten Aufbruch aus dem Café hatten wir kein Wort mehr verloren. Auch hier verstanden wir uns wortlos. Mel wollte nicht über ihr Zuhause sprechen, und es fiel mir leicht, das zu akzeptieren. Schließlich ging es mir genauso. Umso mehr freute ich mich über ihre Einladung, denn sie zeigte mir, dass Mel mir vertraute.

Als ich das Haus, in dem Mel mit ihrer Familie lebte, endlich gefunden hatte, war ich bereits halb erfroren. Ich stieg vom Rad und schob es zu dem großen Eingangstor auf der gegenüberliegenden Straßenseite.

Es war so still hier. Ungewohnt still. Der Weg unter meinen Füßen knirschte bei jedem Schritt. Das Knirschen hallte in meinem Kopf wider. Da, wo ich herkam, waren immerzu irgendwelche Geräusche. Autohupen, die Straßenbahn, Stimmen, schreiende Kinder, laute Musik aus einem der zahlreichen Fenster.

Hier war nichts. Nur Stille.

Ich ließ den Blick über den Garten schweifen, der kein Garten war, sondern ein Park. Ein ruhiger, friedlicher Park, dessen Grenzen in der Dämmerung kaum auszumachen waren. Das einzige Geräusch machten meine Turnschuhe auf dem nassen Kies. Knirsch, knirsch, knirsch.

Mein Fahrrad hatte ich von innen an den hohen Zaun geschlossen. Es sah schäbig aus, wie es da so rostig an den glänzenden schwarzen Metallstangen lehnte.

Das Haus ließ mich die Luft anhalten. Eine riesige Villa mit hohen Fenstern hinter schmiedeeisernen Gittern. Zu hoch, um hineinzuschauen, aber vermutlich hatte man von drinnen einen Blick über die ganze Hofeinfahrt. Ich stellte mir vor, wie Mel und ihre Familie mir zuschauten, während ich auf das Haus zulief, und sofort kam meine Nervosität zurück. Plötzlich war es mir unangenehm, dass ich einfach eine Jeans angezogen hatte. Dass ich in meinem Kleiderschrank außer den Jeans nur noch ein paar Jogginghosen hatte, daran dachte ich überhaupt nicht.

Ich sah mich in meinem grünen Parka, von dem das Wasser tropfte, und mit meinen Turnschuhen, die im Schneematsch versanken. Kurz überlegte ich, wieder umzukehren, als ich Melanies Gesicht hinter einer der Gardinen entdeckte. Zu spät. Ich hatte bereits die Treppe erreicht, die breit und geschwungen zur Haustür führte. Rechts und links gesäumt von großen Buchsbaumkugeln in gigantischen Blumenkübeln. Auf den immergrünen Blättern lag Schnee. Unter einem Carport parkte ein schwarzer Mercedes neben einem riesigen weißen Geländewagen. Von Autos verstehe ich nicht viel, aber ich war mir sicher, dass hier mehr Geld auf dem Hof rumstand, als ich je besitzen würde.

Melanie riss die Haustür auf, bevor ich die Klingel berührt hatte. Das ersparte mir mein übliches Gestammel, in das ich immer ausbrach, wenn ich mich fremden Menschen vorstellen sollte.

»Da bist du ja endlich!« Sie packte mich am Arm und zog mich ins Haus. »Ich dachte schon, du hättest es dir anders überlegt.« Mel ahnte ja nicht, wie kurz ich davor gewesen war, genau das zu tun.

Sie bugsierte mich durch eine riesige Diele, dann hielt sie mir einen Kleiderbügel hin. »Beeil dich, wir wollen gleich essen. Mein Vater hasst Unpünktlichkeit.« Schon riss sie mir den Parka aus den Händen, musterte kurz meine Jeans und schob mich weiter.

Melanie stieß eine Tür auf und ich schloss geblendet die Augen. Offensichtlich hatten alle nur auf mich gewartet. Die Familie saß um einen großen ovalen Tisch versammelt, das Abendessen stand bereit und in einem silbernen Leuchter brannten sogar Kerzen.

»Darf ich vorstellen: meine Mutter, mein kleiner Bruder Mika und mein berühmter Vater Doktor Klaus Wieland, stellvertretender Leiter und sicher bald Chef des städtischen Klinikums. Über ihm thront nur Gott.« Der Sarkasmus tropfte aus Melanies Mund wie der Schnee von meinen nassen Turnschuhen. »Und das hier ist Jana Schwarzer, eine echte Konkurrenz.«

»Hi, Jana, schön, dich kennenzulernen.« Melanies Bruder winkte mir zu. Seine Augen leuchteten blau und grün zugleich.

Meeresaugen, schoss es mir durch den Kopf.

Überrascht registrierte ich, dass ich mich fast augenblicklich zu ihm hingezogen fühlte. Kleiner Bruder, hatte Mel gesagt. Obwohl Mika sitzen geblieben war, konnte ich erkennen, dass er mindestens einen Kopf größer als sie sein musste.

»Hallo, Mika, ich freue mich auch.«

Reiß dich zusammen, Jana, wo sind deine guten Manieren geblieben?

Ich machte ein paar Schritte zu Melanies Mutter hinüber und reichte ihr die Hand. »Vielen Dank für die Einladung, Frau Doktor Wieland.«

Sie saß da auf der Kante ihres Stuhls, als wollte sie jeden Moment davonlaufen. Nervös strich sie mit ihrer freien Hand ein paar blonde Strähnen aus ihrem Gesicht.

»Wieland, einfach nur Wieland reicht. Wir haben nur einen Doktor in der Familie.« Sie sprach so leise, dass ich sie kaum verstehen konnte. Wie ein toter Vogel lag ihre Hand in meiner, leblos und leicht. Und so kalt.

Schnell wandte ich mich Melanies Vater zu. Er trug ein weißes gebügeltes Poloshirt zur weißen Jeans. Ein Halbgott in Weiß. Seine rotblonden Haare waren so kurz, als sei er gerade aus der Armee entlassen worden. Sein Hemdkragen spannte über seinem Nacken. Man sah ihm den ehemaligen Leistungssportler immer noch an.

Obwohl Melanies Vater lächelte, schaute er mich an wie etwas, das man versehentlich neben die Mülltonne geworfen hatte.

»Guten Abend und vielen Dank für die Einladung.«

»Gern geschehen. Komm, setz dich, damit wir anfangen können. Ich freue mich schon darauf, von dir alles über die

Schule und das Training zu erfahren. Melanie erzählt uns viel zu wenig.«

Doktor Wieland wies auf einen Platz ihm gegenüber. Ich ließ mich auf den Stuhl gleiten, Mel nahm rechts von mir Platz. Zu meiner Linken saß ihre Mutter und zwischen den Eltern ihr Bruder Mika. Schweigend fing Melanies Mutter an, zuerst eine Schüssel mit Salat und dann eine Platte mit kaltem Braten herumzureichen. Mel hatte recht. Das war wirklich mal eine nette Abwechslung zu dem ewig gleichen Essen in der Mensa.

»Ich find's schön, dass du hier bist. Melanie bringt so selten jemanden aus der Schule mit.« Mika fischte mit den Fingern eine Olive aus dem Salat und schob sie sich in den Mund.

»Mika, was soll das? Benimm dich!«

Mika fuhr sich mit der Hand durch seine blonden Locken und lachte nur. Dann zwinkerte er seinem Vater zu, sodass dieser ebenfalls lachen musste.

So streng, wie Melanie immer behauptete, schien er doch nicht zu sein.

»Du musst schon entschuldigen, Jana. Mein Sohn ist manchmal einfach unmöglich.« Doktor Wieland reichte mir den Brotkorb und Mika grinste mich an. Ich hätte gerne gewusst, wie alt er war.

»Warum bist du nicht auf dem Internat?«, fragte ich ihn stattdessen.

»Ich?« Wieder dieses freche Lachen. »Weil ich schwimme wie eine Bleiente. Das sportliche Talent in unserer Familie hat meine süße Schwester ganz allein geerbt.«

Ich schaute zu Melanie, die eine Scheibe Weißbrot mit Butter bearbeitete, als wollte sie das Brot zerstückeln.

»Ja, Melanie ist der große Star an unserer Schule«, beeilte ich mich zu versichern.

»Ach, lass doch«, murmelte Mel und rutschte noch ein Stückchen tiefer.

»Ein bisschen weniger Star und ein bisschen mehr Ehrgeiz würden ihr nicht schaden.« Ungerührt biss Wieland von seinem Brot ab.

Ich sah, wie Melanies Mutter neben mir zusammenzuckte.

»Zu meiner Zeit haben wir trainiert, trainiert, trainiert. Außer der Schule und dem Training gab es da nichts.«

Ich ahnte, dass ihr Vater auf die Theater-AG anspielte, und wollte Melanie irgendwie beistehen.

»Melanie schwimmt uns sowieso schon alle in Grund und Boden.«

»Tut sie das?« Er lächelte. Stolz sah er dabei aber nicht aus. »Was ist mit dir? Trainierst du viel? Von welchem Verein bist du gekommen? Vielleicht kenne ich ihn ja? Es gibt nicht so viele gute Vereine in dieser Gegend.«

»Klaus, bitte.« Melanies Mutter flüsterte fast.

Ihr Mann schien sie gar nicht zu hören. »Ah, jetzt weiß ich es wieder!« Triumphierend spießte Wieland eine Olive mit seiner Gabel auf. »Du bist das Mädchen mit dem Stipendium. Richtig?« Er wandte sich an Mel. »Da kannst du mal sehen, dass Geld auch Gutes bewirken kann. Solche Talente wie das deiner Freundin müssen schließlich gefördert werden. Stimmt doch, oder?«

»Ja sicher, Papa.« Mel starrte auf ihren Teller.

»Hast du einen Freund?« Mikas Meeresaugen waren direkt auf mich gerichtet. Ich wusste nicht, wo ich hinschauen sollte.

»Mika!« Wieland lachte. »Jana wird für Jungs überhaupt keine Zeit haben. Setz ihr keine Flausen in den Kopf!«

Ich sah auf und warf Mika einen dankbaren Blick zu. Auch wenn mir seine Frage im ersten Moment unangenehm war, spürte ich doch, dass er mir nur aus der Patsche helfen wollte. Dann schüttelte ich den Kopf. »Bedaure, keinen Freund. Und du?«, konterte ich.

Mika war nicht so leicht aus der Fassung zu bringen. »An jedem Finger eine«, sagte er. »Aber ich habe ja noch meine Zehen.« Er grinste. Ich hatte das Gefühl, in seinen meerblauen Augen zu versinken.

»Was sind deine bevorzugten Disziplinen?«, riss Melanies Vater das Gespräch wieder an sich.

»Kraul und Schmetterling«, antwortete ich wahrheitsgemäß. Aus dem Augenwinkel sah ich, wie Melanie in der Bewegung innehielt.

»Zeiten?«

Ich nannte ihm meine aktuellen 100-Meter-Zeiten.

»Alle Achtung!« Wieland griff nach der Flasche und schenkte sich Wein nach. »Jetzt weiß ich auch, warum Melanie so wenig von der Schule erzählt. Da hat sie ja wirklich echte Konkurrenz bekommen.« Er lachte und nahm einen kräftigen Schluck. »Das wird eine spannende Saison. Ich freue mich schon darauf, dich schwimmen zu sehen.«

Schnell warf ich Melanie einen Blick zu, aber sie starrte weiterhin auf ihren Teller.

»Mein Sohn und ich, wir begleiten Melanie oft zu ihren Wettkämpfen. Bisher hatte sie immer leichtes Spiel, das wurde ja fast langweilig. Aber jetzt«, er deutete mit der aufgespießten

Olive auf mich, »wirst du uns sicher ab und zu ein richtiges Rennen bieten, oder?« Er zwinkerte mir zu und steckte sich die Olive in den Mund.

Bestürzt schaute ich Mika an. Das klang, als sei ich ein Hase, den man ins Rennen schickt, damit die Hunde schneller laufen.

»Warum hast du uns nie erzählt, dass du inzwischen so ernsthafte Konkurrenz hast?« Wieland wandte sich an Melanie.

Ich versuchte, die Situation zu retten. »Ich bin nicht wirklich eine Konkurrenz für Ihre Tochter. Sie schwimmt viel besser als ich, viel sauberer.« Das stimmte zwar so nicht, aber im Moment wollte ich einfach nur, dass er Mel in Ruhe ließ.

Wielands Augen fixierten mich, und plötzlich wusste ich, warum Melanie es die ganze Zeit vermied, ihren Vater direkt anzusehen. Unter seinem Blick fühlte ich mich wie ein Käfer, der auf dem Rücken lag und nur darauf wartete, zertreten zu werden.

Ich schaute auf meinen Teller vor mir, sah das angebissene Brötchen und den kalten Braten darauf. Und ich sah die Hand von Melanies Mutter neben mir. Ihre Finger klammerten sich um das Wasserglas, als wollten sie es zerdrücken. Ihre Fingerknöchel traten weiß hervor. Die Spannung in der Luft war fast greifbar.

Nur Wieland schien davon überhaupt nichts mitzubekommen. »Wie findest du euren Trainer? Kommst du gut mit ihm klar?«

Was für eine Frage. Ich hatte ehrlich keine Ahnung, was ich darauf antworten sollte, und zuckte mit den Schultern.

»Ich komm schon klar. Er ist strenger als mein alter Trainer. Aber der Erfolg gibt ihm ja auch recht.« Noch während ich das sagte, fragte ich mich, warum ich Drexler jetzt schon das zweite Mal in Schutz nahm. Im Grunde mochte ich ihn überhaupt nicht. Aber bei ihm konnte ich schwimmen. Und solange er mich in Ruhe ließ, war mir alles andere egal.

»Ihr schwimmt inzwischen in einer Leistungsklasse, da ist ein ordentlicher Trainingsaufbau wichtig. Die Trainer dürfen keine Samthandschuhe mehr tragen. Das sage ich Melanie auch immer.«

Darauf wusste ich nichts zu erwidern. Ich hatte auch überhaupt keine Lust mehr, mit Melanies Vater über das Training zu sprechen. Viel lieber hätte ich noch ein wenig mit Melanie geplaudert. Und mit Mika. Aber Wieland fand kein Ende und redete und redete. Draußen war es inzwischen stockdunkel. Als wir endlich mit dem Essen fertig waren, musste ich dringend zurück ins Internat.

»Willst du wirklich jetzt noch mit dem Rad fahren?« Die Besorgnis in Mikas Stimme versetzte meinen Bauch in ein aufgeregtes Flattern.

»Du bist mit dem Fahrrad hier?« Wieland zog die Augenbrauen hoch. Ich konnte nicht wirklich sagen, ob das Überraschung oder Missbilligung ausdrücken sollte. »Ich bringe dich zurück. Auf keinen Fall kannst du jetzt im Dunkeln noch allein draußen unterwegs sein.«

Ich schüttelte schnell den Kopf. »Danke, das ist wirklich nicht nötig. Ich benutze fast immer das Fahrrad. Es macht mir nichts aus.«

Alles in mir sträubte sich dagegen, mit Melanies Vater allein im Auto zu sein.

»Jana, das kommt gar nicht infrage. Ich bringe dich schnell

mit dem Geländewagen, da können wir dein Rad sogar mitnehmen. Mika, hilfst du Jana dabei, es zu verladen?«

»Klar!« Mika sprang auf.

»Ich komme auch mit.« Melanie stand ebenfalls auf.

Damit war das Abendessen wohl offiziell beendet. Ich bedankte mich noch einmal bei Melanies Mutter und folgte den beiden schnell nach draußen.

»Wo steht dein Rad denn?« Mika wartete schon in der offenen Haustür und schaute sich suchend um.

»Ich habe es am Zaun angeschlossen.«

»Okay, holen wir es.« Mika ging einfach los.

Melanie berührte mich leicht am Arm. »Es tut mir leid«, flüsterte sie. Irritiert schaute ich sie an. »Mein Vater. Er kann manchmal so peinlich sein. Ich hätte wissen müssen, dass er dich so ausquetscht.«

»Ach, ist schon okay«, winkte ich ab.

Mika war fast am Zaun angekommen, als mir einfiel, dass ich ja noch den Fahrradschlüssel in der Jackentasche hatte. Ich sprang die Treppe hinunter und lief hinter ihm her.

Kaum hatte ich den Zaun erreicht, schloss ich mein Rad auf und schob es auf den Kiesweg. Mika legte seine Hand auf den Lenker und stoppte mich.

»Was ist?«

»Ich fand es schön, dass du hier warst.«

Ich hatte keine Ahnung, was ich darauf erwidern sollte. Ich sah Mikas Hand auf meinem Fahrradlenker, wie sie sich immer weiter zur Seite schob und schließlich auf meiner Hand lag. Die Berührung durchfuhr mich wie ein Stromstoß. Verlegen sah ich zur Seite.

»Und es wäre auch schön, wenn du bald mal wiederkommen würdest«, sagte er leise. Dann ließ er meine Hand los.

Mein Herz schlug mir bis zum Hals. Ich dachte an Melanie, die in der offenen Haustür stand und auf uns wartete. Ich dachte an ihren Vater, der jeden Moment herauskommen und zum Auto gehen würde. Ich nickte. Und dann wollte ich nur noch weg.

Ich schwang mich auf mein Rad und drehte es in Richtung Tor.

»He, was …?« Mika wollte wieder nach dem Lenker greifen.

»Bitte, ich muss weg, ich kann nicht … mach dir keine Sorgen, ich fahre immer mit dem Rad. Wir haben überhaupt kein Auto«, setzte ich hinzu, als ich sein bestürztes Gesicht sah. »Danke. Bis demnächst mal wieder.«

»Okay. Dann muss ich wohl reingehen und versuchen, das meinem Vater beizubringen.« Mika lächelte und streifte noch einmal meinen rechten Arm.

Ich trat in die Pedale und fuhr in die Dunkelheit. Alles an mir wurde sofort wieder kalt. Nur mein rechter Arm glühte vor Hitze.

5.

»Melanie hatte recht, du hast wirklich Talent.«

Ich hatte nicht gemerkt, dass Bernges mit seinem Rollstuhl hinter mir stehen geblieben war. Am liebsten hätte ich das Lateinbuch über meine Zeichnung geschoben, aber dazu war es jetzt zu spät. Engelsflügel. Ausgerechnet. Kitschiger ging es ja kaum. Schnell legte ich den Bleistift zurück und schlug mein Buch auf.

»Vielleicht überlegst du es dir noch und hilfst uns wirklich bei den Bühnenbildern. Komm doch einfach mal während der Proben vorbei.« Mein Lateinlehrer berührte mich leicht an der Schulter, dann wandte er sich an die anderen. »Sucht euch jeder einen Partner und übersetzt zusammen den Text. Ihr habt eine halbe Stunde Zeit.« Er drückte Vanessa einen Stapel Zettel in die Hand. »Bitte nicht lange diskutieren, sondern gleich anfangen, damit wir heute noch zum Ende kommen.« Bernges griff in die Räder und rollte wieder nach vorne.

Allgemeines Gemurmel und Stühlerücken. Ich stand auf und suchte Mels Blick. Aber die saß schon neben Jonas. Zu zweit beugten sie die Köpfe über den Text. Ob es Zufall war, dass Jonas seinen Arm über Mels Stuhllehne gelegt hatte und noch ein bisschen dichter als unbedingt nötig an sie herangerutscht war? Auch die anderen hatten sich schon zu Paaren zusammengefunden.

Okay. Dann eben nicht.

»Jana, was ist mit dir?«

Mist. Bernges hatte gesehen, dass ich noch im Raum stand. Schnell setzte ich mich wieder hin, aber zu spät.

»Ist jemand ohne Partner? Jana ist noch allein.«

Konnte er nicht einfach die Klappe halten? Dass keiner mit mir zusammenarbeiten wollte, damit kam ich klar. Dass er es gleich der gesamten Klasse unter die Nase reiben musste, fand ich weniger witzig. Es reagierte sowieso niemand. Das Gemurmel verstummte schlagartig, und alle taten so, als seien sie intensiv mit ihrer Übersetzung beschäftigt. Was hatte Bernges erwartet?

»Wir könnten doch auch zu dritt arbeiten«, meldete Tom sich zu Wort.

Klar. Jesus wieder. Immer am Vermitteln, immer darauf bedacht, niemandem auf die Füße zu treten. Gäbe es Heiligenscheine, Tom hätte einen.

Ich hätte lieber allein gearbeitet; ich konnte mich sowieso kaum konzentrieren, weil ich immerzu an Mika denken musste. Aber Bernges hatte schon zustimmend genickt, also hatte ich keine andere Wahl. Ich nahm meinen Zettel und schlenderte zu Jesus-Tom und seinem Kumpel.

Während wir an der Übersetzung saßen, schaute ich immer wieder zu Mel rüber. Sie hatte heute noch kein einziges Wort mit mir gesprochen, und ich hatte keine Ahnung, was los war.

Als Mel heute früh ausnahmsweise zum Waldlauf aufgetaucht war, hatte ich mich gefreut, weil ich gehofft hatte, von ihr mehr über Mika zu erfahren. Und ich wollte sie fragen, wann sie wieder zur Theater-AG ging, um beim nächsten Mal vielleicht mitzukommen. Doch kaum war Mel zu unserer Mannschaft gestoßen, war sie auch schon von einer Schar gackernder Hühner umringt worden, allen voran Nora, die mir einen verächtlichen Blick zuwarf. Mel vermied es die ganze Zeit über krampfhaft, in meine Richtung zu schauen. Beim Waldlauf setzte sich die Gruppe um Mel ziemlich schnell von den anderen ab.

Dann halt nicht, dachte ich. Ich hatte keine Lust, mir die Lunge aus dem Leib zu rennen, und war ein ganzes Stück zurückgeblieben.

Nachdenklich berührte ich meinen Arm an der Stelle, die auch Mika gestern berührt hatte. Es war ein Fehler gewesen, Mel zu Hause zu besuchen. Ich hätte es vorher wissen müssen. Blöd war nur, dass ich Mel echt mochte. Von allen hier war sie die einzige richtige Konkurrenz. Und gleichzeitig war sie die Einzige, von der ich dachte, dass sie mich verstand. Dass sie auf meiner Wellenlänge schwamm. Im wahrsten Sinne des Wortes. Wir waren doch so etwas wie Freundinnen. Damit schien es jetzt vorbei zu sein. Und ich hatte keine Ahnung, warum.

Was war passiert?

Ihr Vater hatte mir so viele Fragen gestellt. Hatte ich etwas Falsches gesagt? Etwas über Mel erzählt, das er vielleicht gar nicht wissen sollte? Oder hatte es etwas mit Mika zu tun? Hatte Mel gestern gesehen, wie er mich berührt hatte? Ich beschloss, das Schwimmtraining abzuwarten und Mel danach in der Kabine abzufangen. Ich musste einfach mit ihr reden. Und zwar allein.

Auch im Training würdigte Mel mich keines Blickes, und bei den Sprints ging sie auf hundert Prozent, wenn nicht sogar mehr. Ich hatte Mühe, an ihr dranzubleiben, aber dann kriegte ich sie doch. Die anderen waren schon aus dem Wasser gestiegen, als wir beide immer noch schwer atmend und völlig erledigt am Beckenrand hingen.

»Könnt ihr mir bitte mal erklären, was das eben sein sollte?«, regte Drexler sich auf. »Wie oft habe ich euch schon gesagt, dass ihr im Training nicht auf volle Leistung gehen sollt? Nicht ohne meine ausdrückliche Anweisung!«

Mel verdrehte die Augen und tauchte einfach unter.

Das hielt Drexler nicht davon ab, weiter herumzubrüllen. »Wir haben nächste Woche das Sichtungsschwimmen des Kaders. Euch muss ich doch wohl nicht mehr erklären, wie wichtig dieser Termin für eure weitere Karriere ist?«

»Aber ich ...«

Drexler fiel mir ins Wort. »Zickenterror ist wirklich das Letzte, was wir hier gebrauchen können, Jana Schwarzer. Schreib dir das hinter die Ohren. Und bis morgen reflektierst du bitte schriftlich, warum es wenig sinnvoll ist, im Training an seine Leistungsgrenzen zu gehen. Zwei Seiten Minimum.«

Ich schnappte nach Luft und wollte etwas erwidern, als Melanie neben mir auftauchte. Ich wartete darauf, dass Drexler ihr ebenfalls eine Strafarbeit aufbrummen würde, aber er schwieg. Melanie zog sich die Schwimmbrille vom Kopf, schüttelte ihre blonden Locken und schwang sich aus dem Becken. Ohne mich und Drexler noch einmal anzusehen, verließ sie die Halle.

»He, Mel, warte!« Langsam wurde ich echt wütend. Ich stützte mich am Beckenrand auf und stemmte mich ebenfalls aus dem Wasser. »Sag mal, spinnst du komplett? Was ist eigentlich los mit dir?«

Ich wollte hinter ihr her zu den Duschen laufen, als Drexlers Hand mich hart am Oberarm packte. »Ich glaube, wir beide sollten uns mal in Ruhe unterhalten.«

Ich drehte mich um und versuchte, meinen Arm aus seiner Umklammerung zu befreien, aber Drexler hielt mich fest.

»Aua. Was soll das, verdammt?«

»Wir reden. Jetzt.« Sein Blick war eindeutig. Melanie war inzwischen längst unter der Dusche. Ich gab auf. Sofort lockerte sich Drexlers Griff.

»Was wollen Sie?«

»Es geht um deine Leistungen. Und um das Sichtungsschwimmen nächste Woche.«

»Meine Leistungen? Ist damit denn irgendetwas nicht in Ordnung?«

Drexler wusste so gut wie ich, dass ich in dieser Gruppe nur wenig ernsthafte Konkurrenz hatte.

»Noch ist damit alles in Ordnung. Aber ich möchte, dass das auch so bleibt.«

»Keine Sorge. Das wird es. Sonst noch was?«

»Nein. Das war's schon. Ich will einfach nur, dass du uns hier so lange wie möglich erhalten bleibst.«

Ich starrte ihn an.

»Wie meinen Sie das?« Langsam wurde mir kalt.

»Ich meine das so, wie ich es sage. Hier gibt es Regeln. Du hältst dich nicht immer an meine Anweisungen. Das kann ich nicht dulden. Du gefährdest die Disziplin der Mannschaft und deinen eigenen Trainingserfolg.«

»Eben haben Sie noch gesagt, mit meinen Leistungen sei alles in Ordnung. Und was unser kleines Rennen eben angeht, Sie haben doch gesehen, dass Mel das Tempo …«

»Halt Melanie da raus!« Drexler wurde lauter. »Hier geht es nicht um Melanie, hier geht es um dich. Dein Stipendium steht auf dem Spiel, Jana Schwarzer, wenn du nicht in der Lage bist, dich zu integrieren.«

Ich schnappte nach Luft. Mein Stipendium? Wollte Drexler mir ernsthaft damit drohen, nur weil Melanie und ich uns ein kleines Wettrennen geliefert hatten?

»Verdammt noch mal, Jana, ich will dir doch nur helfen.« Drexler sprach wieder leiser. »Deine Leistungen sind vollkommen in Ordnung, du musst niemandem etwas beweisen, am allerwenigsten mir.«

Ich starrte ihn an. Was zur Hölle wollte der Kerl von mir?

»Kann ich jetzt gehen?«

»Ja. Nein. Eins noch.« Drexler packte mich wieder am Oberarm. Nicht so fest diesmal, aber ich blieb trotzdem stehen.

»Das Sichtungsschwimmen nächste Woche.«

»Was ist damit?«

»Ich möchte, dass du dich ein bisschen zurückhältst, … dass du Melanie den Vorrang lässt.«

»Sie wollen, dass ich«, ich suchte nach den richtigen Worten, »dass ich *absichtlich* langsamer schwimme?«

Drexler ließ meinen Arm los und wandte sich ab. »Ich will nur, dass du dich ein bisschen zurücknimmst. Das ist alles.« Er schaute aus dem Fenster. »Deiner Karriere wird es nicht schaden, und für Melanie ist es wichtig, bei der Sichtung vorne zu liegen. Ganz vorne.«

Mir blieb einfach der Mund offen stehen.

»Haben wir uns verstanden?« Drexler hatte sich mir wieder zugewandt.

»Warum sollte ich das tun? Ich meine …« Ich stockte. »Es ist ja gar nicht gesagt, dass ich es schaffe, schneller als Mel zu sein. Aber warum sollte ich es gar nicht erst versuchen?«

»Weil ich es dir sage, darum.«

Ich schüttelte den Kopf.

»Warum …«

»Herrgott noch mal!« Er knallte das Klemmbrett mit unseren Trainingsplänen auf den Hallenboden. Erschrocken wich ich zurück, aber Drexler hatte sich schon wieder im Griff.

»Tu einfach, was ich dir sage, okay?« Er bückte sich nach den Unterlagen. Ohne mich anzusehen, sprach er weiter: »Du wirst Melanie nächste Woche den Vorrang lassen, oder …«

»Oder?« Ich wollte trotzig klingen, aber so ganz gelang mir das nicht.

Drexlers Augen fixierten mich. »Sportler, die die Anweisungen ihres Trainers infrage stellen, können wir hier nicht gebrauchen. Ich gehe davon aus, dass das jetzt deutlich genug war.«

Ich presste die Lippen zusammen. Drexler wandte sich um und verließ die Schwimmhalle.

Als ich in die Umkleide kam, waren die anderen schon weg. Ich weiß nicht, wie lange ich unter der Dusche stand, mir kam es vor, als seien es Stunden gewesen. Obwohl ich das heiße Wasser bis zum Anschlag aufgedreht hatte, fror ich erbärmlich. Ich versuchte, einen klaren Gedanken zu fassen, versuchte zu verstehen, was da eben passiert war, aber im Grunde war die Botschaft klar und deutlich: Entweder ich beugte mich Drexlers Anweisungen oder ich würde mein Stipendium verlieren. Das war Erpressung. Keine Frage. Doch wen würde das interessieren? Ich überlegte, ob es Sinn machte, sich an die Schulleitung zu wenden, verwarf den Gedanken aber gleich wieder. Drexler würde niemals zugeben, dass er versucht hatte, mich zu erpressen. Und dass der Direktor einem erfahrenen Trainer mehr Glauben schenken würde als einer Schülerin, das lag auf der Hand.

Ich verließ die Dusche, trocknete mich ab und schlüpfte in meine Klamotten. Ob Mels Vater etwas mit Drexlers Drohung zu tun hatte?

Ich schüttelte den Kopf. *Jetzt spinn nicht gleich rum, Jana.* Langsam sah ich wirklich Gespenster. Wieland war mir unsympathisch. Das ja. Aber hatte er nicht selbst gestern erst davon gesprochen, wie gut es war, dass es so etwas wie dieses Stipendium gab? Warum sollte er es mir wieder wegnehmen wollen? Melanies Vater saß mit im Gremium, das über meine Aufnahme an dieser Schule entschieden hatte. Er sah eigentlich nicht so aus, als ob er einmal getroffene Entscheidungen wieder rückgängig machen wollte.

Außerdem braucht er mich als Ansporn für Mel, schoss es mir durch den Kopf.

Ich zerrte den Reißverschluss meiner Fleecejacke hoch bis unters Kinn. Gegen das Frieren half es nicht.

Was, wenn ich einfach machte, was Drexler verlangte, und Mel nächste Woche kampflos gewinnen ließ? Wo wäre das Problem? Drexler hatte recht, meine Leistungen waren gut genug, ein solcher Ausrutscher würde meiner Karriere kaum schaden.

Das Problem war, dass mich allein schon der Gedanke daran total wütend werden ließ. Ich war hier, um zu schwimmen. Und ich war hier, um gut zu schwimmen. Ich wollte keine Almosen und auch nicht irgendwelche Deals. Ich wollte einfach nur das tun, was ich am besten konnte, und das nach Möglichkeit so gut, wie ich es eben konnte.

Ich knallte die Hallentür hinter mir zu und stapfte durch den Schneematsch zum Fahrradkeller. Ich musste mit Melanie reden. Und zwar sofort. Ich musste wissen, welche Rolle sie bei dem Ganzen spielte.

Auf dem Weg zu Melanies Haus versuchte ich, mir zurechtzulegen, was ich zu ihr sagen wollte. Ich wollte nicht gleich mit der Tür ins Haus fallen. Erst mal musste ich herausfinden, warum sie heute so abweisend zu mir gewesen war. Je länger ich über Mels Verhalten nachdachte, umso wahrscheinlicher fand ich es, dass sie über die Sache mit Drexler Bescheid wusste. Vielleicht schaffte sie es deswegen nicht, mir noch in die Augen zu schauen. Aber dazu würde ich sie jetzt zwingen.

Ich kettete mein Rad an einem Schild auf der anderen Straßenseite an und starrte eine ganze Weile zu dem Haus der Wielands hinüber, bevor ich mich auf den Weg machte. Hinter einem der Fenster bewegte sich etwas. Hatte Melanie mich schon erwartet? Würde sie mir wie gestern Abend wieder die Tür aufreißen?

Langsam ging ich auf die breite Treppe zu, die zur Haustür führte, aber nichts geschah. Diesmal musste ich wohl klingeln. Ich drückte auf den kühlen Messingknopf. Es dauerte eine halbe Ewigkeit, dann hörte ich Stimmen, konnte jedoch nicht verstehen, was sie sagten. Jemand öffnete die Tür. Vielleicht war es Mika? Trotz der Anspannung, die ich empfand, stahl sich ein erwartungsvolles Lächeln auf mein Gesicht.

Die Sicherheitskette war vorgelegt, sodass sich die Tür nur ein Stück weit öffnete. Melanies Mutter blickte mir durch den Spalt entgegen.

Ich versuchte, mir meine Enttäuschung nicht anmerken zu lassen.

»Guten Tag, Frau Wieland, ist Melanie schon zu Hause? Sie hat etwas im Unterricht vergessen, und ich wurde gebeten, es ihr zu bringen.« Diese Ausrede hatte ich mir unterwegs überlegt für den Fall, dass mir nicht Melanie selbst die Tür öffnen würde. Ich tat so, als ob ich in meinem Rucksack etwas suchte.

»Es tut mir leid, aber Melanie ist nicht zu Hause.«

Frau Wieland sprach wieder so leise, dass ich sie kaum hören konnte. Sie vermied es, mich anzusehen, und es war offensichtlich, dass sie nicht die Wahrheit sagte. Melanie war sehr wohl zu Hause, so viel war klar.

»Bitte, es ist wirklich wichtig. Kann ich kurz zu ihr?« Ich hatte jetzt ein Blatt aus dem Rucksack gezogen und wedelte Mels Mutter damit vor der Nase herum. »Es geht um die Sichtung nächste Woche.« Ich sprach extralaut, in der Hoffnung, dass Melanie irgendwo hinter ihrer Mutter stehen und lauschen würde. Prompt wurde die kleine Kette entfernt und die Haustür weiter aufgezogen.

Ich wollte mich gerade bedanken, als ich die Hand sah, die Melanies Mutter am Arm fasste und nach hinten zog.

»Jana? Bist du etwa wieder mit dem Fahrrad bis zu uns hinausgefahren? Du hast uns gestern Abend einen ganz schönen Schreck eingejagt.« Doktor Wieland schob sich in die offene Tür und versperrte mir den Weg.

Scheiße. Damit, dass ihr Vater zu Hause war, hatte ich nicht gerechnet.

»Ich wollte Mel etwas bringen und ganz kurz mit ihr reden.« Fast hätte ich gestottert. Ich versuchte, an Mels Vater vorbeizuschielen.

Wieland nahm mir das Blatt aus der Hand. »Tut mir wirklich leid, aber Melanie möchte nicht mit dir reden.«

»Aber warum …?«

Er hob die Schultern. »Zickenterror vielleicht? Ich habe ja keine Ahnung, was zwischen euch vorgefallen ist, aber ich denke, du gehst jetzt besser.« Er machte einen Schritt nach vorne.

Ich glaubte ihm kein Wort. Aber solange ich nicht wusste, ob Wieland bei der Sache nicht doch seine Finger im Spiel hatte, wollte ich ihn nicht unnötig reizen.

Ich wich ein Stück zurück.

»Dann geh ich mal wieder«, murmelte ich und versuchte, noch einmal an ihm vorbeizuschielen.

»Mach dir nichts draus. Sie wird sich schon wieder einkriegen. Du weißt ja, wie Mädchen manchmal sind.« Wieland lächelte. Es war das professionelle Lächeln eines Arztes, der seinem Patienten eine schlechte Nachricht mitteilen musste.

Ich schwieg. Im Moment konnte ich nichts anderes tun, als abzuhauen. Das Gespräch mit Mel musste warten, so viel hatte ich begriffen.

Scheinbar gelassen wandte ich mich zum Gehen, aber in mir brodelte es vor Wut. Am liebsten hätte ich dem schwarzen Wagen am Fuß der Treppe eine dicke Beule verpasst. Ich musste mich schwer zusammenreißen, um nicht einfach zuzutreten.

Als ich spürte, wie mir Tränen in die Augen schossen, wischte ich mir schnell mit dem Ärmel übers Gesicht.

Das fehlte noch, dass ich unter dem Blick dieses arroganten Typs anfing zu heulen!

Hinter mir knallte die Tür ins Schloss. Nur mühsam widerstand ich dem Drang, mich noch einmal zum Haus umzudrehen. Ich wollte gar nicht wissen, ob Mel hinter dem Vorhang stand und mir nachschaute.

Beim Fahrrad brauchte ich ewig, um den kleinen Schlüssel ins Schloss zu kriegen. Meine Finger waren rot und ganz steif vor Kälte.

Ich fluchte, als mir der Schlüssel zum dritten Mal aus der Hand rutschte und in den Schnee fiel.

»Kann ich dir helfen?«

Ich fuhr herum. Hinter mir stand Mika. Schnell fischte ich den Schlüssel wieder vom Boden auf und fummelte weiter an dem Fahrradschloss herum.

»Danke, nicht nötig. Ich komm schon klar.«

»Mit *den* Fingern ganz bestimmt nicht, die sind ja so gut wie erfroren.«

Behutsam nahm Mika mir den Schlüssel aus den Händen und bückte sich zu meinem Fahrrad hinunter. Ich unterdrückte den Impuls, ihn festzuhalten, um seine Berührung noch ein wenig länger spüren zu können. Gleichzeitig ärgerte ich mich darüber. Ich wollte das nicht. Ich wollte einen kühlen Kopf behalten. Aber etwas in mir fühlte sich zu Mika hingezogen und ich war machtlos dagegen.

Es klackte und das Schloss sprang auf.

»Danke«, murmelte ich und stopfte es in meinen Rucksack. Ich wollte nur noch weg hier.

»Jana?«

»Hm?«

Mika griff in seine Jackentasche und zog ein Paar Handschuhe hervor.

»Kannst sie mir ja irgendwann wiedergeben. Oder du gibst sie Mel in der Schule mit.«

Ich zögerte nur kurz, dann griff ich nach den Handschuhen und zog sie an.

»Mel redet nicht mehr mit mir.«

Mika runzelte kurz die Stirn. »Sei ihr bitte nicht böse«, sagte er dann. »Sie meint es sicher nicht so.«

»Sie meint *was* nicht so?«, fragte ich herausfordernd.

»Sie hat tatsächlich behauptet, dass sie dich nicht sehen will. Aber das stimmt nicht. Glaub ich zumindest. Das hat sie nur wegen unserem Vater gesagt.«

Langsam fragte ich mich, ob es eigentlich irgendetwas gab, das Mel nicht wegen ihrem Vater tat. Vermutlich bat sie ihn sogar um Erlaubnis, wenn sie mal aufs Klo musste. Ich hatte keine Lust mehr auf dieses Getue und wollte nur zurück in die Schule. Das Gespräch mit Drexler lag mir noch im Magen, Melanies Probleme konnte ich im Moment nicht zusätzlich gebrauchen.

»Melanie steht wahnsinnig unter Druck. *Er* macht ihr den Stress. Fast jeden Tag. Du weißt ja, dass er selbst einmal ein erfolgreicher Leistungssportler war. Irgendwie erwartet er jetzt, dass Melanie diese Erfolgsserie fortsetzt. Und Melanie tut alles, um ihm diesen Wunsch zu erfüllen.« Mika seufzte.

Ich zuckte mit den Schultern. »Und was hat das alles mit mir zu tun?«

»Du bist gut. Mindestens so gut wie Mel, bei den Zeiten, die du schwimmst.« Er schaute mir in die Augen, und ich musste mich zwingen, nicht darin zu ertrinken. »Und damit bist du eine Gefahr für seine Pläne.«

»Seine Pläne?«

»Er will Mel oben sehen. Ganz oben, wenn du verstehst, was ich meine.«

»Olympia?«

Mika nickte.

»Und Mel? Will sie das auch?«

Jetzt war er es, der mit den Schultern zuckte. »Ja, ich glaube schon. Ich bin mir nur nicht so sicher, ob sie es wirklich für sich selbst will, oder nur, weil sie ihn nicht enttäuschen möchte.«

»Tja, Pech für deine Schwester, dass wir das gleiche Ziel haben.« Ich hatte langsam keine Lust mehr auf diese Unterhaltung. Die Gefühle zu diesem Jungen verwirrten mich. Und die Ziele von Doktor Wieland waren mir herzlich egal. »Da wird sie wohl kämpfen müssen.«

Ich schwang mich auf mein Rad und wollte losfahren, aber Mika hielt den Lenker fest.

»Wenn du gegen Mel kämpfst, kämpfst du gegen meinen Vater. Das ist ein Kampf, den du nur verlieren kannst.«

Die Besorgnis in seiner Stimme machte mir Angst.

6.

Sie meinen es nicht so, hatte Melanie gesagt. *Sie meint es nicht so.* Auch Mika hatte diese Worte benutzt. Mika. Ich lag da, starrte in die Dunkelheit und versuchte, mir sein Gesicht ins Gedächtnis zu rufen. Die gleichen blonden Locken, wie sie auch Mel trug. Nicht ganz so lang natürlich, aber lang genug, um im Sommer einen hübschen Surfer abzugeben. Ich konnte es eigentlich nicht so ganz glauben, dass Melanie die Einzige sein sollte, die in der Familie sportliches Talent geerbt hatte. Mika sah wirklich alles andere als unsportlich aus. Ich fragte mich, auf wessen Seite er stand.

Sie meinen es nicht so. Sie alle meinten es exakt so. Warum zur Hölle sollten sie diese Dinge sonst sagen?

Nur bei Wieland war es genau umgekehrt. Seine Nettigkeiten waren keineswegs so gemeint, wie sie sich anhörten. Da war ich mir sicher. Ich musste an Wielands Lächeln denken, mit dem er mich abserviert hatte. Er versteckte sich hinter der professionellen Höflichkeit eines Arztes. Es waren seine Augen, die ihn verrieten. Die mir zeigten, dass er mich am liebsten dahin zurückschicken würde, wo ich hergekommen war.

Seit ich denken kann, hatte ich mich nach einem Vater gesehnt. Ich stellte mir vor, wie er neben mir herlief, als ich Radfahren lernte. Ich malte mir aus, wie er am Beckenrand stand und mich anfeuerte, als ich zu schwimmen begann. Wir ließen zusammen Drachen steigen und spielten gegen die Jungen in unserer Straße Fußball. In Wirklichkeit hatte ich nie einen Drachen besessen und wenn, hätte ich nicht gewusst, wie man ihn zum Fliegen bringt. Und es war auch keiner da, der es mir hätte beibringen können. Das Fliegen habe ich ganz allein gelernt.

Mein Wecker hatte noch nicht geklingelt. Ich schloss die Augen und versuchte, mir auszumalen, wie mein Vater wohl ausgesehen hatte. Es gab einmal ein Foto von ihm. Aber ich habe es nicht geschafft, sein Bild in mir festzuhalten. Alles, was ich vor meinem inneren Auge sehe, wenn ich versuche, dieses Foto wieder heraufzubeschwören, ist ein Haufen kleiner Papierschnipsel. Und eine Kinderschere.

Als ich das Foto fand, war ich fünf Jahre alt. Ich hatte keine Ahnung, wer der Mann auf dem Bild war, aber er gefiel mir. Damals gefielen mir allerdings fast alle Männer, so sehr wünschte ich mir einen von ihnen in unsere Wohnung. Ich stellte mir vor, dass alles besser würde, wenn einer da wäre, der Mama half, mit dem fertig zu werden, das sie so traurig machte. Ich glaubte, Mama dürfte nur nicht mehr allein sein, dann würden auch die Klammertage für immer verschwinden. Das Foto mit dem fremden Mann versteckte ich und betrachtete es immer nur heimlich. Als meine Mutter mich damit erwischte, rastete sie aus. Sie schrie herum, wo ich das Bild herhätte, wie ich es wagen könnte, in ihren Sachen zu wühlen, was mir einfallen würde, ihr hinterherzuspionieren.

Das Foto war einfach nur aus einem Buch herausgefallen, das ich mir hatte anschauen wollen. Ich hatte es aus dem Regal gezogen und da war mir dieser Mann vor die Füße gefallen. Ich hatte ihn nicht gesucht, er hatte mich gefunden. Aber meiner Mutter sagte ich das alles nicht. Sie hätte mich ohnehin nicht gehört. Sie brachte mir meine Bastelschere und befahl mir, das Bild zu zerschneiden. Ich wollte das nicht, es kam mir falsch vor, auch wenn ich diesen Mann nicht kannte. Schließlich hatte er mir nichts getan. Aber sie schrie und tobte und ich bekam Angst vor ihr und weinte und dann zerschnitt ich das Foto. Stückchen für Stückchen schnitt ich von dem Bild ab. Am Anfang bemühte ich mich noch, nicht sein Gesicht zu verletzen, und schnitt immer nur vom Rand ab. Aber irgendwann war kein Rand mehr da, und meine Mutter stand immer noch neben mir und passte auf, und dann schnitt meine Schere mitten durch dieses Gesicht, das ich nicht kannte. Schließlich, als nichts mehr von dem Foto übrig war außer einem kleinen Berg voller Papierschnipsel, nahm mir meine Mutter die Schere aus der Hand und befahl mir, die Schnipsel ins Klo zu werfen und runterzuspülen.

Wir haben über dieses Foto nie wieder gesprochen, meine Mutter und ich. Und erst viel später begriff ich, dass es mein Vater war, den ich damals unter ihrer Aufsicht in tausend kleine Stücke zerschnitten hatte.

Das Schrillen meines Weckers riss mich aus meinen Gedanken. Ich stellte ihn aus und schlüpfte aus dem Bett. Vor meinem Kleiderschrank blieb ich stehen. Ich betrachtete die Gestalt in dem zerknitterten T-Shirt, die mir aus dem Spiegel entgegenblickte. Sah den mageren Körper, dem man den Leistungssport kaum anmerkte. Nur wer sich auskannte, konnte die Muskeln an meinen Oberarmen und Beinen erkennen. *Es ist mir völlig schleierhaft, woher du deine Kraft nimmst*, hatte mein Trainer früher oft gesagt. *Du siehst aus wie ein Vögelchen, das zu früh aus dem Nest gefallen ist.* Mein Blick streifte meine kurzen strubbeligen Haare, die nie so ordentlich am Kopf liegen bleiben wollten wie die Frisuren der anderen Mädchen in meiner Klasse. Ein paarmal hatte ich versucht, mir die Haare wachsen zu lassen, aber es war zwecklos. Meine Haare machten, was sie wollten. Ich griff zur Schere auf meinem Nachttisch und schnitt zwei Ponyfransen ab, die mir schon wieder ins Gesicht gewachsen waren. Danach zog ich das T-Shirt über den Kopf und drehte mich ein Stück, um einen Blick auf mein Tattoo zu werfen. An dem Tag, als die Zusage für das Stipendium kam, habe ich es stechen lassen. Ein kleiner Schmetterling ziert seitdem meine rechte Schulter. Da ich noch keine achtzehn war, sollte meine Mutter ihr schriftliches Einverständnis erteilen. Die Unterschrift für die Einwilligungserklärung habe ich gefälscht. Meine Mutter hätte mir nie ein Tattoo erlaubt. Sie hat es bis heute noch nicht gesehen, und da sie sowieso nie zu meinen Wettkämpfen kommt, ist es auch unwahrscheinlich, dass sie es irgendwann zu Gesicht bekommen wird.

»Warum ausgerechnet ein Schmetterling?«, fragte mich Mel nach unserem ersten gemeinsamen Training. »Warum kein Delfin oder Fisch oder vielleicht eine Nixe?«

»Ich wollte Flügel.« Diese Antwort musste ihr genügen.

Ich warf einen letzten Blick in den Spiegel, dann schlüpfte ich in meine Klamotten. Heute war Samstag, nach dem Morgentraining würde ich nach Hause fahren. Übers Wochenende war das Internat meistens leer, nur selten blieb jemand freiwillig in der Schule, wenn er zu seiner Familie fahren konnte. Ich wäre gerne hiergeblieben, aber meine Wochenendbesuche zu Hause waren Pflicht. Ohne das hätte meine Mutter niemals erlaubt, dass ich ins Sportinternat übersiedele.

Ich zog meine Winterjacke über den Trainingsanzug, warf mir meinen Rucksack über die Schulter und verließ das Zimmer. Am Schwarzen Brett sah ich, dass der Waldlauf für heute Morgen abgesagt worden war, Drexler hatte einen wichtigen Termin.

Einen Moment überlegte ich, ob ich erst noch frühstücken sollte. In der Mensa brannte schon Licht, und wenn ich ehrlich war, hatte ich Hunger. Frühstück hätte aber auch bedeutet, wieder auf die anderen aus meiner Klasse zu treffen, und bevor ich nicht mit Melanie gesprochen und rausgefunden hatte, was mit ihr los war, hatte ich darauf wenig Lust.

Ich beschloss, auf das Frühstück zu verzichten. Einen Kaffee und eine Scheibe Toast würde es auch zu Hause geben, so lange konnte ich es noch aushalten.

Zwei Minuten später stand ich auf der Straße an der Bushaltestelle. Als der Bus kam, stieg ich ein und fand einen Platz ganz hinten. Ich holte meinen MP3-Player aus dem Rucksack, steckte mir die Stöpsel in die Ohren und lehnte meinen Kopf an die Scheibe. Die Fahrt nach Hause dauerte fast eine Stunde, ich konnte also ganz in Ruhe noch ein wenig dösen. Ich wollte gerade die Augen schließen, als der Bus abrupt bremste und lautes Hupen zu mir durchdrang. Ich blinzelte und versuchte zu erkennen, was los war. Ein ziemlich großer schwarzer Pkw war vom Schulhof gerollt und hatte dem Bus offensichtlich die Vorfahrt genommen. Ich sah den Busfahrer fluchen und die

Faust schütteln, was den Autofahrer aber scheinbar wenig beeindruckte. Er bog nach links ab und rollte betont langsam am Bus vorbei.

»Du glaubst wohl, nur weil du einen dicken Schlitten fährst, hast du eine eingebaute Vorfahrt!« Das Gebrüll des Busfahrers war bis in die hinterste Reihe zu hören. Neugierig warf ich einen Blick auf den Fahrer des schwarzen Mercedes. Ich sah direkt in das Gesicht von Drexler und zuckte zurück. Es gab keinen Grund dafür, schließlich war ich einfach auf dem Weg nach Hause. Trotzdem hoffte ich, dass Drexler mich nicht gesehen hatte, und rutschte ein Stückchen tiefer in meinen Sitz. Der Busfahrer startete den Motor erneut und fuhr endlich los.

Ich versuchte, noch ein paar Minuten zu schlafen, aber ich schaffte es nicht. Das Gespräch mit Drexler war mir wieder eingefallen und ging mir nicht mehr aus dem Kopf. Warum wollte er, dass ich Melanie gewinnen ließ? Und wie sollte ich auf seine Forderung reagieren? Es ging mir nicht so sehr um den Sieg. Wenn Melanie besser schwamm als ich, war das eine Herausforderung, kein Drama. Aber ich war nicht bereit, mich freiwillig zurückzunehmen. Drexler hatte mir ziemlich offen mit dem Verlust meines Stipendiums gedroht. Konnte er das überhaupt? Und was wurde aus meinem Stipendium, wenn ich nicht die erwarteten Leistungen erbrachte? In meinem Kopf drehte sich alles und ich fand keine Lösung. Ich musste mit Melanie reden, so viel stand fest. Aber ich musste auch herausfinden, wie viel Drexler wirklich zu sagen hatte. Nur, wen konnte ich fragen? Wen konnte ich ins Vertrauen ziehen? Die Gefahr, dass derjenige sofort zu ihm rennen und mich verraten würde, war einfach zu groß.

Endstation. Als der Bus hielt, hatte ich immer noch keine Lösung gefunden. Nur eins wusste ich sicher: Meine Mutter war die Letzte, die mir hierbei helfen würde.

Ich stieg aus und überquerte die Straße. Ich beschloss, erst mal nach Hause zu gehen, heiß zu duschen und danach zu frühstücken. Dann würde ich versuchen, Melanie zu erreichen. Vielleicht würde Mama mit mir zusammen frühstücken. Dann könnte ich ihr von meinem Besuch bei Mel erzählen. Nur von den Äußerlichkeiten natürlich. Von dem großen Haus mit den dicken Teppichen, den Kerzen auf dem Tisch und dem Wein zum Abendessen. Das würde ihr gefallen, das war die Welt, von der sie Abend für Abend vor dem Fernseher träumte.

Als ich jedoch unseren Wohnblock erreichte, war ich plötzlich nicht mehr so sicher, ob es eine gute Idee war, ihr vom Musikerviertel zu erzählen. Ich ließ meinen Blick über die Fassade und die Balkone nach oben zum vierten Stock schweifen. Noch nie war mir das Haus so hässlich vorgekommen wie heute. Ich würde nie, niemals jemanden aus meiner Klasse mit hierher bringen können. Ich trat die Haustür mit dem Fuß auf. Das Schloss war seit Monaten kaputt, und niemand fühlte sich dafür verantwortlich, es zu reparieren. Ich begann, die vier Stockwerke nach oben zu gehen. Dort angekommen, zog ich meinen Wohnungsschlüssel aus der Jackentasche und schloss auf. Ich hätte klingeln können, aber es war sehr früh, und ich wollte Mama nicht wecken, falls sie noch schlief.

Insgeheim wünschte ich mir, dass sie das nicht tat. Ich stellte mir vor, wie sie in der Küche stand und Kaffee kochte oder Weißbrot toastete, mit Butter und Marmelade bestrich und auf mich wartete. Ich legte meinen Rucksack im Flur ab. Es roch weder nach Kaffee noch nach getoastetem Brot. Es roch nach kaltem abgestandenem Rauch. Seit ich ausgezogen war, hatte meine Mutter wieder angefangen, in der Wohnung zu rauchen. Früher war sie dazu wenigstens auf den Balkon gegangen, aber darin sah sie jetzt keinen Sinn mehr.

»Schlimm genug, dass ich den ganzen Tag allein bin. Warum soll ich mir deinetwegen auch noch den Arsch abfrieren?«, hatte sie mir geantwortet, als ich sie das erste Mal auf die Raucherei in der Wohnung angesprochen hatte.

Ich warf einen Blick in die Küche. Nichts. Ich zog meine Jacke aus, hängte sie im Flur an einen Haken und ging hinüber zum Schlafzimmer. Vorsichtig drückte ich die Klinke hinunter und öffnete die Tür. Ihr Bett war leer.

»Mama?« Ich schaute im Badezimmer nach, wieder nichts.

»Mama, ich bin's! Wo steckst du?« Ihre Winterjacke hing neben meiner im Flur, sie musste also zu Hause sein. Kurz betrachtete ich die beiden Jacken, die da nebeneinanderhingen, als ob sie zusammengehörten. Dann ging ich ins Wohnzimmer. Das Erste, was ich sah, war die leere Flasche auf dem Fußboden. Auf dem Wohnzimmertisch stand ein halb volles Glas, daneben quollen Zigarettenkippen aus dem Aschenbecher. Die Luft war zum Schneiden. Ich durchquerte den Raum, zerrte den Rollladen nach oben und riss die Balkontür auf. Kalte Luft strömte herein und nahm mir den Atem. Vom Sofa kam ein Stöhnen. Unter der Wolldecke bewegte sich etwas. Ich ging hinüber und packte meine Mutter an der Schulter. »Mama, aufwachen, ich bin's, Jana!«

Ein weiteres Stöhnen. Ich schüttelte Mama noch mal. Sie blinzelte und streckte die Hand nach dem Tisch aus. Sie tastete eine Weile herum, bis sie die Schachtel neben dem Aschenbecher fand, sie kurz schüttelte und merkte, dass sie leer war.

»Scheiße.« Sie warf die Schachtel auf den Fußboden. Ihre Augen waren immer noch geschlossen.

Warum war ich überhaupt nach Hause gefahren? Was hatte ich erwartet?

Meine Mutter tastete wieder über den Tisch und griff nach ihrem Glas. Ich stopfte meine Hände in die Hosentaschen und ballte sie zu Fäusten. Am liebsten hätte ich das Glas genommen und an die Wand geworfen. Aber das hätte nichts geändert. Gar nichts.

Meine Mutter stöhnte und richtete sich halb auf dem Sofa auf. Sie setzte das Glas an die Lippen, öffnete kurz die Augen und sah mich an. Etwas Trotziges lag in ihrem Blick, bevor sie die Augen wieder schloss und sich zurück auf ihr Kissen fallen ließ.

»Dir auch einen guten Morgen«, murmelte ich und ging in die Küche.

Im Kühlschrank fand ich eine Tüte Milch und ein paar Eier. Immerhin. Ich goss mir etwas von der Milch in ein Glas und roch vorsichtig daran. Wenigstens war sie frisch. Dann setzte ich eine Pfanne auf den Herd und verarbeitete die Eier zu Rührei. Meine Mutter kam aus dem Wohnzimmer, als ich fast fertig war mit meinem Frühstück. Sie setzte sich zu mir an den Tisch, stützte den Kopf in die Hände und sah mich an.

»Du solltest duschen gehen«, sagte ich knapp. »Und was Frisches anziehen.«

Ich sah, dass sie mir widersprechen wollte, aber dann stand sie auf und schlurfte ins Bad. Ich hörte, wie sie das Wasser aufdrehte, und räumte in der Zwischenzeit die Küche wieder auf. Wir hatten die Rollen getauscht. Es war einfach irgendwann passiert. Wenn ich ihr nicht sagte, was sie machen sollte, machte sie gar nichts. Ein paarmal habe ich versucht, wieder das Kind zu sein. Ihr Kind. Aber dann waren wir wie zwei Kinder nebeneinander, die ihre Mutter verloren hatten.

Ich holte ein Stück Papier aus der Schublade, suchte nach einem Stift und fing an, einen Einkaufszettel zu schreiben. Tat ich das nicht, würde sie sich eine Woche lang nur von Zigaretten ernähren. Und von dem, was ihr die Kolleginnen im Baumarkt zusteckten. Ich hatte gewusst, dass sie mich vermisste, hatte gewusst, dass sie sich mehr gehen ließ als sonst, seit ich nicht mehr jeden Tag da war, aber ich war trotzdem geschockt. Es war schlimmer, als ich gedacht hatte.

Ich holte meinen Rucksack aus dem Flur und kippte meine Wäsche aus. Solange Mama im Bad war, konnte ich schon mal die Maschine anschmeißen. Viel Wäsche hatte ich nicht, schließlich verbrachte ich den halben Tag im Wasser. Ich stopfte meine Jeans und ein paar T-Shirts in die Waschmaschine und schaltete sie an. Ich hatte gerade die Klappe zugeworfen und einen Kaffee aufgesetzt, als meine Mutter zurück in die Küche kam. Sie sah besser aus, trug frische Sachen und um den Kopf hatte sie ein Handtuch gewickelt. Sie zog mich in ihre Arme und ich ließ es mir gefallen.

»Guten Morgen, mein Schatz. Es tut mir leid. Ich wollte fertig sein, bevor du kommst, aber ich bin einfach nicht wach geworden. Und ich habe ganz fürchterliche Migräne.«

Ich nickte und genoss ihre Arme um meinen Körper.

»Schon okay«, sagte ich, obwohl eigentlich gar nichts okay

war. Aber das wussten wir beide, also brauchte ich es nicht auszusprechen.

»Wie war deine Woche?« Meine Mutter nahm zwei Tassen vom Regal und schenkte uns Kaffee ein.

»Ganz gut.« Ich zögerte kurz. »Melanie hat mich zu sich nach Hause eingeladen.«

»Melanie?«

»Ja, Melanie Wieland, die Tochter von dem Arzt, du weißt schon.« Als ich im Internat anfing, hatte meine Mutter mich ständig nach den anderen ausgefragt, wer sie waren, woher sie kamen und was ihre Eltern so machten. Natürlich hatte ich ihr schon längst von Melanie erzählt.

»Hm. Ach so. Ja. Wie war es?«

Ich nippte an meinem Kaffee.

»Es war nett«, log ich. »Ihre Eltern sind nett. Und ihr Bruder auch«, fügte ich hinzu. Ich musste lächeln, als ich mir das Gesicht von Mika ins Gedächtnis rief.

»Ihr Bruder?« Es klirrte, als meine Mutter die Tasse auf den Tisch knallte.

7.

»Mika ist nicht so. Hör endlich auf, ihn schlechtzumachen, du kennst ihn doch gar nicht!«

»Jana, verdammt! Wenn du einen kennst, kennst du alle, wann begreifst du das endlich?«

Ich rannte aus der Küche in mein Zimmer und knallte die Tür hinter mir zu. Seit einer halben Stunde stritten wir uns jetzt und ich hatte es so satt. Ich wünschte, ich könnte woandershin, aber das war nun mal mein Zuhause, und außer dem hier und meinem Zimmer im Internat gab es nichts, wo ich hätte hinfahren können.

Eigentlich hätte ich es besser wissen müssen. Sobald das Gespräch auf einen Jungen kam, rastete meine Mutter regelmäßig aus. Es spielte keine Rolle, wer der Junge war oder ob er überhaupt viel mit mir zu tun hatte. Es reichte aus, ihr zu sagen, dass ich ihn nett fand.

Manchmal wurde sie nur wütend. Damit konnte ich umgehen. Wir brüllten uns an, ein paar Türen knallten und irgendwann vertrugen wir uns wieder. Schlimmer waren die Abstürze. Dann weinte sie wie ein kleines Kind, dem man sein Spielzeug weggenommen hatte. Ich begriff erst spät, dass ich das Spielzeug war, um das es ging.

»Männer sind Schweine«, war ein Lieblingssatz von ihr und auch, wenn ich nicht genau wusste, was ihr von einem Mann oder vielleicht auch von mehreren früher angetan worden war, hatte ich ihre Einstellung bisher respektiert und mich damit abgefunden, dass meine Mutter für den Rest ihres Lebens Single bleiben wollte. Das war ihre Entscheidung und sie hatte nichts mit mir zu tun. Dachte ich. Als kleines Kind siehst du die Welt, wie sie ist. Und es ist egal, ob dir gefällt, was du siehst, oder ob es dir nicht gefällt. Es ist die Welt, die du kennst, und du stellst sie nicht infrage.

Erst als ich älter wurde, begriff ich, dass meine Welt nur eine von vielen möglichen war. Und dass meine Mutter alles tat, um mir die anderen Welten vorzuenthalten. Sie wollte nicht, dass ich unter dem Seil durchtauchte und nach anderen Welten suchte. Und sie schaffte es irgendwie, mir das Gefühl zu geben, dass sie ohne mich ertrinken würde. Obwohl das Wasser, in dem sie lebte, flach war.

Es klopfte an meiner Tür.

»Jana, mach auf, bitte.«

Ich starrte aus dem Fenster und schwieg.

»Jana, ich habe es doch nicht böse gemeint. Ich mache mir einfach Sorgen um dich, verstehst du das denn nicht?« Ihre Stimme klang jetzt weinerlich, aber damit kam sie bei mir nicht an. Nicht mehr. Eine Weile lang blieb es still. Dann ein kurzes Schniefen.

»Na gut, wie du willst. Ich gehe jetzt einkaufen. Wenn ich zurückkomme, bist du hoffentlich fertig damit, beleidigt zu sein.« Ihre Stimme war jetzt ganz ruhig.

Eben noch hatte ich eine Mutter, die zu viel trank und kaum

vom Sofa runterkam. Die ohne Einkaufsliste von mir am Wochenende hungern würde. Und jetzt? Ich hielt es kaum noch aus. Manchmal fragte ich mich, ob wir beide überhaupt in einem Raum atmen konnten, ohne uns gegenseitig die Luft zu nehmen.

Erst als ich hörte, wie die Haustür ins Schloss fiel, öffnete ich wieder meine Zimmertür. Ich ging in die Küche, um nachzuschauen, wie weit meine Wäsche inzwischen war. Bevor die Maschine nicht fertig war, konnte ich nicht gehen. Und im Moment wollte ich einfach nur weg. Aber es sah so aus, als ob daraus vorläufig nichts würde. Ich warf einen Blick auf die Uhr. Elf. Selbst Melanie dürfte jetzt ausgeschlafen haben. Ich zog mein Handy aus der Hosentasche und wählte ihre Nummer.

»Melanie Wieland.« Sie meldete sich sofort nach dem ersten Klingeln.

»Mel, Jana hier. Bitte leg nicht auf, ich …«

»Was willst du?« Ihre Stimme klang abweisend.

»Ich muss mit dir reden. Dringend. Ich habe es gestern den ganzen Tag versucht, aber du gibst mir ja keine Chance!«

»Da gibt es nichts zu reden. Ich will einfach in Ruhe gelassen werden. Ist das so schwer zu verstehen?«

»Melanie, bitte. Was ist los? Hat dein Vater etwas damit zu tun? Weißt du, was Drexler zu mir gesagt hat?« Eigentlich wollte ich es diplomatischer anpacken, aber Melanie würde mir nicht die Zeit dazu lassen.

»Lass meinen Vater aus dem Spiel. Und was Drexler gesagt hat, interessiert mich nicht.«

»Können wir uns treffen? Melanie, hörst du, es ist wichtig! Mel?«

Sie hatte aufgelegt. Ich starrte mein Handy an. Mel hatte einfach mitten im Gespräch aufgelegt.

»Verdammt noch mal!« Wütend schmiss ich mein Handy auf den Küchentisch. Ich ging zum Fenster und starrte auf die Straße.

Der Schnee hatte sich in grauen Matsch verwandelt. Überhaupt sah von hier oben alles grau aus. Die Häuser, die Straße, selbst die wenigen Menschen, die vorüberliefen, waren grau. Trugen graue Jacken zu grauen Gesichtern. Die paar Bäume, die hier standen, waren ebenfalls grau. Ich presste meine Stirn gegen die kühle Scheibe und dachte an die glänzenden Silberbäume im Wald. Hier war nichts von ihnen zu sehen, es war, als ob auch sie zu einer anderen Welt gehörten.

Ich stand noch am Fenster, als ich meine Mutter zurückkommen sah. Sie schleppte zwei Taschen und schaute nicht nach oben, als sie das Haus betrat. Wie klein sie von hier oben wirkte. Ganz winzig. Und sehr allein. Wieder packte mich das schlechte Gewissen, aber noch während sie die Einkäufe nach oben trug, wusste ich, dass ich auch diesmal nicht bleiben konnte. Sie tat mir leid, aber sie nahm mir die Luft, die ich zum Leben brauchte.

Meine Mutter trug ihre Taschen in die Küche und stellte sie auf dem Tisch ab. Wir sprachen kein Wort, während ich ihr dabei half, die Einkäufe zu verstauen. Als wir damit fertig waren, griff sie zu einer neuen Packung Zigaretten, fummelte die Folie ab und nahm sich eine heraus. Sie zuckte nur entschuldigend mit den Schultern, als sie meinen Blick bemerkte, und zündete die Zigarette an. Nach einem tiefen Zug ließ sie sich auf einen Küchenstuhl sinken.

Ich setzte mich ihr gegenüber und beobachtete sie. Ich hätte ihr so gerne alles erzählt, hätte gerne einen Rat von ihr bekommen. Verdammt noch mal, sie war meine Mutter. Wer sollte mir denn Ratschläge geben, wenn nicht sie?

Sie nahm einen weiteren tiefen Zug, dann öffnete sie den Mund, um etwas zu sagen.

Aber sie sagte nichts.

Sie öffnete den Mund einfach nur und schloss ihn dann wieder. So als ob sie Angst hätte, das Falsche zu sagen. Und vermutlich wäre auch alles das Falsche gewesen.

»Wie läuft das Training?«, quetschte sie schließlich doch noch heraus, und ich sah, wie schwer ihr das fiel.

»Gut«, log ich mit einer Leichtigkeit, die mich fast erschreckte. Ich hatte mich schon lange daran gewöhnt, ihr nur das Nötigste zu erzählen. Viel zu lange.

»Mhm.« Sie zog wieder an der Zigarette.

Ich rutschte auf meinem Stuhl hin und her. Über den Küchentisch krabbelte eine Fliege. Ich fragte mich, wo wohl mitten im Winter eine Fliege herkam, und beobachtete, wie meine Mutter langsam die Hand hob. Dann knallte sie auf den Tisch. Die Fliege schwirrte gegen das Fenster.

»Ich hab Stress mit meinem Trainer«, begann ich vorsichtig.

Meine Mutter zog die Augenbrauen hoch. »Stress? Was für Stress?«

»Er will, dass ich bei einem Sichtungsschwimmen nächste Woche absichtlich langsamer schwimme als Melanie.«

»Absichtlich? Wozu soll das gut sein?« Sie zog noch einmal an ihrer Zigarette, dann schnippte sie den Rest in die Spüle.

»Keine Ahnung. Er will einfach, dass Melanie gewinnt.«

»Und? Lässt du sie gewinnen?«

»Nein. Das heißt, ja. Vielleicht. Ich weiß einfach nicht, was ich tun soll.«

»Was kriegst du dafür?«

»Wie bitte?« Ich starrte meine Mutter an.

»Na, wenn er will, dass du absichtlich langsamer schwimmst, was zahlt er dir dafür?«

»Nichts! Er zahlt mir nichts dafür!«

»Dann lass es. Wenn er will, dass du Melanie gewinnen lässt, sollte er ordentlich dafür zahlen.«

»Mama, es geht nicht darum, dass er mir etwas zahlen soll. Es geht darum, dass ich vielleicht mein Stipendium verliere, wenn ich nicht mitspiele!«

Meine Mutter angelte nach einer weiteren Zigarette.

»Ich habe dich vor diesen Leuten gewarnt. Es gibt nichts geschenkt im Leben. Auch ein Stipendium nicht. Du kannst jederzeit wieder hier wohnen, das weißt du.«

Ich sprang auf.

»Ich will aber nicht zurückkommen. Das Stipendium ist eine einmalige Chance für mich, wann begreifst du das denn endlich?«

Sie zuckte nicht einmal mit der Wimper, sondern zog nur ungerührt an ihrer Zigarette. Der Qualm fing an, mir im Hals zu brennen.

»Dann sag ihm, dass es ihn was kostet, wenn du absichtlich langsamer schwimmst. Schau dich doch um!« Sie machte mit der Hand eine Bewegung, die die ganze Küche einnahm. »Wir könnten ein bisschen Geld gebrauchen.«

Ich schnappte nach Luft.

»Du meinst, DU könntest ein bisschen Geld gebrauchen«, fuhr ich sie an und wischte die Schachtel mit den Zigaretten vom Tisch.

»Wenn ich *wir* sage, dann meine ich auch *wir*! Du siehst doch, dass diese Schule nichts taugt. Kassier noch die Kohle und dann komm endlich wieder zurück.«

»Es. Gibt. Keine. Kohle.« Ich presste die Lippen aufeinander, um nicht zu schreien. Stattdessen ging ich zur Waschmaschine rüber und zerrte meine nassen Klamotten aus der Trommel. Ich stopfte sie erst in eine Plastiktüte und dann zurück in meinen Rucksack.

»Was machst du da eigentlich?« Meine Mutter war jetzt auch aufgestanden.

»Ich packe meine Sachen. Ich gehe.«

»Du gehst?« Sie klang plötzlich ganz schrill. »Aber du kannst nicht gehen. Du bist doch gerade erst gekommen. Die Wochenenden verbringst du zu Hause, so hatten wir es abgemacht.« Ihre Stimme überschlug sich jetzt.

Einen Augenblick lang standen wir schweigend voreinander. Ich wusste, sie wartete darauf, dass ich nachgab, dass ich meine nassen Sachen wieder auspackte, sie ins Bad brachte und aufhängte. Dass ich einsichtig war und Mitleid zeigte. Aber ich konnte nicht. Ja, sie tat mir leid. Das tat sie immer, wenn sie so hilflos war. Und ich hasste es, mit meiner Mutter zu streiten. Es war ganz klar: Ich steckte fest. Zwischen meinem Wunsch nach Harmonie und meiner Sehnsucht nach Freiheit. Ich wusste, wenn ich jetzt nachgab, würde sie das, was sie für Liebe hielt, wieder um mich legen wie eine Schlinge und zuziehen. Ihre Besorgnis, die eigentlich nichts war als ihre Angst vor dem Alleinsein, würde sich anfühlen wie ein Ring aus Eisen und mir die Luft abschnüren.

Sie schaute mich ungeduldig an, knibbelte mit ihren Fingern an der Zigarette herum.

»Ich kann nicht bleiben«, sagte ich und schaute an ihr vorbei. »Es geht nicht. Ich muss zurück und das mit Drexler klären.« Das war eine Ausrede. Schließlich wusste ich ganz genau, dass Drexler heute überhaupt nicht im Internat war. Aber ich brauchte diese Ausrede, weil ich zu feige war, ihr die Wahrheit ins Gesicht zu sagen. Dass ich zurückmusste, weil es mir bei ihr zu eng wurde.

Sie ließ die Arme sinken, Tränen traten ihr in die Augen. Ich bemühte mich, nicht hinzusehen. Ich ging in den Flur, nahm meine Winterjacke vom Haken, schlüpfte hinein und schulterte den Rucksack.

»Okay, ich geh dann.« Ich schaute nicht mehr zurück. Es reichte, ihren Blick im Rücken zu spüren.

»Jana, lass mich nicht allein.«

Ich zog die Tür hinter mir ins Schloss und rannte die Treppen nach unten.

Erst auf dem Hof blieb ich stehen und holte tief Luft. Ich musste mich zwingen, nicht nach oben zu sehen, zum Küchenfenster. Seufzend richtete ich den Blick auf die Straße und lief zur Bushaltestelle. Ich fühlte mich wie der schlechteste und mieseste Mensch auf diesem Planeten.

Im Wohntrakt hängte ich meine Sachen zum Trocknen auf und holte meinen Badeanzug. Das Schwimmbad war, genau wie die Sporthalle, auch am Wochenende geöffnet. Als ich die Halle betrat, war das Becken leer. Ich ließ mich ins Wasser gleiten, stieß mich vom Rand ab und schwamm.

Anfangs fühlte sich mein Körper an wie Blei, jeder Kraulzug schmerzte in den Schultern und ich bekam die Arme kaum aus dem Wasser. Ich schwamm weiter. Der letzte Satz meiner Mutter gab mir den Rhythmus vor. *Lass mich nicht allein. Lass mich nicht allein. Lass mich nicht allein.*

Nach ein paar Bahnen wurden meine Arme lockerer, ich spürte wieder die Kraft, wenn ich mich im Wasser nach vorne zog, fühlte die Muskeln in meinen Beinen, vergaß den Beckenrand, nahm die Wende kaum wahr und atmete nur nach jedem fünften oder sechsten Armzug. Ich wurde mit jeder Bahn leichter. Bis ich endlich wieder abhob und flog.

Etwas war passiert.

Er wusste nicht, was es war, aber etwas hatte sich verändert.

Die Kälte lag nicht länger nur in der Luft. Sie kam jetzt auch von innen.

Und sie führte dazu, dass zwei nicht mehr miteinander sprachen, die sich doch eigentlich ergänzten.

Wie Yin und Yang bildeten sie eine Einheit. Das eine würde ohne das andere zugrunde gehen.

Niemand wusste das besser als er.

Aber es war noch zu früh einzugreifen.

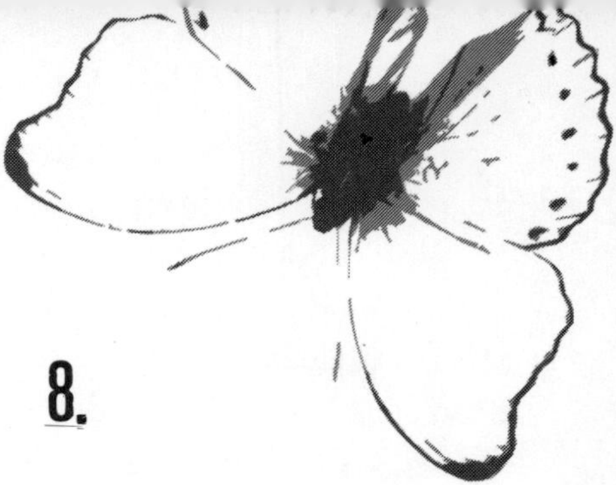

8.

»Melanie!«

Sie drehte sich nicht einmal nach mir um, sondern bückte sich und band ihre Schnürsenkel fester. Die anderen umringten sie wie eine Mauer. Eine Mauer aus stummen verkniffenen Gesichtern, die mich anstarrten.

Ich blieb direkt vor Bea stehen. Ich konnte die weißen Atemwolken sehen, die stoßweise aus ihrem Mund kamen. Melanie hatte sich inzwischen wieder aufgerichtet.

Ich machte noch einen Schritt nach vorn, aber Bea wich keinen Zentimeter zur Seite. Ich versuchte, mich an ihr vorbeizuschieben.

»Melanie, bitte!«

Ohne ein Wort bahnte sie sich einen Weg aus dem Kreis hinaus, schob die anderen zwischen sich und mich.

»Ich will doch nur mit dir reden.«

»Sie will aber nicht mit dir reden. Geht das nicht in deinen Schädel?« Bea verschränkte die Arme vor der Brust und drängte mich zurück.

»Halt du dich da raus! Das ist eine Sache zwischen Mel und mir.«

Jetzt drehten sich auch die anderen um.

»Gibt's Stress?« Nora musterte mich von oben bis unten, dann spuckte sie aus. »Verpiss dich.«

Es war Drexler, der Nora rettete. Sein Pfiff sorgte dafür, dass alle sich umdrehten und lostrabten. Ich überlegte kurz, die anderen zu überholen und mir einen Platz neben Melanie zu erkämpfen, ließ es dann aber doch. Während Drexler neben uns lief, konnte ich sowieso nicht mit ihr reden. Ich musste versuchen, einen besseren Zeitpunkt zu erwischen. Bea und Nora konnten schließlich nicht ununterbrochen an Melanies Rockzipfel hängen.

Aber in dem Punkt sollte ich mich irren. Sie hingen die ganze Zeit an Mel. Im Unterricht schotteten sie sie geschickt von mir ab, während des Mittagessens waren alle Plätze in ihrer Nähe sofort von den anderen belegt, selbst auf die Toilette folgten sie ihr. Ich hatte keine Chance.

In der Mensa wurde der Tisch, an dem Melanie saß, umlagert, als gäbe es dort etwas umsonst. Ich saß ein paar Tische weiter abseits und fragte mich, was genau eigentlich seit dem letzten Training passiert war. Okay, Drexler hatte mir ein Ultimatum gestellt und versuchte, mich zu erpressen, aber davon wusste der Rest der Klasse doch nichts. Warum wurde Melanie auf einmal so abgeschottet? Ich beobachtete die anderen, aber ich fand keine Antwort.

»Jana?«

Ich zuckte zusammen und blickte auf. Tom stand mit einem Tablett vor mir und sah auf mich herunter.

»Hallo«, sagte ich.

»Darf ich?« Mit dem Kopf deutete er auf den freien Platz mir gegenüber.

Ich war nicht wirklich heiß darauf, mich mit Tom zu unterhalten, aber ich fand auch keinen guten Grund, warum ich ihn wegschicken sollte, also nickte ich. »Ja klar.«

»Wie war dein Wochenende?« Tom warf seine Tasche auf einen der Stühle und setzte sich.

»Geht so, und deins?«

Wenn ich ehrlich war, wusste ich nicht viel über Tom. Vor allem hatte ich keine Ahnung, wo und mit wem er seine Wochenenden verbrachte.

»Ganz gut. Ich hab was mit meinem Vater unternommen, das kommt eher selten vor.«

»Warum?«

»Meine Eltern sind geschieden. Mein Vater ist beruflich viel unterwegs und nicht oft in der Stadt. Aber wenn er da ist, machen wir häufig was zusammen.«

»Schön für dich.«

»Was macht dein Vater denn so?«, wollte Tom wissen.

Ich schüttelte den Kopf. »Ich habe keinen.«

»Oh – tut mir leid. Ehrlich. Das wusste ich nicht.«

»Schon okay. Muss dir nicht leidtun.«

Eine Weile sagten wir beide nichts. Von Melanies Tisch drang Gelächter zu uns herüber. Tom wandte sich kurz um, dann sah er wieder zu mir.

»Was ist eigentlich zwischen dir und Mel los?«, fragte er und griff nach seinem Glas.

»Was soll sein?«, erwiderte ich knapp.

»Na ja«, Tom stellte sein Glas wieder ab, »ich bin davon ausgegangen, dass ihr Freundinnen seid, aber auf einmal sieht es nicht mehr danach aus.«

Ich vermied es, ihn anzusehen.

»Ich habe mitbekommen, wie sie dich heute Morgen abserviert hat.«

»Ach, das.« Was sollte ich ihm jetzt antworten? Auf keinen Fall wollte ich Tom erzählen, was wirklich los war. Ich legte mir gerade eine Erklärung zurecht, als es am Nachbartisch lauter wurde und Tom sich erneut umdrehte. Melanie war aufgestanden und hatte ihre Tasche geschultert. Jonas stand jetzt ebenfalls und hielt sie am Arm fest. »Verdammt, Mel, nun bleib doch. Wir sind ja noch nicht mal richtig mit dem Essen fertig!«

»Ich bin fertig. Also lass mich jetzt bitte los.« Melanie versuchte, sich aus Jonas' Griff zu befreien.

»Und was ist mit den Proben? Du hattest versprochen, heute zu kommen.«

Melanie schüttelte den Kopf. »Es gibt keine Proben mehr, begreif das endlich.«

»Du kannst doch nicht einfach mitten im Schuljahr alles hinschmeißen!«

»Nein. Will ich auch nicht. Aber vor der Sichtung nächste Woche habe ich echt keine Zeit mehr, okay? Und jetzt lass mich los. Bitte.«

Ich merkte, wie Melanie zu uns hinübersah. Schnell wandte ich mich ab und beschäftigte mich intensiv mit meinem Teller.

»Mel, wenn du denkst, für die Proben keine Zeit zu haben, ist das deine Sache«, hörte ich Jonas sagen. »Aber glaub mir, es bringt auch nichts, jetzt rund um die Uhr zu trainieren.«

Ich konnte nicht anders, ich musste doch wieder zu den beiden hinüberschauen. Hatte ich das richtig verstanden? Wollte Melanie schon wieder ins Wasser?

»Lass das mal meine Sorge sein, okay?« Melanie sah noch einmal kurz zu mir und verließ die Mensa.

»Verdammt.« Jonas schlug mit der flachen Hand auf den Tisch. Dann schaute er mich an. Ich versuchte, seinem Blick standzuhalten. Ich wusste, dass er mir die Schuld dafür gab, dass Mel wie eine Besessene trainierte. Das Schlimme war, ich fühlte mich auch schuldig. Obwohl ich nichts für den Druck konnte, den ihr Vater auf sie ausübte, war doch ich der Grund dafür. Ich war seinen Plänen im Weg. So hatte Mika es unmissverständlich ausgedrückt. Das war das Problem. Und Drexler hatte mir die Lösung für dieses Problem bereits serviert. Es lag nur an mir, sie auch anzunehmen.

Ich wandte den Blick von Jonas und der Clique ab und schob meine Essensreste auf dem Teller hin und her. Der Appetit war mir vergangen. Ich griff nach meinem Rucksack.

»Ich geh dann auch mal.«

Tom sah mich erstaunt an, sagte aber nichts, wofür ich ihm dankbar war.

Erst draußen auf dem Hof blieb ich wieder stehen. Es hatte angefangen zu schneien. Der Schnee überzog den gefrorenen Boden bereits mit einer dünnen weißen Schicht. Während ich den wirbelnden Flocken zuschaute, fragte ich mich, wie viele von ihnen es wohl brauchte, um auch in unserer Straße alles weiß und sauber aussehen zu lassen. Wenn doch auch meine Mutter diese weiße Decke über allem sehen könnte!

Mein Blick fiel auf die Schwimmhalle. Nun hatte ich die Gelegenheit, auf die ich seit Tagen gewartet hatte. Wenn ich jetzt meinen Badeanzug holen und ebenfalls trainieren würde, hätte ich Melanie höchstwahrscheinlich für mich allein. Nachdenklich schaute ich durch das Schneetreiben zur Halle hinüber. Es würde mich nur einen Satz kosten und ich könnte Melanie damit den Druck nehmen. Ein Satz nur, und sie könnte weiter beruhigt zu den Theaterproben gehen, statt wie eine Besessene zu trainieren. Ich überlegte mir, wie Mel wohl reagieren würde, wenn ich ihr sagte, dass ich sie gewinnen lassen sollte. Ob sie das überhaupt wollte? Bisher dachte ich, die Antwort zu kennen, weil ich einfach davon ausgegangen war, dass Melanie nicht nur so gut schwamm wie ich, sondern auch genauso dachte. Inzwischen war ich mir da gar nicht mehr sicher. Aber wie sie wirklich dachte, würde ich nie herausfinden, wenn ich hier weiter herumstand.

Der Schnee fiel jetzt dichter, die Flocken wirbelten durcheinander und nahmen mir langsam die Sicht. Mit der Hand fuhr ich mir durch die Haare. Sie waren schon ganz nass.

Ich drehte mich um und lief zum Wohntrakt hinüber, um meine Schwimmsachen zu holen.

»Hallo, Jana, Mittagspause schon beendet?«

Ich fuhr herum. Wo kam Bernges auf einmal her? Ich hatte ihn gar nicht kommen sehen.

»Was für ein Wetter. Ich dachte eigentlich, wir hatten bereits genug Schnee in diesem Jahr.«

Bernges rollte neben mich. Offensichtlich hatten wir den gleichen Weg. Ich betrachtete ihn unauffällig von der Seite. Er trug eine wasserfeste Jacke. Auf seinen Knien lag eine Wolldecke, die ebenfalls bereits mit einer dünnen Schneeschicht überzogen war.

Ich sah, wie er meinem Blick folgte, und wurde rot.

Er griff in die Räder und gab ihnen einen kräftigen Stoß. »Ich sollte mich bei diesem Wetter nicht draußen herumtreiben.« Er zwinkerte mir zu. »Wenn das so weitergeht, brauche ich noch Schneeketten für meinen Rollstuhl.«

Wir hatten den Wohntrakt erreicht und ich hielt Bernges die Tür auf. Als wir beide endlich im Trockenen waren, nahm er die Decke von seinem Schoß, schüttelte sie vorsichtig aus und legte sie sich wieder über die Beine.

»Ich geh dann mal«, sagte ich, um schnell ins Schwimmbad zu kommen.

»Jana, bitte sag mir, wenn es mich nichts angeht, aber ich werde das Gefühl nicht los, dass dich etwas bedrückt.«

Ich wandte mich ab, um ihm nicht ins Gesicht sehen zu müssen. »Nein, nein, alles in Ordnung. Ist vielleicht nur ein bisschen viel im Moment.«

Bernges nickte. »Halbjahresende. Ist immer das Gleiche. Alle wollen plötzlich noch mit ihrem Programm fertig werden. Ich ja auch.«

Er lächelte.

»Trotzdem. Wenn du ein Problem hast – egal welcher Art – ich bin Vertrauenslehrer. Und selbst, wenn ich das nicht wäre, weißt du hoffentlich, dass du jederzeit zu mir kommen kannst, oder?«

Ich beeilte mich zu nicken. »Ja klar. Danke.«

Er rollte an mir vorbei direkt auf einen großen Blumentopf zu, der diesem Flur wohl so etwas wie Gemütlichkeit verleihen sollte. Seine Finger griffen unter die Blätter, dann zog er triumphierend einen Schlüssel hervor. Er zwinkerte mir zu. »Liegt da für die Putzfrau. Ich hab nur noch einen. Keine Ahnung, wo ich den zweiten verloren habe.«

Bevor er seine Tür aufschloss, drehte Bernges sich noch einmal zu mir um. »Ich hätte das mit Melanie nicht sagen sollen. Tut mir leid.« Er sah mir jetzt direkt in die Augen. »Ich hätte dich nicht damit belasten dürfen. Du hast vermutlich genug eigenen Stress.«

»Nein, ich meine, ja. Also ich …« Ich wusste nicht mehr, wo ich hinschauen sollte.

Ich wollte nicht über Melanie reden, nicht jetzt und nicht mit Bernges. Ich wollte mit Melanie selbst reden, und wenn ich nicht bald in die Schwimmhalle kam, würde daraus nichts mehr werden.

»Ich mache mir einfach Sorgen, weil sie plötzlich das Interesse an der Theater-AG verloren zu haben scheint. Und am Anfang war niemand so begeistert dabei wie sie. Das passt für mich nicht zusammen.«

Ich nickte. »Es liegt an ihrem Vater. Ich glaube, er hat es ihr verboten.«

»Ihr Vater hat ihr die Theater-AG verboten?«, wiederholte Bernges bestürzt. »Das wusste ich nicht.« Er rieb mit den Händen über die Armlehnen des Rollstuhls. »Meinst du, sie würde mit mir darüber sprechen? Ich meine, es geht ja nicht nur um das Theaterstück. Es wäre auch einfach schade für sie. Sie hatte so viel Spaß in der AG. Und sie hat wirklich Talent.«

Ich hatte keine Ahnung, ob Melanie bereit sein würde, mit Bernges zu sprechen. Ich tippte aber darauf, dass daraus eher nichts würde.

Inzwischen war ich komplett durchgefroren. Ich trat von einem Bein auf das andere. Meine Füße in den nassen Turnschuhen wurden langsam zu Eisklumpen.

»Ich müsste dann mal … Also eigentlich wollte ich noch trainieren … Vielleicht kann ich sie ja gleich mal fragen, Melanie meine ich.«

»Ah, bitte entschuldige. Ich hätte dich nicht so lange aufhalten sollen. Weißt du, was? Wie wäre es, wenn ihr beide morgen Nachmittag mal bei mir vorbeikommt? Nach dem Essen? Ich mache uns eine Kanne Tee und wir unterhalten uns ein bisschen. Vielleicht können wir Melanie ja helfen, du und ich?«

Und wieder drehte sich alles um Mel. Als ob ich im Moment nicht genug eigene Probleme hätte! Aber ich nickte nur und versprach, dass ich mit Melanie reden und versuchen würde, sie mitzubringen. Als ich endlich mit meinen Trainingssachen aus dem Wohntrakt in die Schwimmhalle kam, war das Becken leer. Von Melanie war weit und breit nichts zu sehen.

9.

Die Zeit lief mir davon, ich musste eine Entscheidung treffen. Ich wollte dieses Stipendium nicht verlieren, wollte die Schule nicht wieder verlassen. Das hier war jetzt meine Welt. Ich fühlte mich wie entzweigerissen. Exakt so wie in dem Zitat, das seit gestern über meinem Schreibtisch hing: *Gut zu sein und doch zu leben, zerriss mich wie ein Blitz in zwei Hälften.* Wir haben den Text in Deutsch gelesen. *Der gute Mensch von Sezuan.* Von Bertolt Brecht. Ich hatte den Satz in mein Heft gekritzelt und später herausgerissen. Neben Michael Phelps hing er jetzt über meinem Schreibtisch, und ich fragte mich, was für ein Mensch dieser Brecht wohl gewesen war, der solche Sätze geschrieben hatte.

Wegen des schlechten Wetters durften wir in der nächsten großen Pause drinnen bleiben. Als ich durch die Aula schlenderte, hörte ich auf einmal meinen Namen.

»Jana? Vergiss es.«

Ich kam näher, um herauszufinden, was sie über mich redeten. Jonas hatte den Arm um Melanie gelegt. Diesmal ganz offiziell. Und sie ließ ihn. Nora sah auf und erblickte mich. Ich versuchte, sie zu ignorieren. Ging einfach weiter. Jetzt sah auch Melanie zu mir. Für einen kurzen Augenblick gab es nur sie und mich. Der Moment war so kurz, wie es eben dauert, wenn zwei sich in die Augen schauen, die sich viel zu sagen hätten, aber nicht reden können. Oder nicht wollen. Dann schob sich Nora zwischen uns.

»Zieh Leine.«

Ich schaute noch mal zu Mel, aber sie hatte sich wieder weggedreht. Ich wollte zu meinem Platz zurückgehen. Da hörte ich Vanessa.

»Hey, Mel. Wie geht es deinem Bruder?«

Sofort schlug mein Herz ein wenig schneller. Mika. Seine Handschuhe lagen noch in meinem Zimmer. Letzte Nacht hatte ich sie mit ins Bett genommen und mein Gesicht daran geschmiegt. Ich hatte ihren Geruch eingeatmet und mir vorgestellt, es seien seine Hände, in die ich mein Gesicht bettete. Was hatte Vanessa mit Mika zu tun?

Es klingelte. Beruhigt stellte ich fest, dass Melanie ihr nicht geantwortet hatte.

Nach der letzten Unterrichtsstunde hatte ich immer noch keine Gelegenheit gefunden, mit Melanie über unsere Einladung bei Bernges zu sprechen. Sie schlüpfte aus dem Klassenzimmer, bevor ich überhaupt meine Sachen im Rucksack verstaut hatte, und als ich endlich auf den Schulhof kam, konnte ich nur noch beobachten, wie sie zu einem Auto lief, das bereits vor der Schule auf sie gewartet hatte. Kein schwarzes Auto, registrierte ich, sondern ein rotes.

Am Kotflügel lehnte ein Typ, den ich noch nie hier gesehen hatte. Er rauchte, aber als er Mel kommen sah, warf er die Zigarette auf den Boden und trat sie aus. Meine Überraschung war so groß, dass ich einfach stehen blieb. Hatte Mel einen Freund? Sie hatte nie darüber gesprochen. Ob ihre Eltern etwas ahnten? Und was war mit Jonas? Auf einmal glaubte ich zu wissen, warum Mel sich plötzlich so verändert hatte. Schnell verbarg ich mich zwischen den Müllcontainern. Melanie sollte nicht denken, dass ich ihr hinterherschnüffelte. Es war auch so schon alles kompliziert genug.

Ich betrachtete den Jungen und fragte mich, wie alt er wohl war. Auf jeden Fall volljährig, schließlich hatte er einen Führerschein. Er fuhr sich mit der Hand durch die Haare, stieß sich vom Auto ab und ging Mel entgegen. Zur Begrüßung umarmten die beiden sich. In seinem grün karierten Flanellhemd und seinen zerbeulten Jeans sah der Typ ein bisschen so aus, als ob er einem amerikanischen Film entsprungen wäre. Er redete eine Weile auf Mel ein, ohne dass ich verstehen konnte, worüber sie sprachen. Dann ging er um das Auto herum und öffnete ihr die Beifahrertür.

Ich runzelte die Stirn. Vielleicht hatte ihr Vater keine Zeit und hatte deshalb jemanden aus dem Krankenhaus geschickt, der sie abholte? Ratlos schaute ich zu, wie die beiden davonfuhren. Als ich mich umdrehte, um zurück zum Wohntrakt zu gehen, sah ich Jonas an der Hauswand lehnen. Auch er starrte dem Auto nach. Und seine Hände waren zu Fäusten geballt.

Seufzend klopfte ich an die Tür. Ich hatte keine Lust, allein zu Bernges zu gehen, aber ich würde ihm wenigstens sagen müssen, dass ich Melanie verpasst hatte.

Aus seiner Wohnung drang laute Musik. Klassik oder so etwas.

Da Bernges nicht gleich öffnete, klopfte ich erneut, diesmal lauter. Die Musik verstummte und kurz darauf erschien sein Gesicht im Türrahmen.

»Hallo, Jana, schön, dass du an unsere Verabredung gedacht hast.« Er schaute an mir vorbei nach draußen. »Melanie? Ist sie nicht …?«

»Melanie ist direkt nach der Schule nach Hause gefahren. Ich hatte gar keine Chance, mit ihr über die Einladung zu sprechen.«

»Ach, das ist schade, aber da kann man wohl nichts machen.« Bernges wendete seinen Rollstuhl. »Du wirst mir doch hoffentlich trotzdem ein paar Minuten Gesellschaft leisten, oder? Der Tee ist schon fertig.«

Ich brachte es nicht übers Herz, Nein zu sagen, und folgte ihm in eines der Zimmer, das aussah wie eine Mischung aus Wohn- und Arbeitszimmer. Es gab einen Sessel, ein kleines Sofa und einen niedrigen Tisch, darauf stand eine Kanne Tee neben drei Tassen. Außerdem eine große Schale mit Plätzchen. Auf dem Schreibtisch an der Wand stapelten sich Berge von Papier und jede Menge aufgeschlagener Bücher. Einen Schreibtischstuhl gab es nicht.

Bernges folgte meinem Blick.

»Bitte entschuldige das Chaos, ich brauche diese kreative Unordnung zum Arbeiten.« Er lächelte verschmitzt und wies auf den einzigen Sessel im Raum. »Setz dich doch.«

Vorsichtig nahm ich Platz. Vor mir dampfte einladend eine Tasse, die Bernges mit Tee gefüllt hatte. Trotzdem fühlte ich mich unbehaglich, wusste nicht, wo ich hinschauen sollte. Ich hatte noch nie einen Lehrer zu Hause besucht. Auch früher nicht, bevor ich ans Internat gekommen war. Ich hatte keine Ahnung, was ich sagen sollte.

»Wie gefällt es dir an unserer Schule?« Bernges' gutmütiger Blick ruhte auf mir.

»Gut. Danke. Ich bin froh, dass ich hier sein darf.«

»Jana«, Bernges beugte sich vor, »du bist hier niemandem zu Dank verpflichtet. Dass du jetzt hier bist, hast du ganz allein dir zu verdanken. Dir und deinen Leistungen.«

Ich schluckte.

Melanies Vater sah das vermutlich ganz anders ...

»Wie lange schwimmst du schon?«

»Ich habe es gelernt, als ich fünf war.« Ich hatte keine Ahnung, worauf er hinauswollte. Mein Lebenslauf stand komplett in meiner Akte, da war ich mir sicher. Zumindest der sportliche Teil, aber vermutlich noch viel mehr.

Bernges reichte mir den Teller mit den Plätzchen. »Bitte, bedien dich. Weihnachten liegt zwar schon ein paar Tage zurück, aber ich finde, sie schmecken noch ganz gut.«

Ich griff zu. Und suchte nach einem anderen Thema.

»Die Musik vorhin ...«

»Oh, hast du sie gehört? Hat sie dir gefallen?«

Ich zuckte mit den Schultern. »Ich weiß nicht. Das war Klassik, oder? Da kenne ich mich überhaupt nicht aus.«

Bernges nickte. »Eine italienische Oper. *Un ballo in maschera.* Ein Maskenball. Von Giuseppe Verdi.«

Als ich Bernges verständnislos anstarrte, fuhr er fort: »Ein italienischer Komponist. Ich mag diese Musik. Und die Dramatik hinter der Geschichte. Ein Mann wird von seinem besten Freund ermordet.« Bernges griff nach einem Plätzchen und tunkte es in seinen Tee. »Wenn du Lust hast, erzähle ich dir gerne mehr über Opern. Vielleicht willst du dir mal eine CD ausleihen?«

Ich schüttelte schnell den Kopf. »Danke. Nein. Ich glaube, das ist nichts für mich. Ich habe ja auch gar keinen CD-Spieler. Nur das hier.« Ich zog meinen MP3-Player aus der Hosentasche.

Zum Glück lächelte Bernges. »Schon okay. Ich vergesse manchmal, wie hoffnungslos altmodisch ich mit meinem Musikgeschmack bin.«

Eine Zeit lang schwiegen wir beide, aber dann ergriff er wieder das Wort: »Was ist da passiert zwischen dir und Melanie? Ich dachte, ihr seid so etwas wie Freundinnen?«

Mir fiel auf, dass er fast die gleichen Worte wählte wie Tom. Nur dass ich diesmal nicht so einfach um eine Antwort herumkommen würde. Ich erzählte ihm von dem Abendessen bei Melanie zu Hause, von dem Interesse ihres Vaters an meinen Schwimmleistungen und wie Melanie sich seit diesem Abend verändert hatte.

Bernges rührte nachdenklich in seinem Tee. »Ich verstehe nicht viel vom Schwimmen, überhaupt gehört Sport eher nicht zu meinem Leben.« Er wies auf seine Beine. »Aber vielleicht meint es Melanies Vater nur gut und übertreibt es dabei einfach ein bisschen.«

»Ein bisschen?« Irritiert schaute ich ihn an. »Melanie trainiert seit ein paar Tagen wie verrückt. Und die Theater-AG hat er ihr scheinbar ganz verboten!«

Bernges stellte seine Tasse ab. »Ja, ich finde auch, dass er zu weit geht. Aber letztendlich habe ich kein Recht, mich da einzumischen. Du als Freundin hast vielleicht eher eine Chance, mit ihr zu sprechen.«

»Ich komme ja überhaupt nicht mehr an sie heran. Die anderen schotten sie vollkommen ab. Der Einzige, der noch ein Wort mit mir redet, ist Tom.« Im selben Moment, in dem ich es ausgesprochen hatte, ärgerte ich mich, das gesagt zu haben. Es stimmte, ich war gerade ziemlich verzweifelt, aber ich wollte allein damit klarkommen. Ich brauchte keine Hilfe. Von Tom nicht. Und erst recht nicht von einem Lehrer.

Bernges tat so, als ob er meinen inneren Aufruhr gar nicht bemerkt hätte. Er schenkte sich Tee nach und rührte einen Löffel Zucker hinein.

»Vielleicht braucht sie einfach ein bisschen Zeit«, meinte er plötzlich.

Ich verstand nicht.

Zeit? Wofür sollte Melanie Zeit brauchen?

»Um herauszufinden, was sie wirklich will«, sagte Bernges und beugte sich wieder zu mir vor. »Ich glaube, du bist viel weiter als sie. Du weißt, was du willst, und du kämpfst dafür. Melanie war es bisher gewohnt, das zu machen, was ihr Vater von ihr verlangt hat. Jetzt ist sie vielleicht zum ersten Mal in der Situation, dass sich seine Wünsche nicht mit ihren decken. Da ist es nicht einfach für sie, sich durchzusetzen.«

Wusste ich wirklich, was ich wollte? Ich war mir da längst nicht so sicher wie Bernges. Ich dachte an meine Mutter. An ihren Job im Baumarkt, an unser Leben in der Stadtrandsiedlung. Ich sah sie vor mir, wie sie einsam vor dem Fernseher lag und eine Zigarette nach der anderen rauchte. Ich wusste, dass ich das nicht wollte. Aber was stellte ich mir stattdessen vor?

Und wie konnte ich es erreichen? Das Einzige, was ich wirklich konnte, war schwimmen. Keine Ahnung, ob das ausreichte. Aber fest stand, dass ich außer Atmen und Schwimmen nicht viele andere Fähigkeiten hatte. Wie also konnte Bernges annehmen, dass ich wusste, was ich wollte?

Bernges griff an die Räder seines Rollstuhls und fuhr ein Stück zurück. Dann schaute er mich wieder an. »Deine Mutter, war sie vor Weihnachten hier?«

»Am Tag der offenen Tür? Nein. Sie hatte keine Zeit.« Das stimmte so nicht, aber ich wollte nicht, dass er wusste, wie sehr sie die Schule hasste.

»Verstehe.« Tatsächlich nickte er verständnisvoll. »Sie ist allein mit dir, oder? Was ist mit deinem Vater?«

Ich zuckte mit den Schultern. »Es gibt keinen Vater. Das heißt«, korrigierte ich mich, »ich habe keine Ahnung, wer er ist, ich habe ihn nie kennengelernt.«

Bernges legte mir die Hand auf den Arm.

»Wenn du Probleme hast, Jana, oder einfach nur Fragen, egal welcher Art, dann kannst du immer damit zu mir kommen. Ich möchte, dass du das weißt.«

Ich nickte. Sagen konnte ich nichts. Ich war zu beschäftigt damit, den Kloß in meinem Hals runterzuschlucken.

10.

Es war keine große Sache. Nur ein Freundschaftsturnier mit einem Schwimmverein aus der Nachbarstadt. Nichts, wofür man sich verrückt machen musste.

Drexler hatte es deshalb auch erst am Morgen angekündigt, es gab im Gegensatz zu sonst vor wichtigen Wettkämpfen kein Extra-Training und keine Wettkampfvorbereitung.

Das Freundschaftsturnier diente lediglich der Auflockerung des Trainingsalltags vor den Halbjahreszeugnissen. So hatte es Drexler erklärt und um Punkt vierzehn Uhr saßen wir alle mit unseren Sporttaschen im Bus und warteten auf die Fahrt in die Nachbarstadt.

»Wo ist Mel? Kommt sie nicht mit?«, flüsterte ich Tom zu, der in der Reihe vor mir neben Jonas saß.

»Keine Ahnung. Heute Morgen hatte ich den Eindruck, als ob sie ebenfalls dabei wäre.«

Fragend sah Tom Jonas an.

»Bin ich ihr Aufpasser oder was?«, fauchte Jonas nach hinten. Ich drehte mich weg und schaute aus dem Fenster.

Gleich bei unserer Ankunft fiel mir der Geländewagen auf dem Parkplatz auf. Weiß und riesig. Ich sah wieder die geschwungene Treppe vor mir, an deren Fuß ich dieses Auto zum ersten Mal erblickt hatte. Melanie war also schon hier. Und ihr Vater höchstpersönlich hatte sie hergefahren.

Mein Sohn und ich begleiten Melanie oft zu ihren Wettkämpfen, hallte es in meiner Erinnerung wider.

Als wir in unseren Badesachen aus der Kabine kamen, war Melanie schon im Wasser und schwamm sich ein. Mein Blick ging zur Tribüne, auf der eine Handvoll Jugendlicher saß und mit ihren Handys spielte. Melanies Vater sah ich nicht. Auch Mika war nicht da.

Am Beckenrand stand Drexler im Gespräch mit zwei anderen Männern, vermutlich den Trainern des gegnerischen Vereins. Und dann entdeckte ich ihn. Doktor Wieland trug heute einen schwarzen Trainingsanzug, deshalb hatte ich ihn nicht sofort erkannt. Er ging direkt auf Drexler zu und begrüßte ihn mit einem kräftigen Händedruck. Die Männer steckten die Köpfe zusammen und unterhielten sich. Ich starrte zu ihnen hinüber. Was hatten die beiden zu bereden?

Mein Puls beschleunigte sich, ich fühlte wieder die Wut in mir aufsteigen, mit der ich Melanies Zuhause vor ein paar Tagen verlassen hatte. Ich suchte das Becken nach Mel ab, aber sie war nicht mehr im Wasser, sondern stand an den Tribünen und unterhielt sich mit jemandem, der sich von der zweiten Bankreihe zu ihr hinunterbeugte. Für den Bruchteil einer Sekunde setzte mein Herzschlag aus. Mika war doch hier. Und wer war das da neben ihm? Ich brauchte einen Moment, bis ich Vanessa erkannte. Sie saß im Trainingsanzug bei Mika. Jetzt flüsterte sie ihm etwas ins Ohr. Mika lachte und schüttelte den Kopf. Was machte Vanessa bei den Zuschauern? Schwamm sie etwa nicht mit?

Ein Pfiff riss mich aus meinen Überlegungen. »Schwarzer, wie wäre es mit Einschwimmen? Oder braucht die Dame eine Extra-Einladung?«

Mel blickte hoch und auch Mika wandte mir den Kopf zu. Vanessa legte ihm eine Hand auf den Arm und er drehte sich wieder zu ihr um. Schnell sprang ich ins Wasser. Aus dem Augenwinkel nahm ich noch wahr, wie Drexler sich wieder Wieland zuwandte. Aber Wieland schien ihm gar nicht zuzuhören. Ich schwamm ein paar Züge und versuchte durchzuatmen. Es war ein Freundschaftsturnier. Kein Grund, sich verrückt zu machen. Sollte Wieland doch denken, was er wollte, ich würde einfach mein Ding durchziehen und ausblenden, dass er überhaupt da war. Hoffentlich gelang mir das auch bei Mika. Verwirrt stellte ich fest, dass es mich nervös machte, ihn unter den Zuschauern zu wissen.

Ich schaute noch mal schnell zu den Tribünen, aber Vanessa war verschwunden. Mika sah zu mir herüber, und als sich unsere Blicke trafen, winkte er mir zu. Ich tauchte unter, um mein glühendes Gesicht im Wasser abzukühlen.

Die ersten Starts wurden angepfiffen und ich verließ das Becken. In meinen Paradedisziplinen sollte ich heute gar nicht antreten. Auch daran erkannte ich, dass Drexler dieses Turnier als reines Training ansah.

Während der ersten Läufe suchte ich mir einen Platz hinter dem Sprungturm. Von hier aus konnte ich das Geschehen im Becken beobachten und gleichzeitig Melanie und ihren Bruder im Auge behalten. Für mich standen heute nur 200 Meter Rücken und am späten Nachmittag dann noch die Staffel auf dem Programm. Auch Melanie war nur für zwei Starts vorgesehen. Drexler wollte verhindern, dass wir uns vor dem wichtigen Sichtungstermin zu sehr auspowerten.

Melanie und ich würden im gleichen Lauf starten, und als wir vom Hallensprecher aufgerufen wurden, sah ich, wie Mika wieder zu mir herüberschaute und den Daumen hochhielt.

Auf dem Weg zum Becken begegnete mir Vanessa. »Lass die Finger von Mika. Ich warne dich.« Sie bewegte kaum die Lippen, als sie zu mir sprach. Die Kälte, die von ihr ausging, war beinah körperlich zu spüren, und ich musste mich zwingen, nichts zu erwidern.

Ein erster langer Pfiff ertönte. Zusammen mit den anderen sprang ich ins Wasser und nahm meine Startposition ein. Melanie hing zwei Bahnen weiter rechts unter dem Startblock.

Meine Hände packten den Haltegriff viel zu fest. Ich wusste, ich sollte jetzt alles um mich herum ausblenden. Egal, was in der Halle geschah, es durfte keine Rolle mehr spielen. Auch wenn es nur ein Freundschaftsturnier war und wir vermutlich nicht einmal mit ganzer Kraft schwimmen würden, sollte ich mich auf meinen Lauf konzentrieren und auf sonst gar nichts. Vor mir lag nicht eben meine Lieblingsdisziplin, aber das war egal.

Ich wartete auf den Start. Sah Drexler am Beckenrand. Wieland ließ mich nicht aus den Augen. Nur noch wenige Sekunden. Ein zweiter Pfiff. Ich versuchte, meinen Griff etwas zu lockern, und wartete auf das Kommando.

Auf die Plätze …

Ich zog mich aus dem Wasser. Meine Muskeln waren gespannt wie die Sehne eines Bogens. Fast gleichzeitig mit dem Startkommando schnellten meine Arme nach hinten und ich stieß mich vom Beckenrand ab. Doch mein Kopf wollte nicht loslassen. Meine Gedanken überschlugen sich. *Wenn du gegen Mel kämpfst, kämpfst du gegen meinen Vater*, hatte Mika gesagt.

Ich spürte, wie die Wut in mir die Kontrolle über dieses Rennen übernahm. Aus dem Augenwinkel sah ich Melanie. Wir waren etwa auf gleicher Höhe. Die Schwimmer auf den anderen Bahnen zählten nicht. Alles, was zählte, waren Mel und ich und die beiden Männer da draußen. Die Fragen hämmerten in meinem Kopf, meine Arme droschen ins Wasser, Zug um Zug. Ich wusste, dass ich zu schnell war, ich sollte nicht auf volle Leistung gehen. Ich sah Melanie neben mir kämpfen, konnte ihr Erstaunen über das Tempo dieses Laufs durch das Wasser spüren. Aber die Wut trieb mich an. *Ich will nur, dass du dich ein bisschen zurücknimmst.* Ich wollte mich nicht zurücknehmen.

Nach der ersten Wende lag ich vorne. Das Wasser im Becken schien zu kochen, es brodelte wie die Wut in meinem Körper, niemand durfte mich aufhalten. Ich wollte fliegen, verdammt, ich hatte immer Flügel gewollt und hier im Wasser war ich meinem Traum näher als irgendwo sonst. Und niemand würde mich daran hindern. *Das ist ein Kampf, den du nur verlieren kannst.* Das war möglich. Aber wer nicht kämpft, hat schon verloren, dachte ich, und dann, endlich, gab es nur noch mich und das Wasser. Die da draußen spielten keine Rolle mehr. Und die im Becken auch nicht.

Als ich anschlug, wusste ich, dass ich gewonnen hatte. Sofort ging mein Blick zur Tribüne, aber Mika war verschwunden. Auch Wieland war nicht mehr da. Melanie schlug als Zweite an und hing schwer atmend am Beckenrand. Wir warteten auf die anderen, bevor wir aus dem Wasser stiegen. Früher hätten wir uns abgeklatscht, hätten uns gefreut und zu dem Doppelsieg gratuliert. Diesmal bemühten wir uns krampfhaft, uns nicht zu begegnen.

Ich schnappte mir mein Handtuch und ging zu den Duschen. Hinter mir ertönte bereits der Pfiff für den nächsten Lauf.

»Jana?!« Tom war völlig außer Atem. Man sollte meinen, er und nicht ich sei eben 200 Meter geschwommen.

»Was ist los?«

»Du sollst sofort zu Drexler kommen. Er wartet unter dem Sprungturm auf dich!«

»Zu Drexler? Jetzt?«

»Ich würde mich an deiner Stelle beeilen, bevor er explodiert.« Tom versuchte ein Grinsen, das ihm gründlich misslang. Ich wickelte das Handtuch fester um mich. Ich ahnte, was jetzt wieder kam. Aber diesmal war ich auf Drexlers Vorwürfe gefasst. Ich beschloss, sie einfach an mir abprallen zu lassen, um möglichst schnell unter die heiße Dusche zu kommen.

Beim Näherkommen sah ich Drexler mit einem der Kampfrichter sprechen. Als er mich bemerkte, wandte er sich zu mir um. Sein Gesicht war dunkelrot. »Jana Schwarzer, ich nehme an, du weißt, was los ist?«

Ich schwieg. So einfach wollte ich es ihm nicht machen. Sollte er ausspucken, was er von mir wollte.

»Disqualifiziert. Wegen falscher Wende disqualifiziert!«

Ich starrte Drexler an. Was redete er da?

»Was ist? Hat es dir die Sprache verschlagen?«

»Nein. Aber … ich … warum?« Ich konnte nicht glauben, was er mir da gerade gesagt hatte. Disqualifiziert. Noch nie war ich in einem Wettkampf disqualifiziert worden. Und schon gar nicht wegen einer fehlerhaften Wende.

»Das … muss ein Irrtum sein«, stammelte ich. »Ich habe keinen Fehler gemacht. Meine Wenden waren korrekt.«

Tief durchatmen, Jana, versuchte ich mich zu beruhigen. Bestimmt lag hier ein Missverständnis vor, das sich aufklären ließ. Und selbst, wenn nicht – es war nur ein Freundschaftsturnier, es ging um nichts. Also warum sollte ich mich überhaupt aufregen?

»Du hast die zweite Wende zu früh eingeleitet! Du kennst die Regel: Nach der Drehung auf den Bauch darf kein Schwimmzug mehr folgen!«

»Ich habe nach der Wende keinen Schwimmzug …«

Er ließ mich nicht ausreden. »So einen Anfängerfehler hat in dieser Gruppe wirklich noch nie jemand gemacht! Verdammt noch mal, ihr seid die Talentgruppe unserer Schule!«

Die Wende zu früh eingeleitet? Ich war mir sicher, dass ich das nicht gemacht hatte. Ich starrte Drexler an. Und dann auf einmal begriff ich. Drexler suchte einen Weg, mir seine Macht zu demonstrieren.

Meine Beine fingen an zu zittern, als mir das klar wurde. Tränen stiegen mir in die Augen. Ich wollte das nicht, aber ich konnte nichts dagegen tun.

Schnell drehte ich mich weg. Drexler sollte nicht sehen, was sein Verhalten in mir auslöste. Ich wusste, ich hatte keine Chance zu beweisen, dass meine Wende korrekt ausgeführt war. Es war nur ein Freundschaftsturnier und es gab keine Videoaufzeichnungen oder dergleichen. Ich war disqualifiziert worden und ich konnte es nicht ändern. Das Ergebnis dieses

Wettkampfs war überhaupt nicht wichtig. Wichtig war nur, was Drexler mir hiermit beweisen wollte. Er wollte mich klein sehen. Aber diesen Gefallen würde ich ihm nicht tun. Ich ignorierte das Brennen in meinen Augen.

»Okay. Es tut mir leid. Da hatte ich es wohl zu eilig bei den Wenden.« Ich hasste meinen demütigen Tonfall, aber ich biss die Zähne zusammen. »Wird nicht wieder vorkommen.« Ich wollte mich umdrehen und endlich zu den Duschen gehen. Noch mehr Kniefälle konnte Drexler nun wirklich nicht von mir erwarten.

»Davon kannst du ausgehen, dass das nicht mehr vorkommen wird. Heute zumindest ganz sicher nicht!«

Etwas in Drexlers Stimme ließ mich stehen bleiben.

»Für dich ist der Wettkampf gelaufen. Du kannst duschen und dich anziehen.«

»Aber die Staffel …?«

»Rede ich so undeutlich oder willst du mich nicht verstehen? Es gibt keine Staffel mehr. Nicht für dich jedenfalls!«

Drexler hatte mich aus der Staffel gestrichen? Ich schnappte nach Luft, wollte etwas erwidern, schluckte meine Erwiderung aber im letzten Moment runter. Drexler saß am längeren Hebel. Exakt das hatte er mir eben eindrucksvoll vorgeführt.

Am anderen Ende der Halle ließ Melanie sich von ihrem Vater in ihren Bademantel helfen. Mika reichte ihr eine Trinkflasche. Sein Anblick versetzte mir einen Stich.

»Ich hatte dich gewarnt.« Drexlers Stimme dicht hinter mir war nur noch ein Flüstern. »Du gefährdest dein Stipendium, wenn du nicht lernst, dich an gewisse Spielregeln zu halten.«

Es hatte angefangen. Endlich.

So lange hatte er darauf gewartet.

Wie bei einem Billardspiel hatte er jeder Kugel erst sorgfältig ihren Platz zugewiesen.

Und jetzt?

Ein einziger Stoß hatte genügt, um alles ins Rollen zu bringen.

11.

Ich saß in der Mensa und schaute aus dem Fenster. Noch zehn Minuten bis zur ersten Stunde. Der Schock über die Käuflichkeit der Kampfrichter steckte mir noch immer in den Knochen. Denn dass sie käuflich waren oder sonst einen Deal mit Drexler abgeschlossen hatten, war für mich klar. Ich war nicht frei von Fehlern, keine Frage. Aber die Wenden hatte ich korrekt geschwommen. Das wusste ich einfach.

Die anderen standen schon auf dem Schulhof. Bea stopfte sich gerade die Reste eines Brötchens in den Mund. Mel stand neben Jonas und redete auf ihn ein.

Ich musste wieder an Mika denken und daran, wie er mir gestern zugewunken hatte. Ich versuchte, die Erinnerung an seine Meeresaugen wegzuschieben, trank den letzten Schluck Kaffee, nahm meinen Rucksack und wollte auch hinüber zum Schulgebäude gehen.

Da hörte ich Melanies Stimme.

»Lass mich einfach in Ruhe, okay?«

Schnell trat ich von der Mensa ins Freie und sah gerade noch, wie sie Jonas' Arm wegschob.

»He, was ist denn auf einmal los? Man wird ja wohl noch fragen dürfen«, erwiderte Jonas aufgebracht.

Ich wusste nicht, was da abging, aber es schien mir besser, auf Abstand zu bleiben.

»Scheiße, verdammt, ist das so schwer zu verstehen? Ich brauch keinen Babysitter!« Melanie schrie, und Jonas sah aus, als ob sie ihm ins Gesicht geschlagen hätte.

Langsam ging ich ein Stückchen näher. Jetzt mischte sich Bea ein. Natürlich. Sie sagte irgendetwas zu Jonas, das ich nicht verstand. Aber Jonas schob sie einfach zur Seite.

»He, was soll das?«

Jonas ignorierte Bea und machte einen Schritt auf Mel zu. Sie wich ihm aus.

»Verdammt, Mel, was ist mit dir los? Ich dachte, wir wären zusammen!«

»Das waren wir vielleicht. Aber du mit deiner Scheiß-Eifersucht musstest ja alles kaputt machen. Und jetzt lass mich endlich in Ruhe. Es gibt noch ein Leben neben dir, auch wenn du dir das vielleicht nicht vorstellen kannst.«

Jonas schnappte nach Luft und wollte etwas erwidern, als Tom sich aus der Gruppe der Umstehenden löste und auf ihn zuging. »Jonas, ich glaube, es wäre besser, wenn …«

Weiter kam er nicht. Jonas fuhr herum und stieß Tom fort. »Fass mich nicht an, du Schwuchtel!«

Tom fiel in eine Gruppe Mädchen, die kreischend auseinanderstob. Als er sich wieder aufgerappelt hatte, hob er beide Hände und ging langsam auf Jonas zu.

»Hey, Kumpel, immer mit der Ruhe.«

Aber Jonas war nun richtig in Rage, stürzte sich auf Tom und holte aus. Tom krümmte sich, als ihn Jonas' Faust irgendwo zwischen den Rippen traf.

»Jonas, spinnst du jetzt total?« Melanie war blass geworden. »Tom hat damit überhaupt nichts zu tun, verdammt noch mal.« Sie hängte sich an seinen Arm, aber Jonas schüttelte sie einfach ab.

Hustend rappelte Tom sich wieder auf. »Sag mal, bist du völlig durchgeknallt oder was?« Er machte erneut einen Schritt auf Jonas zu.

»Hey, aufhören, ihr beiden! Sofort!«

Drexler.

Keine Ahnung, wo der auf einmal herkam. Aber Jonas ließ auf der Stelle seinen Arm sinken.

Auch Tom blieb stehen.

»Was zum Teufel ist hier los?«

Fragend schaute Drexler sich um. Melanie warf mir einen eindringlichen Blick zu. Ich verstand und hielt die Klappe. Was zwischen Mel und Jonas war, interessierte mich nicht. Mir ging es nur um Mel.

Ich erkannte meine Chance.

Während Drexler weiter mit Jonas und Tom diskutierte, ging ich ein paar Schritte näher heran.

»Bitte, Mel, ich muss endlich mit dir reden.«

Sie antwortete nicht. Aber wenigstens hörte sie mir zu.

»Es ist etwas passiert. Und ich …« Ich suchte nach den richtigen Worten. »Können wir uns treffen? Es ist wichtig. Bitte.« Ich sprach leise, damit Drexler mich nicht hörte.

Mel sah mich einen Moment schweigend an, dann nickte sie. »Okay. Nach dem Training. Ich warte in der Kabine. Aber ich hab nicht viel Zeit.« Damit drehte sie sich um und ließ mich stehen.

Während des Unterrichts konnte ich mich kaum konzentrieren. Immer wieder spielte ich in Gedanken durch, was ich Melanie sagen wollte. Als es endlich klingelte, hatte ich nur noch ein Ziel: raus aus dem Klassenzimmer und rüber zur Schwimmhalle.

»Jana?«

Ich war schon fast aus der Tür, als Bernges mich noch einmal zurückrief.

»Ja bitte?«

Melanie hatte den Raum als eine der Ersten verlassen. Auch die anderen schoben sich jetzt an mir vorbei.

»Bitte entschuldige, ich habe nicht schnell genug reagiert. Eigentlich wollte ich Melanie etwas geben, aber sie hatte es heute so eilig.«

Ich hatte es auch eilig. Trotzdem ging ich zurück zu seinem Pult. »Ich kann es ihr ja mitbringen.«

Bernges rollte auf mich zu. »Lieb von dir, aber wir müssen zum Probenraum. Kannst du kurz mitkommen?«

Langsam hielt ich es nicht mehr aus. Ich musste zum Schwimmtraining. Danach mit Mel reden. Für das hier hatte ich jetzt echt keine Zeit. Aber ich versuchte, mir meine Ungeduld nicht anmerken zu lassen, und folgte Bernges zum Probenraum.

Er öffnete die Tür. »Die Tasche dahinten, die auf der Fensterbank. Holst du sie schnell?«

Ich schlüpfte an ihm vorbei in den Raum und sah mich kurz um. An der Wand lehnten einige Kulissen aus vorangegangenen Theateraufführungen, in der Ecke stand ein Kleiderständer mit ein paar Kostümen. Dann sah ich die kleine schwarze Sporttasche auf der Fensterbank. Ich holte sie und lief zurück zur Tür.

»Die hier?«

Bernges nickte. »Ja, Melanie hat sie neulich stehen lassen. Ich wollte sie ihr schon längst mitbringen, aber ich hab es jedes Mal vergessen. Wie ich mich kenne, hätte sie bestimmt noch nach den Sommerferien da gestanden.«

»Schon in Ordnung. Mach ich doch gerne. Aber jetzt muss ich los.«

Ich kam gerade noch rechtzeitig zum Training. Drexler erwähnte weder das gestrige Freundschaftsturnier noch die Prügelei vom Vormittag. Auch die Sichtung war heute kein Thema.

»Ab ins Wasser. Vierhundert Meter einschwimmen.«

Seine Befehle beschränkten sich auf das Notwendigste. Alle spulten das Programm runter, ohne viel miteinander zu reden.

Vor allem Jonas und Tom waren heute auffallend zurückhaltend.

Ich versuchte, nicht mehr an gestern zu denken. Zwei- oder dreimal hatte ich Blickkontakt zu Drexler, aber er ignorierte mich einfach.

Nach dem Einschwimmen trainierten wir alle vier Lagen. Vierhundert Meter pro Lage waren dabei das übliche Pensum, heute erweiterte Drexler es um etliche Bahnen. Während des Kraul- und Brustschwimmens gelang es mir endlich, meinen Trainer vollkommen auszublenden.

»Fünfhundert Meter Rücken jetzt. Zweihundertfünfzig Meter. Dreißig Sekunden Pause. Hundertfünfzig. Pause. Hundert. Und ein bisschen Tempo bitte.«

Ich griff nach der Haltestange unter dem Startblock. Nora neben mir sah jetzt schon erledigt aus. Ich zog mich an den Startblock und spannte meinen Körper an.

»Heute will ich keine verpatzte Wende sehen. Ist das klar?«

Das ging an mich. Ich hatte den Hinweis verstanden. Drexler tat alles, um mir meine Situation ins Gedächtnis zu rufen.

Meine Wut trug mich durch das Wasser. Aus dem Augenwinkel sah ich, wie Drexler neben dem Becken herlief. Am Rand schwamm Tom. Drexler redete auf ihn ein, korrigierte ihn, fuchtelte mit den Armen. Auf mich achtete er nicht mehr. Ich hatte meine Lektion bereits erhalten.

Als wir endlich alle vier Lagen durchhatten, verteilte Drexler die Bretter und ließ uns auch noch für jede Lage den Beinschlag trainieren. Das Stöhnen im Becken wurde lauter, die Stimmung sank auf den Nullpunkt. Normalerweise liebte ich es, meinen Körper bis zum Anschlag zu fordern. Aber heute fühlte ich mich, als hätte ich Blei in den Beinen. Ein Blick zurück zeigte mir, dass es den anderen nicht besser ging.

»Okay, Leute. Noch zweihundert Meter ausschwimmen. Und das nächste Mal hebt ihr euch eure Energie fürs Becken auf, statt euch auf dem Schulhof zu prügeln.«

Tom neben mir zuckte zusammen. Bea heulte fast vor Erschöpfung.

Als wir endlich unter den Duschen standen, waren meine Nerven angespannt. Ich wartete, bis Nora und die anderen außer Hörweite waren, bevor ich mich an Melanie wandte.

»Mel, ich muss mit dir reden. Es ist echt wichtig.«

»Das hast du heute schon mal gesagt.« Melanie wickelte sich in ihr Handtuch. »Was ist los?«

Ich fing ebenfalls an, mich abzutrocknen. Dann griff ich nach meiner Jeans. Unauffällig versicherte ich mich, dass wir auch wirklich allein in der Kabine waren.

»Jetzt mach schon. Ich hab doch gesagt, ich hab nicht viel Zeit.« Melanie schlüpfte in ihr Sweatshirt.

Ich holte tief Luft. Da fiel mein Blick auf die Tasche, die Bernges mir mitgegeben hatte. Ich war vor dem Training so spät dran gewesen, dass ich sie erst mal mit meinen Sachen in den Spind gestellt hatte. Ich nahm sie und zog sie aus dem schmalen Blechschrank.

»Bevor ich es vergesse: Die soll ich dir von Bernges geben.« Ich hielt Melanie die Tasche hin.

Fragend hob sie die Augenbrauen, während sie danach griff. »Von Bernges?«

Sie öffnete den Reißverschluss und schaute kurz ins Innere der Tasche. Dann wurde sie blass.

»Wo hast du das her?«, flüsterte sie.

»Sagte ich doch. Bernges hat sie mir für dich mitgegeben. Sie stand im Probenraum. Du hast sie da wohl mal vergessen.«

Melanie biss sich auf die Lippen, stieg in ihre Winterschuhe und griff nach ihrem Anorak.

»He, alles in Ordnung?«

Sie antwortete nicht, zog nur ihren Reißverschluss zu und setzte ihren Rucksack auf. Dann griff sie nach der Tasche.

»Mel, warte mal, wir wollten doch reden!«

»Tut mir leid, ich muss weg. Ein anderes Mal, ja?« Sie drehte sich um und wollte zur Tür, aber ich hielt sie fest.

»Ein anderes Mal? Da ist es zu spät. Du hattest gesagt, dass du kurz Zeit hast. Ich will doch nur …«

Sie riss sich los. »Ich habe dir gesagt, dass ich es eilig habe. Ich muss los. Wir reden morgen, okay?« Sie schob meine Hand weg und wandte sich wieder zur Tür.

Panik stieg in mir auf. Melanie durfte jetzt nicht gehen. Verzweifelt griff ich nach irgendetwas, um sie aufzuhalten, und erwischte einen Riemen der Sporttasche.

»Mel, warte. Es geht auch ganz schnell. Hör mir nur fünf Minuten zu. Bitte!«

Sie zog an der Tasche, wollte sie mir wegreißen, da passierte es: Die Sporttasche rutschte über ihre Schulter nach unten und kippte um. Ich hatte immer noch den Tragegriff in den Händen, aber der Inhalt der Tasche fiel auf den Boden der Umkleidekabine.

»Verdammt!« Melanie stürzte auf die Knie und fing hektisch an, alles wieder einzusammeln.

Ich stand mit offenem Mund daneben und betrachtete die beiden weißen Schachteln, die neben einigen Kopien für das Theaterstück zu meinen Füßen lagen. Ich bückte mich und hob sie auf.

Construnit las ich den Aufdruck auf der Seite.

»Was ist das?« Verwirrt sah ich Melanie an.

»Nichts. Gar nichts. Gib schon her.« Sie entriss mir das Päckchen und warf es zurück in die Tasche. Dann zerrte sie den Reißverschluss wieder zu. »Vergiss es einfach!«

»Mel, du schleppst da Medikamente mit dir herum, von denen ich noch nie etwas gehört habe, und sagst mir, ich soll es vergessen?«

Mel verdrehte die Augen. »Es ist wirklich nichts. Das Zeug gehört mir nicht, sondern meinem Vater. Er ist Arzt. Schon vergessen? Und jetzt lass mich endlich gehen, ich muss echt los.«

»Deinem Vater? Aber wieso …«

»Misch dich nicht dauernd in Dinge ein, die dich nichts angehen, Jana! Glaub mir, es ist besser, du vergisst das alles ganz schnell wieder.«

Melanie stürzte an mir vorbei nach draußen, und ich konnte nur noch hilflos zusehen, wie sie die Tür hinter sich zuwarf.

12.

Als ich endlich in meinem Zimmer angekommen war, sank ich nur noch auf mein Bett. Ich hatte nicht einmal mehr die Kraft, mein nasses Schwimmzeug aus dem Rucksack zu nehmen und aufzuhängen. Alle Energie hatte mich auf einmal verlassen und ich war total erschöpft.

Die ganze Zeit hatte ich mir Gedanken gemacht, warum Melanie plötzlich so abweisend geworden war. Und jetzt das. Was war das bloß für ein Medikament, das sie da mit sich herumschleppte?

Ich legte mich aufs Bett und starrte an die Decke.

Construnit.

Den Namen hatte ich noch nie gehört. Ich musste herausfinden, um was es sich bei dem Zeug handelte. Aber ich fühlte mich auf einmal so müde. Das Training, die ständigen Auseinandersetzungen mit Drexler, die schlaflosen Nächte in den letzten Tagen, das alles machte sich plötzlich bemerkbar. Vorsichtshalber notierte ich den Namen des Mittels auf einem Zettel und beschloss, erst ein wenig zu schlafen, bevor ich mir die neuesten Ereignisse weiter durch den Kopf gehen ließ.

Meine Augen fielen zu, noch bevor ich diesen Gedanken zu Ende gedacht hatte.

Ich wurde erst wieder wach, als es draußen bereits dunkel war. Ich tastete nach meinem Handy, um auf die Uhr zu schauen. Es musste später Nachmittag sein. Als ich das Handy endlich gefunden hatte, zeigte mir sein hektisches Blinken den Eingang einer neuen Nachricht an. Ich öffnete den Posteingang und sah enttäuscht, dass es nur eine SMS von meiner Mutter war. Im Stillen hatte ich gehofft, Mel hätte sich doch noch einmal gemeldet.

Freue mich auf morgen. Was soll ich kochen? Kuss Mama.

Seufzend drückte ich die SMS weg. Ich hatte jetzt erst mal andere Probleme.

Ich stopfte mir meine Notizen in die Hosentasche und machte mich auf den Weg in die Bibliothek. Da standen ein paar Computer zur allgemeinen Benutzung und man konnte von dort aus auch ins Internet. Ab und zu feierten die Jungs in der Bibliothek eine ihrer LAN-Partys, aber sonst waren die Plätze fast immer frei. Es gab nur noch wenige hier, die kein eigenes Notebook auf ihrem Zimmer hatten.

Ich hatte Glück. Auch jetzt waren die Computerplätze nicht belegt. Schnell meldete ich mich an und fuhr einen der Rechner hoch.

Es dauerte ewig, zumindest kam es mir so vor. Endlich erschien die Google-Suchmaske und ich tippte langsam den Namen von meinem Zettel ab. Vorher schaute ich mich noch mal um, ob ich tatsächlich allein war. Beobachter konnte ich jetzt nicht gebrauchen.

Construnit.

Ich drückte auf Enter. 27000 Treffer in deutscher Sprache. Ich klickte einfach auf den ersten Eintrag. Zunächst überflog ich den Text nur. Zu viele lateinische Namen, zu viele medizinische Fachbegriffe. Bis mein Blick an einem Absatz hängen blieb:

Construnit wurde bereits in den 80er-Jahren von Sportlern als Dopingmittel eingesetzt. Seine beruhigende Wirkung sorgt für den notwendigen erholsamen Schlaf, während es gleichzeitig dafür zuständig ist, dass vermehrt Wachstumshormone freigesetzt werden.

Meine Finger zitterten, als ich im Text wieder ganz nach oben scrollte. Vielleicht hatte ich etwas übersehen. Oder falsch verstanden. Ich las den Text noch einmal, diesmal langsamer. Aber das Ergebnis blieb das gleiche. Es war dieser eine Satz, an dem ich hängen blieb. *Construnit* wurde als Dopingmittel benutzt … Doping, Doping, Doping. Das Wort hämmerte in meinem Kopf. Ich holte ein Blatt Papier aus meinem Rucksack, um mir die wichtigsten Informationen abzuschreiben.

Construnit ist eine Hydroxy-Carbonsäure, abgekürzt GHB für Gamma-Hydroxy-Buttersäure. Ich notierte mir, dass die Substanz auch unter dem Begriff Liquid Ecstasy bekannt wurde und in Deutschland als Betäubungsmittel klassifiziert worden war.

Offensichtlich war *Construnit* meistens in Form von kleinen Ampullen oder Fläschchen im Handel, seltener in Form von Tabletten oder Kapseln.

Ob in Melanies Tasche Ampullen oder Tabletten gewesen waren, wusste ich nicht. Aber es spielte letztendlich auch gar keine Rolle.

Eine Weile las ich mich noch kreuz und quer durch andere Seiten und machte mir Notizen. Ein Warnhinweis besagte, dass es bei der Benutzung dieses Mittels bereits Todesfälle gegeben hatte.

Als ich mit meiner Recherche fertig war, drehte sich alles in meinem Kopf. Auch wenn ich von dem, was ich gelesen hatte, überhaupt nur einen Bruchteil verstand, eins wusste ich bestimmt: Die beiden Schachteln, die Melanie in ihrer Sporttasche mit sich herumtrug, enthielten keine harmlosen Vitaminpillen oder Kopfschmerztabletten.

Das Zeug unterlag dem Betäubungsmittelgesetz, war in Kriminalkreisen als K.-o.-Tropfen bekannt und konnte in geringer Dosierung als Dopingmittel eingesetzt werden.

Mein Herz schlug so laut, dass es sogar das Summen der Festplatte übertönte. Ich schloss die Seiten, löschte den Internetverlauf und schaltete den Rechner aus.

Ich hatte keine Ahnung, was ich jetzt tun sollte.

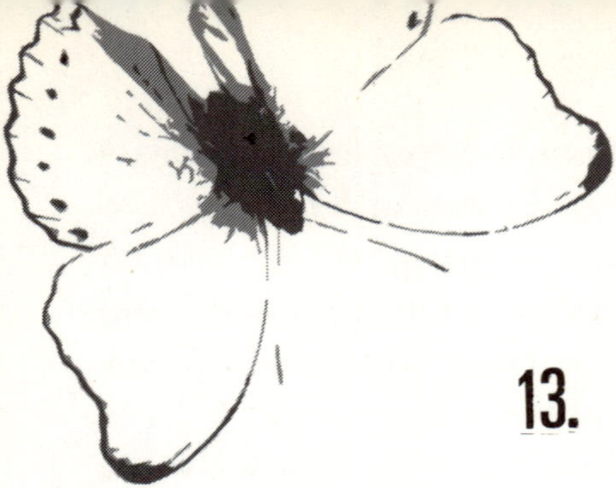

13.

Ich war müde, todmüde und gleichzeitig so aufgewühlt wie nach einem 200-Meter-Sprint im Wasser. Ich spürte jeden einzelnen Muskel in meinem Körper, das letzte Training steckte mir noch in den Knochen. Und obwohl ich jede unnötige Bewegung vermied, schlug mein Herz bis zum Hals, und ich schaffte es nicht, meine Gedanken zu sortieren.

Melanie dopte. Es gab keinen anderen vernünftigen Grund, warum sie dieses Zeug sonst mit sich herumschleppen sollte. Oder doch? Ich musste an den Streit mit Jonas denken. An die Anhänglichkeit von Nora und Bea. Konnte es sein, dass Mel andere in der Schule mit dem Zeug versorgte? Handelte Mel mit den Medikamenten? Aber woher hatte sie die? Im Internet stand, dass sämtliche GHB-Produkte unter das Betäubungsmittelgesetz fielen. Frei käuflich waren sie also auf gar keinen Fall.

Mein Vater ist Arzt. Schon vergessen?

Die Erinnerung traf mich wie ein Faustschlag. Wieland. Konnte das tatsächlich sein? Wäre er dazu fähig? Er arbeitete in den städtischen Kliniken. Er konnte das Mittel vermutlich problemlos besorgen. Ich dachte daran, wie viel Druck er in der letzten Zeit auf Melanie ausgeübt hatte. Sah seinen Blick vor mir, den er mir gestern im Becken zugeworfen hatte. Und ich hörte Mikas Stimme wieder. *Ein Kampf, den du nur verlieren kannst.*

Dopte Wieland seine eigene Tochter? Verdammt, verdammt, verdammt. Es war auch ohne das alles schon kompliziert genug. Und jetzt? Melanie spielte mit ihrem Leben, wenn sie tatsächlich auf dieses Zeug setzte. Im Internet stand, dass es schon Todesfälle gegeben hatte. Ich kriegte das einfach nicht auf die Reihe. Hatte Melanie sich nicht erst kürzlich über den Leistungsdruck an unserer Schule aufgeregt? Und trotzdem war ihr ein Sieg so wichtig, dass sie bereit war, dafür ein großes gesundheitliches Risiko einzugehen?

Ich starrte an meine Zimmerdecke und suchte verzweifelt die Logik hinter dem Ganzen. Ob Mika wusste, was seine Schwester da tat? Ob er sie in ihrem Ehrgeiz gar unterstützte? Hatte er mich deshalb vor seinem Vater gewarnt? Um mich aus dem Verkehr zu ziehen? Bei dem Gedanken wurde mir schlecht.

Ich schaute auf die Uhr. Es war schon spät. Vermutlich schliefen die anderen längst. Und selbst, wenn einer von ihnen noch wach war: Mit wem hätte ich reden sollen? Wem konnte ich vertrauen? Ich stöhnte. Wenn ich nicht bald etwas unternahm, würde mein Kopf platzen vor lauter unbeantworteten Fragen. Und zu allem Überfluss war morgen Samstag. Meine Mutter wartete auf mich. Und mit ihr konnte ich über all das am allerwenigsten reden. Ärger an der Schule wäre für sie ein gefundenes Fressen. Sie wartete doch nur auf einen Grund, mich aus dem Internat zu nehmen.

Es half alles nichts, ich musste dringend raus hier, musste einen klaren Kopf bekommen.

Mein Blick fiel auf meinen Schwimmanzug, den ich zum Trocknen über einen Stuhl geworfen hatte. Es kam mir absurd vor, jetzt an Sport zu denken. Aber aus Erfahrung wusste ich, dass ein lockeres Schwimmtraining gegen die körperliche Erschöpfung oft besser half, als sich auszuruhen. Außerdem konnte ich nirgendwo besser nachdenken als im Wasser.

Ob die Halle jetzt noch auf war? Ich konnte es ja mal probieren. Von den anderen wusste ich, dass es eine zweite Tür gab, eine, die sich öffnen ließ, wenn man den richtigen Trick kannte. Tom hatte mir das am Anfang des Schuljahres mal erzählt. Ein paar hatten sich zum nächtlichen Schwimmen verabredet und mich gefragt, ob ich mitkommen wollte. Damals wollte ich nicht, aber jetzt schien es mir eine gute Idee zu sein. Schlafen konnte ich sowieso nicht. Also schlüpfte ich aus meinen Klamotten und zog meinen Schwimmanzug an. Ich zuckte kurz zusammen, als ich den noch nassen, kalten Stoff auf meinem Körper fühlte. Meinen Trainingsanzug zog ich darüber.

Leise öffnete ich die Zimmertür. Der Wohntrakt wurde zwar nicht abgeschlossen, aber es war auch nicht erlaubt, ihn in der Nacht zu verlassen. Ab 22:00 Uhr herrschte Nachtruhe im Gebäude und alle sollten auf ihren Zimmern bleiben. Ab und zu, besonders vor den Ferien oder auch mal vor dem Wochenende, fanden im Wohntrakt noch Partys statt, aber die mussten offiziell genehmigt werden. Heute war alles ruhig. Behutsam schloss ich meine Zimmertür. Es dürfte kein Problem werden, das Haus unbemerkt zu verlassen. Wir hatten schließlich alle eine anstrengende Woche hinter uns.

Langsam tastete ich mich im Dunkeln vorwärts. Ich wollte kein Risiko eingehen. Endlich hatte ich die Treppe erreicht. Die

Zimmer der Mädchen lagen im zweiten Stock, die der Jungs befanden sich im ersten. Im Erdgeschoss waren die Dienstwohnungen der Lehrer untergebracht, die mit uns im Internat lebten. Ich hatte gerade die erste Etage erreicht, als plötzlich das Licht anging.

Erschrocken blieb ich stehen. Hatte mich jemand gehört? Rückwärts stieg ich wieder ein paar Treppenstufen nach oben. Aus dem Jungentrakt kamen Geräusche. Schritte. Mein Herz klopfte bis zum Hals, ich hielt die Luft an. Die Schritte kamen näher. Langsam schlich ich zwei weitere Stufen nach oben. Wer lief wohl so spät noch über die Flure?

Plötzlich Stille. Eine Tür wurde geöffnet. Das Klacken war so laut, dass ich zusammenzuckte. Dann fiel die Tür wieder ins Schloss. Ich hockte mich auf die Treppenstufe und wartete. Presste mein Gesicht an das kühle Geländer und versuchte, meinen Atem zu beruhigen. Wieder wurde die Tür geöffnet. Eine Klospülung war zu hören. Meine Erleichterung war so groß, dass ich fast gelacht hätte. Die Schritte entfernten sich wieder und nach einer Weile war alles ruhig. Langsam stieg ich die Treppe hinunter.

Im Erdgeschoss blieb ich noch einmal kurz stehen. Ich lauschte. Musik. Vermutlich aus Bernges' Wohnung. Ob er noch wach war? Ich stellte mir vor, wie er in seinem Wohnzimmer saß und italienische Opern hörte.

Als ich die Tür nach draußen öffnete, schlug mir kalte Luft entgegen. Ein eisiger Wind hatte neuen Schnee gebracht.

Ich sah hinüber zur Schwimmhalle. Sie lag vollkommen im Dunkeln. Fröstelnd schlang ich die Arme um den Körper und lief los. Eine Außenlampe leuchtete auf. Ich biss mir auf die Lippen, um nicht aufzuschreien. Fast wäre ich gestolpert. Bewegungsmelder. Daran hatte ich nicht gedacht. Der Schnee reflektierte das Licht. Hoffentlich hatte mich noch niemand bemerkt!

Ich beeilte mich, zur Halle rüberzukommen. Dort presste ich mich an die Wand und beobachtete die Fenster vom Wohntrakt. Kurz glaubte ich, einen Schatten zu erkennen, aber alles blieb ruhig. Ich hatte mich geirrt.

Das Hoflicht war inzwischen wieder erloschen und der Schnee schimmerte nur noch schwach. Langsam schob ich mich an der Wand entlang zum Seiteneingang der Schwimmhalle. Ich wollte nur schwimmen gehen, fühlte mich aber wie kurz vor einem Einbruch in eine Bank. Endlich stand ich vor der Tür, die Tom mir damals beschrieben hatte. *Man muss den Türgriff anheben und gleichzeitig drehen,* hatte er gesagt. Das Schloss sei kaputt. Hoffentlich war in der Zwischenzeit niemand auf die Idee gekommen, es zu reparieren.

Ich zählte in Gedanken bis drei. Dann legte ich meine Hand um den runden Griff und stemmte mich mit den Füßen in den Boden. Auch wenn ich auf diese Weise nicht meine Probleme löste, war es eine verdammt gute Methode, sie wenigstens für einen Moment aus dem Kopf zu verbannen. Mit aller Kraft hob ich die Tür ein winziges Stück an und tatsächlich – der Griff ließ sich drehen. Die Tür sprang auf. Schnell schlüpfte ich hinein und schob sie hinter mir wieder zu. Ich atmete tief durch und versuchte, mich zu orientieren.

Im Gang war es stockfinster, aber an seinem Ende schimmerte Licht. Langsam tastete ich mich vorwärts. Ich musste mich in der Nähe der Putz- und Gerätekammern befinden. Hier wurde alles aufbewahrt, was man zum Reinigen des Beckens und auch für das Training benötigte. Schwimmbretter, Pullboys, Gummibänder. Ich lief auf das schwache Leuchten am Ende des Gangs zu. Und dann stand ich in der Schwimmhalle.

Obwohl hier kein Licht brannte, konnte man die Umrisse des Beckens gut erkennen. Der Schnee draußen vor den großen Glasfronten schimmerte silbern und die Wasseroberfläche lag glänzend schwarz und ganz still vor mir. Ich schlüpfte aus dem Jogginganzug und ließ mich ins Wasser gleiten. Ich musste schwimmen. Auch wenn meine Arme und Beine sich schwer anfühlten. Zwei, drei Armzüge lang war es ungewohnt, durch die Dunkelheit zu gleiten. Aber dann schloss ich einfach die Augen. Und schwamm. Ich musste nichts sehen. Ich fühlte das Wasser, das mich trug. Und plötzlich wurden meine Arme wieder leicht und bewegten sich wie von selbst. Ich spürte den Beckenrand, bevor ich ihn erreichte. Sogar die Wenden machte ich mit geschlossenen Augen. Ich schwamm, und die Fragen fielen von mir ab wie lästiger Staub, der vom Wasser weggetragen wurde. Ich tauchte den Kopf ins Wasser und konnte endlich wieder atmen. Viel zu lange hatte ich die Luft angehalten. Bahn für Bahn legte ich zurück und spürte, wie ich dabei immer leichter wurde. Das Wasser trug mich, wie es mich immer getragen hatte.

Ich wusste nicht, wie lange ich geschwommen war, hatte keine Ahnung, wie spät es war. Wie immer, wenn ich im Wasser war, hatte ich Zeit und Raum um mich vollkommen vergessen. Trotzdem hatte mir das Schwimmen geholfen, meine Gedanken zu sortieren. Meine erste spontane Idee, Bernges oder einen anderen Lehrer über Melanies Medikamentenkonsum zu informieren, hatte ich inzwischen verworfen. Ich war mir sicher, dass Melanie keinen halben Tag länger am Internat bleiben durfte, wenn davon etwas bekannt würde. Es musste einen anderen Weg geben.

Als ich wieder sicher in meinem Zimmer angekommen war, hatte ich einen Plan gefasst. Gleich morgen würde ich zu Mel nach Hause fahren. Diesmal würde ich mich nicht abwimmeln lassen. Einen Grund hatte ich auch gefunden. Mikas Handschuhe lagen noch in meinem Zimmer und warteten darauf, von mir zurückgebracht zu werden. Den Gedanken, dass es auch schön sein würde, Mika wiederzusehen, schob ich dabei weit von mir.

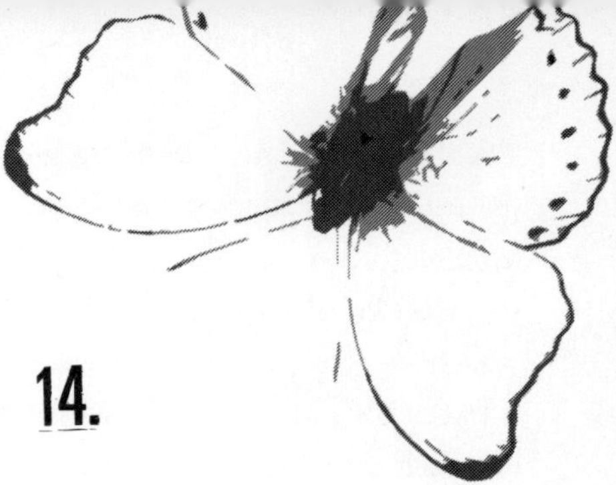

14.

Diesmal nahm ich nicht den ersten Bus nach Hause. Obwohl ich wusste, dass meine Mutter wartete. Vermutlich heute sogar frisch geduscht am angerichteten Frühstückstisch.

Es war immer das Gleiche. Stürzte sie ab, versuchte sie bei nächster Gelegenheit, ihre Sache besonders gut zu machen. Wie ein Hund, der um Liebe bettelt, wuselte sie dann um mich herum und wartete darauf, dass ich ihr verzieh. Ich wusste das. Und wehrte mich dagegen. Je mehr sie jammerte, desto mehr machte ich dicht. Ich konnte nicht anders. Auch heute würde sie warten müssen.

Statt den frühen Bus zu nehmen, stieg ich auf mein Rad und fuhr zu dem Viertel, in dem Melanie mit ihrer Familie lebte. Mein Kopf dachte an Mel, aber mein Bauch fühlte Mika. Ich konnte nichts dagegen machen, so sehr ich es auch zu unterdrücken versuchte. Aber ich war nicht hier, damit es meinem Bauch gut ging. Ich war hier, um Melanie zu helfen. Und auch mir selbst.

Kann man jemandem helfen, der das gar nicht will? Die Antwort auf diese Frage musste ich noch herausfinden.

Während ich das Rad abschloss, versuchte ich zu erkennen, wie viele Autos heute unter dem Carport geparkt waren. Vielleicht hatte ich Glück und Wieland hatte gerade Dienst. Ärzte haben doch zu allen unmöglichen Zeiten Bereitschaft, sagte ich mir.

Mist. Es standen beide Autos im Hof. Sollte ich klingeln? Es war noch früh am Morgen, vielleicht lagen noch alle in ihren Betten? Blöd, dass ich nicht wusste, hinter welchem Fenster das Zimmer von Melanie lag. Dann hätte ich Steinchen an ihre Scheibe werfen können, wie in einem schlechten Film.

Ich zog mein Handy aus der Jackentasche. Ich konnte versuchen, sie anzurufen. Oder ihr wenigstens eine SMS schreiben. Während ich noch überlegte, was ich hier eigentlich machte und wie es jetzt weitergehen sollte, wurde die schwere Haustür geöffnet.

Schnell steckte ich das Handy wieder ein, zog meine Mütze tiefer in die Stirn und trat hinter einen der großen Bäume, die den Straßenrand säumten.

Von meinem Platz aus konnte ich nicht erkennen, wer da aus dem Haus gekommen war. Es konnte Wieland sein. Oder? Wer auch immer es war, er stieg nicht in eins der Autos, sondern schlenderte die lange Auffahrt entlang. Erst als er an dem großen schmiedeeisernen Tor angekommen war, erkannte ich ihn. Mika. Sofort schlug mein Herz bis zum Hals. *Hör auf damit!*, schrie eine Stimme in mir drin.

Mika war gerade durch das Tor auf die Straße getreten. Ich zog mir die Handschuhe aus und verließ mein Versteck.

»Jana? Was machst du denn hier? Bist du aus dem Bett gefallen?«

»Ich wollte dir die Handschuhe zurückbringen, bevor ich den Bus nach Hause nehme.«

»Du bist extra heute früh hier rausgeradelt, um mir ein paar alte Handschuhe zu bringen?« Skeptisch zog Mika die Augenbrauen hoch. Die Handschuhe, die ich ihm hinhielt, ignorierte er einfach.

Er hatte recht. Mein Vorwand klang absolut bescheuert. Ich knetete die Handschuhe zwischen meinen Händen und beschloss, bei der Wahrheit zu bleiben.

»Ist Melanie zu Hause?« Ich sprach leise, hatte Angst, dass vielleicht doch noch jemand herauskäme und mich hören könnte.

»Mel? Die schläft noch. Warum? Ist was passiert?«

Ich sah an ihm vorbei zum Haus. Aber dort war alles ruhig.

»Wohin gehst du?«, fragte ich ihn statt einer Antwort.

»Ich wollte zum Bäcker. Brötchen holen. Willst du mitkommen und anschließend mit uns frühstücken?« Er setzte sich einfach in Bewegung.

Ich schüttelte den Kopf. Nein. Dieses Haus wollte ich auf gar keinen Fall wieder betreten. Außerdem wartete meine Mutter auf mich. Ich lief trotzdem neben ihm her.

»Ich kann nicht. Ein andermal vielleicht. Ich …«, verzweifelt überlegte ich, wie viel ich ihm sagen konnte. Was wusste er und was durfte er wissen? »Ich muss mit Melanie reden, Mika. Dringend.«

»Und ich dachte schon, du hättest dir vielleicht meinetwegen die Mühe gemacht, so früh aufzustehen.« Er lächelte und berührte mich am Arm. Ich zuckte zurück, als ob er mich verbrannt hätte.

»Kannst du ihr das bitte ausrichten? Sie soll mich anrufen. Auf dem Handy. Sie weiß, worum es geht. Ich fahre übers

Wochenende nach Hause zu meiner Mutter. Aber ich bin erreichbar.«

Wenn er von meiner Reaktion enttäuscht war, dann ließ er sich das zumindest nicht anmerken. Er nickte nur. »Du machst es ja spannend. Aber klar, ich werde es ihr sagen. Hat sie deine Nummer?«

»Ja, hat sie.« Schweigend gingen wir nebeneinander her.

»Mika, sag mal«, ich holte tief Luft, »hat Mel irgendetwas zu Hause erzählt? Ich meine, vom letzten Wettkampf oder vom Sichtungsschwimmen oder so?« Im selben Moment bereute ich meine Frage. Mika war dabei gewesen, fiel mir ein. Er hatte gesehen, was passiert war. Er wusste von der Disqualifikation und meinem Rausschmiss aus der Staffel. Natürlich wusste er das. Und dann musste ich an Vanessa denken.

Mika war stehen geblieben und schaute mich nachdenklich an.

»Nein, was hätte sie denn erzählen sollen? Ich weiß, dass der Termin nächste Woche wohl sehr wichtig ist. Aber das hatten wir ja schon. Mein Vater spricht von fast nichts anderem mehr. Und es ist wie immer. Zu Hause ist dicke Luft. Je mehr mein Vater redet, desto schweigsamer wird Mel. Aber spätestens nächste Woche ist der Spuk vorbei.« Mika beschleunigte seine Schritte wieder. Ich sah die Bäckerei auf der anderen Straßenseite.

»Wartest du kurz? Ich bin gleich wieder da.«

Ich nickte und sah ihm nach, wie er die Straße überquerte. Das Gespräch verlief ganz und gar nicht so, wie ich es mir ausgemalt hatte. Ich kam keinen Schritt weiter. Aber trotzdem konnte ich ihm nichts von den Medikamenten erzählen. Nicht, bevor ich wusste, welches Spiel Melanie tatsächlich spielte.

Ich starrte auf die Handschuhe in meinen Händen. Was war das nur, was Mika ständig in mir auslöste? Ich fühlte mich einerseits zu ihm hingezogen und gleichzeitig würde ich am liebsten vor ihm davonlaufen. Ich hätte nicht herkommen dürfen. Wir konnten keine Freunde sein. Niemals. Und mehr als das schon gar nicht. Ich musste an das Lied mit den zwei Königskindern denken. Das Wasser zwischen uns war viel zu tief, als dass wir es hätten überqueren können.

Schlag ihn dir aus dem Kopf, Jana. Er wird dich nur unglücklich machen.

Ich ließ die Handschuhe fallen, drehte mich um und rannte den Weg zurück, den wir gekommen waren. Diesmal schaffte ich es auf Anhieb, das Schloss aufzuschließen. Ich schwang mich auf den Sattel und raste los. Das Hinterrad drehte auf dem gefrorenen Boden durch und fast wäre ich auf den Asphalt geknallt. Ich rutschte seitlich weg, musste ein Bein auf den Boden stemmen, um mich abzufangen. Es dauerte eine Weile, bis ich es so weit stabilisiert hatte, dass ich wieder richtig aufsteigen konnte. Mika würde jeden Augenblick zurückkommen. Ich trat in die Pedale und floh.

Nachdem ich mein Fahrrad in den Keller gebracht hatte, ging ich zur Bushaltestelle, um den nächsten Bus nach Hause zu nehmen. Mit dem Finger fuhr ich über den Fahrplan und suchte die Verbindung raus, als ich eine Bewegung im Bushäuschen wahrnahm. Ich fuhr herum.

»Mika?«

Er trat aus dem Unterstand ins Freie. Seine Hände hatte er in die Jackentaschen gestopft. Erst jetzt sah ich das Mountainbike, das an der Wand lehnte.

»Was … was machst du hier?«

Mein Stammeln war lächerlich.

Mika zog die Hände aus den Jackentaschen und hielt mir zwei Handschuhe hin.

»Du hast was verloren.«

Ich starrte auf die Handschuhe und dann auf ihn.

»Du bist extra hier rausgeradelt, um mir ein paar alte Handschuhe zu bringen?«, wiederholte ich seine Worte und schmunzelte, aber Mika verzog keine Miene.

Verlegen schaute ich auf den Boden vor mir. Ich wusste nicht, was ich sagen sollte.

»Warum bist du abgehauen?« Sein Blick jagte Stromstöße durch meinen Körper. Mika machte einen Schritt auf mich zu und griff nach meiner Hand. Erschrocken zog ich sie weg und ärgerte mich im gleichen Moment über mich selbst.

Er hob kurz die Augenbrauen, trat dann aber wieder einen Schritt zurück.

»Habe ich irgendetwas Falsches gesagt?« Besorgt musterte er mich.

Ich schüttelte stumm den Kopf. Ich wünschte, er würde endlich gehen, mich von diesem Schweigen erlösen. Und gleichzeitig sehnte ich mich nach nichts mehr, als wieder von ihm berührt zu werden. Noch nie hatte ein Junge so etwas in mir ausgelöst und es verwirrte mich zutiefst.

Mika räusperte sich. »Du hast mich gefragt, ob ich eine Freundin habe …«

Jetzt war er es, der verlegen klang. Er hob seine Hände und spreizte die Finger. »Von wegen an jedem Finger eine. Ich habe keine Freundin, Jana. Ich wollte nur, dass du das weißt.«

Er ließ seine Hände wieder sinken und stopfte sie zurück in die Taschen seines Parkas.

Gegen meinen Willen musste ich lächeln. »Okay. Hätten wir das also auch geklärt.«

Mein Bus kam. Ich wusste nicht, ob ich darüber froh sein sollte oder traurig. Ich deutete mit dem Kopf in seine Richtung. »Ich muss los.«

Mika nickte. Ich wollte mich umdrehen, da fühlte ich seine Hand an meiner Schulter. Kurz, wie aus Versehen, streifte sie mein Gesicht. »Vergiss die nicht.« Er hielt mir die Handschuhe hin.

Ich nahm sie an mich und berührte seine Finger dabei einen Moment länger, als es nötig gewesen wäre. Unsere Blicke trafen sich.

»Bis bald«, sagte Mika.

Das Letzte, was ich sah, bevor ich mich umdrehte und in den offenen Bus sprang, waren seine Augen.

Meine Mutter öffnete mir die Tür, noch bevor ich den Schlüssel aus meinem Rucksack zerren konnte. Sie sah erschöpft aus. So als ob sie die ganze Woche nicht geschlafen hätte. Aber mir ging es ja nicht anders. Viel Schlaf hatte ich in den letzten Tagen auch nicht gerade abbekommen. Ich drückte meiner Mutter einen Kuss auf die Wange und schob mich an ihr vorbei in den Flur. Zum ersten Mal seit einer halben Ewigkeit hatten wir etwas gemeinsam.

»Hallo, Mama, du siehst müde aus.«

»He, das Gleiche wollte ich gerade zu dir sagen.«

Sie ging an mir vorbei in die Küche.

»Magst du Toast? Ich hab uns Kaffee gekocht, willst du frühstücken?«

»Ja bitte.« Vermutlich würde ich keinen Bissen runterkriegen, aber ich wollte sie nicht schon wieder enttäuschen.

»Was ist aus diesem Sichtungsschwimmen geworden?«

Sie schaute mich nicht an, während sie die Frage stellte. Trotzdem war ich erstaunt, dass sie das nicht vergessen hatte.

»Ist erst nächste Woche. Am Dienstag.« Ich griff nach dem Toast. Überrascht stellte ich fest, dass ich doch hungrig war.

»Hast du dich schon entschieden?«

Ich schüttelte den Kopf. Wieder einmal sehnte ich mich danach, mit ihr reden zu können, so wie ich mir vorstellte, dass Mütter und Töchter miteinander redeten. Aber wir konnten es nicht. Hatten es noch nie gekonnt. Zwischen uns standen so viele unausgesprochene Sätze, die zu Wänden geworden waren.

Ihre Hand tastete nach der Zigarettenschachtel. Sie nahm sie auf, hielt sie kurz. Und legte sie wieder hin. Dann schob sie die Schachtel weit weg. Fragend blickte ich sie an.

»Dieser Mika ...«

Ich versuchte, unbeteiligt auszusehen. »Was soll mit ihm sein?«

»Hast du ... ich meine ... habt ihr zwei euch noch mal getroffen?«

Ich fühlte, wie mir das Blut ins Gesicht schoss, und betete, dass sie das nicht bemerkte. Er hatte mich getroffen. Mitten ins Herz. Aber das ging sie nichts an. Wieder schüttelte ich den Kopf.

»Mika ist nicht am Internat. Er lebt bei seinen Eltern und besucht eine ganz andere Schule.«

Sie konnte ihre Erleichterung nicht verbergen. Ich schob meinen Teller von mir und ging ins Bad. Ich sperrte von innen ab und setzte mich auf den geschlossenen Klodeckel. Als ich mein Gesicht in die Hände stützte, fühlte es sich heiß an. Fast fiebrig. Was war nur mit mir los?

Ich stand auf und stellte mich vor den Spiegel. Ich zog mein Sweatshirt über den Kopf, dann mein T-Shirt. Betrachtete meinen Oberkörper, schaute mir ins Gesicht. Die Augen, in die ich blickte, brannten vor Sehnsucht. Wonach, hätte ich nicht sagen können. Ich griff hinter meinen Rücken und öffnete die Träger meines BHs. Seit über zehn Jahren war ich fast täglich im Wasser. Zog mich aus. Schlüpfte in den Schwimmanzug, der wie eine zweite Haut war, und schwamm. Ich kannte jeden Muskel, jede Sehne. Und doch war es heute, als ob ich in das Gesicht einer Fremden schaute. Als ob die Haut vor mir nicht meine wäre. Ich sah meine Brüste, die klein waren und fest vom vielen Training. Vorsichtig berührte ich sie mit meinen Fingerspitzen. Im Spiegel waren es Mikas Finger, die mich berührten. Ich strich über meine Brustwarzen, die sofort hart wurden, und stöhnte leise. Als ich wieder in den Spiegel sah, waren da nur noch meine Hände. Meine Augen blickten mir groß und voller Fragen entgegen.

Ich drehte mich ein wenig zur Seite und versuchte, den Schmetterling zu sehen. Fast hatte ich Angst, er könnte davongeflogen sein. So vieles hatte sich verändert, aber er war noch da. Bisher war immer alles so klar gewesen. So einfach. Wenn ich schwamm, konnte ich die Welt um mich herum vergessen. Solange ich schwamm, war ich frei. Und jetzt? Ich schaute wieder in den Spiegel. Suchte die Züge meiner Mutter in meinem

Gesicht. Ihre Augen sind blau. Die Augen, die mir entgegenblickten, waren dunkel. Fast schwarz. Es müssen die Augen meines Vaters sein.

Ich dachte an Mikas Augen. Meeresaugen hatte ich sie genannt. Ob meine Mutter auch einmal einen Namen für die Augen meines Vaters hatte? Was sah sie, wenn sie mir ins Gesicht blickte? Ich kannte nicht einmal seinen Namen. Vielleicht macht es das Vergessen leichter, wenn die Erinnerung keinen Namen hat.

Ich musste Mika genauso vergessen. Für ihn war kein Platz in meinem Leben. Aber ein Bild, das man im Kopf hat, lässt sich nicht so einfach in tausend Stücke schneiden.

»Was machst du da drin?« Meine Mutter klopfte an die Tür.

Ich zog meinen BH wieder an und schloss auf.

Ein Bild, das man im Herzen hat, kann man nur herausreißen. Alles hatte sich verändert. Jetzt war es an der Zeit, selbst etwas zu ändern. Ich hob meine Klamotten vom Fußboden auf, streifte sie über und öffnete die Tür.

15.

»Jana?«

Ich hatte die Tür hinter mir schon fast zugezogen, als meine Mutter mich noch mal zurückrief.

»Hm?«

»Ich wünsch dir viel Glück am Dienstag. Egal, wie du dich entscheidest, es wird das Richtige sein.«

»Okay.« Ich schluckte. »Danke.«

Schnell wandte ich mich ab. In meinen Augen brannten Tränen.

Vielleicht hätte ich zurücklaufen und sie umarmen sollen, vielleicht wäre es ein Anfang gewesen. Aber ich konnte nicht. Es gab bereits zu viele *hätte* und *wäre* zwischen uns.

Ich nahm immer zwei Stufen auf einmal und rannte die vier Stockwerke nach unten. Wenn ich mich beeilte und den nächsten Bus erwischte, konnte ich vielleicht vor dem Abendessen noch eine Stunde schwimmen.

Als ich ins Becken glitt, war Tom bereits da.

»Hi, Jana, alles klar?«

»Geht so, und bei dir?« Er reckte den Daumen aus dem Wasser, schwamm eine Wende und setzte sein Training fort.

Das mochte ich an Tom. Überflüssige Worte waren nicht sein Ding. Ich überlegte kurz, ob ich ihn auf den Streit mit Jonas ansprechen sollte, verwarf den Gedanken dann aber wieder. Statt zu reden, wollte ich lieber schwimmen. Ich sprang ins Wasser und fing an zu kraulen.

Eine Stunde später stiegen wir beide erschöpft und hungrig aus dem Becken.

»Sehen wir uns in der Mensa?«

Tom nickte. Wir trennten uns vor den Duschen und ich freute mich auf ein Abendessen zu zweit.

Nach dem Samstagsfrühstück wurde die Mensa für gewöhnlich geschlossen. Erst am Sonntagabend, wenn die ersten Schüler wieder eingetrudelt waren, gab es Abendessen. Wer das Wochenende im Internat verbrachte, konnte eine kleine Teeküche mit Mikrowelle benutzen. Eine Ausnahme waren die Wettkampfwochenenden oder die Sommerturniere der Handballer, zu denen manchmal auswärtige Mannschaften eingeladen wurden, die dann ihr komplettes Wochenende hier verbrachten.

Diesmal waren Tom und ich fast allein in dem großen Speisesaal. Nur ein paar Jungs saßen an einem runden Tisch, ihr Gelächter drang zu uns herüber.

Noch zwei Tage bis zur Sichtung. Und ich hatte immer noch nicht mit Mel gesprochen. Nachdenklich stocherte ich in dem Schälchen mit Salat.

»Du stehst wohl nicht so auf das Grünzeug?«, meinte Tom schließlich.

»Doch. Wieso?« Irritiert sah ich ihn an.

»Na ja, du hast jetzt seit einer Viertelstunde bestimmt jedes Salatblatt einzeln gewendet.« Er schwieg, dann rückte er ein

Stück näher. »Irgendwas stimmt nicht mit dir in letzter Zeit. Na los, spuck's schon aus. Es hat mit Melanie zu tun, richtig?«

Ich schwieg. Ich konnte nicht mit ihm darüber sprechen. Tom war ein netter Kerl, und ich war mir auch sicher, dass er ein Geheimnis bewahren konnte. Nur, was würde das nützen? Helfen konnte er mir nicht.

»Sorry, ich wollte dich nicht bedrängen«, sagte Tom.

Ich schüttelte den Kopf. »Ist schon gut. Es ist nur, ich kann einfach nicht darüber reden. Noch nicht«, fügte ich hinzu, als ich sah, dass er etwas erwidern wollte.

Jetzt war er es, der in seinem Salat herumstocherte.

»Melanie hat offensichtlich zurzeit ganz schön viel Stress«, fing er noch einmal an. »Für sie steht wohl einiges auf dem Spiel nächste Woche.«

Für mich auch!, dachte ich, aber ich hielt die Klappe. Zum ersten Mal kam mir der Gedanke, dass Tom für Mel vielleicht mehr empfinden könnte als nur Freundschaft. Ob er auch von den Medikamenten wusste?

Ich warf einen Seitenblick zu den Jungs am Nachbartisch, aber keiner von ihnen schien sich für uns zu interessieren. »Ich habe Mels Bruder getroffen«, sagte ich leise. »Er hat mir erzählt, dass ihr Vater von fast nichts anderem mehr redet als von der Sichtung. Ich glaube, ihm wäre fast jedes Mittel recht, wenn sie nur gewinnt.«

Gespannt wartete ich auf eine Reaktion. Aber Tom zuckte nur mit den Schultern.

»Ich bin echt froh, dass es meinen Alten egal ist, ob ich bei den Wettkämpfen gut oder schlecht abschneide. Sie bezahlen mir das Internat, weil ich gern schwimme.« Er spießte ein Stück

Tomate mit der Gabel auf. »Und weil ich ihnen so nicht im Weg stehe bei ihren ewigen Streitereien.«

Okay. Entweder hatte er von dem ganzen Medikamentenzeug wirklich keine Ahnung oder er war ein verdammt guter Schauspieler.

»Ich dachte, deine Eltern leben getrennt?«

Er nickte. »Das tun sie auch. Meistens jedenfalls. Alle paar Monate kommt einer von ihnen auf die Idee, es doch noch mal zu probieren. Das geht meistens keine vierundzwanzig Stunden gut.« Er grinste mich an. »Ich sag's ja, ich bin froh, hier sein zu können und nicht dauernd zwischen ihnen zu stehen.«

Den Rest der Mahlzeit beendeten wir schweigend. Ich stapelte mein Geschirr auf das Tablett und stand auf, um es zurückzubringen.

»Ich geh dann mal. Muss noch was lernen.«

Das war eine glatte Lüge, aber ich musste einfach mit meinen Gedanken allein sein.

Die Kugeln rollten über das Feld.

Er würde sie versenken. Eine nach der anderen.

Bis am Schluss nur noch die beiden übrig waren.

Schwarz und weiß.

Er musste nur darauf achten, dass er die schwarze Kugel nicht zu früh aus den Augen verlor.

Das Spiel hatte begonnen.

16.

Bestimmt schon zum dritten Mal an diesem Morgen schaute ich auf mein Handy. Die SMS war eindeutig. *Okay, lass uns reden. Ich komme zur Bushaltestelle. Mel.*

Sie hatte die Nachricht schon gestern Abend geschickt, aber gelesen hatte ich sie erst jetzt.

Gut. Sie würde kommen. Und ich konnte ihr meine Entscheidung mitteilen. Die Zeit war knapp, aber noch nicht zu knapp.

Wir würden reden und dann konnte Mel mit diesem Scheiß aufhören. Sie würde morgen gewinnen und ich würde mein Stipendium behalten. Die Sache war so einfach, dass ich mich fragte, warum ich für diese Entscheidung so lange gebraucht hatte.

Ich zog meinen Fleecepulli über den Trainingsanzug. Wir würden uns im Häuschen an der Bushaltestelle treffen. Um zu reden, statt mit den anderen zu laufen. In der Nacht hatte es wieder geschneit. Es würde kalt werden. Verdammt kalt.

Als ich auf den Hof trat, war es stockdunkel. Ich wollte früher als die anderen das Gelände verlassen. Unnötig, ein Risiko einzugehen. Ich hatte keine Lust, erklären zu müssen, warum ich nicht mitkam in den Wald. Und das Wichtigste: Ich wollte

Drexler nicht begegnen. Erst wollte ich mit Melanie reden. Endlich.

Ich schaffte es zur Bushaltestelle, bevor die anderen vom Schulhof kamen. Melanie war noch nicht da. Also stöpselte ich meine Kopfhörer in die Ohren und schaltete meinen MP3-Player ein.

In Gedanken sah ich Mika vor mir und ich fühlte seine Hand an meinem Gesicht. Jetzt bereute ich es plötzlich, dass ich seine Handschuhe in meinem Zimmer liegen gelassen hatte.

Ich zerrte die Ärmel meines Pullis über die Hände, um sie wenigstens ein bisschen vor der Kälte zu schützen. Im Takt der Musik trat ich von einem Fuß auf den anderen. Aber die Kälte war überall.

Als ich Stimmen hörte, zog ich mich tiefer in das Wartehäuschen zurück. In der Dunkelheit konnten sie mich unmöglich sehen. Hoffentlich ließ Mel sich nicht von den anderen abfangen. Die Ersten trabten an mir vorbei und ich drückte mich tiefer in den Schatten des Häuschens. Ich hörte Nora und Vanessa, die sich miteinander unterhielten, dann das Schnaufen von Bea. Der frische Schnee knirschte unter den Schuhen der Läufer. Jemand bellte einen Befehl. Drexler.

Die Gruppe verließ die Straße und bog in den nahen Wald ab. Ich atmete auf. Niemand hatte mich gesehen. Aber wo blieb Mel? Ich schlang die Arme um meinen Oberkörper und hüpfte ein paarmal auf und ab. Rihannas Song lief in einer Endlosschleife auf meinem Player. Wie oft hatte ich ihn jetzt schon gehört? Dreimal? Viermal? Melanie war immer noch nicht da. Verdammte Scheiße, was glaubte sie eigentlich, was ich hier machte? Sie hatte versprochen zu kommen.

Zum hundertsten Mal an diesem Morgen holte ich mein Handy aus der Hosentasche und las die SMS. Wir wollten uns an der Bushaltestelle treffen. Ein Missverständnis war ausgeschlossen. Was sollten jetzt also diese Spielchen? Warum zerbrach ich mir eigentlich meinen Kopf über Mel? Wozu machte ich mir Sorgen? Vermutlich lag sie noch in ihrem warmen Federbett, während ich mir hier Hände und Füße abfror. Ich fühlte, wie meine Besorgnis in Wut umschlug. Was ging es mich an, ob Melanie ihre Gesundheit aufs Spiel setzte?

Rihanna in meinem Ohr startete zu einer weiteren Runde.

I came to fly …

Und Mel hatte mich schon wieder versetzt.

Stimmen verrieten mir, dass die ersten Läufer aus dem Wald zurückkamen. Ich verbarg mich ein paar Schritte tiefer in der schützenden Dunkelheit des Wartehäuschens. Setzte mich auf die Bank.

Melanie war nicht gekommen. Die Enttäuschung, die mich einhüllte, fühlte sich an wie eine Wolldecke, die zu sehr kratzte. Man möchte sich ganz darin einwickeln, weil man friert, und gleichzeitig am liebsten auf der Stelle seinen Körper daraus befreien.

Ich hörte Jonas, wie er mit Tom sprach. Wann hatten die beiden sich wieder vertragen? Und ich hörte Drexler, der die anderen zur Eile antrieb. Ich spürte, wie die Wut in mir weiter anschwoll. Sie kam ganz langsam, dann breitete sie sich immer schneller aus. Genauso schnell, wie die Wärme aus meinem Körper wich, suchte die Wut sich ihren Platz in mir. Sie kroch aus meinem Bauch erst in die Arme, dann in meine Beine, ließ mich aufstehen und herumlaufen. Es kostete mich ungeheure Kraft, sie nicht mit den Fäusten an den Holzwänden der Bushaltestelle auszulassen. Stattdessen ging ich zu der schmalen Bank, schob die Handflächen unter meine Oberschenkel und setzte mich darauf. Zum einen, um sie vorm Erfrieren zu schützen, aber auch, um meine Wut zu bändigen.

Und so fand mich Drexler.

»Jana? Jana Schwarzer? Verdammt noch mal, kannst du mir bitte mal erklären, was du da machst?«

Ich starrte ihn an. Keine Ahnung, was ihn dazu veranlasst hatte, überhaupt einen Blick in das Wartehäuschen zu werfen. Seine Stimme drang nur gedämpft durch die Musik zu mir durch.

»Komm da raus, Schwarzer! Und nimm endlich diese Scheißstöpsel aus den Ohren! Was fällt dir eigentlich ein? Warum warst du nicht beim Morgentraining? Was glaubst du, wer du bist? Bildest dir wohl immer noch ein, etwas ganz Besonderes zu sein, was?«

Die anderen hatten inzwischen einen Halbkreis um Drexler und mich gebildet. Nora grinste blöd vor sich hin, Tom musterte mich besorgt. Genauso wie alle anderen hielt er die Klappe.

Drexler redete noch eine Menge Zeug. Sprach von Verantwortung und Vorbildfunktion und davon, dass ich meine Spielchen mit anderen spielen sollte, aber nicht mit ihm. Ich ließ ihn toben und wartete ab. Und dann schickte er mich auf die Bahn.

»Zehntausend Meter. Und keinen einzigen Meter weniger, ist das klar?«

Natürlich hätte ich ihn einfach stehen lassen können. Ich hätte ihm den Mittelfinger zeigen und einfach weggehen sollen. Sogar ein paar passende Schimpfworte hätten mir auf der Zunge gelegen. Stattdessen stöpselte ich wieder meine Kopfhörer in die Ohren, stellte Rihanna zwei Stufen lauter, drehte mich um und ging zur Bahn.

Eine Viertelstunde später wusste ich, dass ich das alles hätte tun können und noch viel mehr und dass es vollkommen egal gewesen wäre. Denn eine Viertelstunde später fanden sie Melanie.

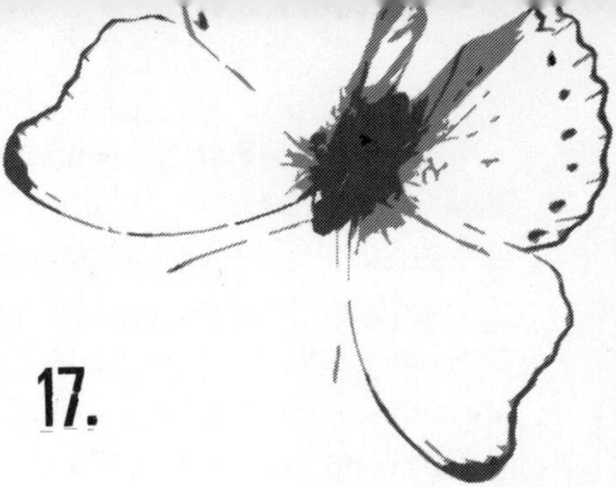

17.

Dienstag, 26. Januar

Als ich wach werde, weiß ich nicht gleich, wo ich bin. Nur langsam tauche ich aus meinem Traum auf, der vom Fliegen handelte und von einem Engel mit zerbrochenen Flügeln. Mit geschlossenen Augen versuche ich, die Bilder in meinem Kopf zu sortieren, versuche, mich zurechtzufinden und in den Erinnerungen die Wahrheit zu erkennen. Und dann trifft sie mich mit einem Schlag, der mich einfach nur fallen lässt. Ich falle und falle und da, wo der Aufprall meinem Sturz ein Ende setzen müsste, tut sich der Boden unter mir auf und ich falle weiter. Und die Wahrheit fällt unbarmherzig mit mir, hält mich fest umklammert und denkt nicht daran, mich loszulassen. Melanie ist tot.

Ich reiße die Augen auf und schreie. Mein T-Shirt und meine Bettdecke sind schweißnass. Trotzdem fangen meine Zähne an zu klappern und meine Arme und Beine zittern wie Espenlaub. Ich friere unter der klammen Decke. Der Eisklotz in mir ist wieder da und er wächst und wächst und wird mich einfach von innen erstarren lassen.

»Schatz, bist du wach?«

Ich habe keine Ahnung, wer da spricht. Die Stimme gehört nicht in meine Welt.

Eine Hand streicht mir über die Stirn. Eine kalte Hand.

»Du glühst ja! Warte, ich hole dir einen kühlen Lappen.«

Einen kühlen Lappen? Ich werde gleich in tausend winzige Eissplitter zerspringen. Was soll ich mit einem kühlen Lappen?

Ich bemühe mich krampfhaft, die Augen aufzuhalten, öffne den Mund, will etwas sagen, aber Eiskristalle füllen ihn aus und ich bringe nichts hervor außer einem Stöhnen. Dann versinke ich wieder in meinem Traum …

Als ich zum zweiten Mal wach werde, ist es immer noch kalt, aber das Zittern hat aufgehört. Ich versuche, die Augen zu öffnen, und diesmal schaffe ich es. Ich weiß nicht, wo ich bin, kann nicht unterscheiden, was Traum ist und was Realität, aber ich begreife, dass ich in einem Bett liege und über mir die Zimmerdecke ist; nicht weiß wie Schnee, sondern eher gelb wie Vanille. Ich drehe den Kopf und sehe einen Tisch an der Wand und darüber ein Bild von einem, der schwimmt. Ich öffne den Mund, will etwas sagen, aber heraus kommt nur ein Krächzen. Mein Hals ist eine einzige offene Wunde, zu viele Eissplitter haben ihn aufgerissen. Ich hole Luft, doch da ist kein Ton mehr, nur noch Stille. Mein Kopf fühlt sich an, als läge er in einem Ring aus Eisen. Ich kann ihn kaum drehen, jede Bewegung ist unendlich schwer. Ich versuche, ihn anzuheben, schaffe es jedoch nicht. Ich habe keine Ahnung, was passiert ist, aber es muss etwas Schreckliches sein, denn ich fühle mich völlig zerschlagen, jede Faser meines Körpers schmerzt und jede Bewegung ist mir zu viel.

»Da bist du ja wieder.«

Die gleiche Stimme wie zuvor, diesmal aber ganz sicher real, denn ich sehe das Gesicht dazu, das über mir erscheint, und die Hand, die mir die Haare aus der Stirn streicht. Meine Mutter. Wie kommt sie hierher? Was hat sie im Internat zu suchen?

Denn jetzt erkenne ich auch, dass es mein Bett ist, in dem ich liege, und der, der da an der Wand schwimmt, ist Michael Phelps.

Ich versuche wieder, den Mund zu öffnen, will meine Mutter fragen, was sie hier macht, aber sie legt mir einen Finger auf die Lippen und bedeutet mir zu schweigen.

»Ruh dich aus. Du wirst noch eine Weile brauchen, bis du wieder richtig wach bist. Schlaf noch ein bisschen. Ich bleibe hier, bis es dir besser geht und wir nach Hause fahren können.«

Schlafen? Nach Hause? Ich will nicht schlafen und ich will auch nicht nach Hause. Ich fahre doch nicht mitten in der Woche nach Hause. Welcher Tag ist heute? Muss ich nicht schwimmen? Draußen vor dem Fenster ist es hell. Warum liege ich überhaupt im Bett? Was mache ich hier?

Ich setze mich auf, aus meinem Mund kommt ein Stöhnen und meine Mutter drückt mich sofort zurück auf mein Kissen. Ich bin viel zu schwach, um mich dagegen zu wehren.

»Bleib liegen, bitte. Der Arzt hat gesagt, es kann einen ganzen Tag dauern, bis du wieder einigermaßen fit bist. Die Spritze, die sie dir gegeben haben, war wohl ein ziemlicher Hammer.«

Eine Spritze? Was für eine Spritze? Und welcher Arzt? In meinem Kopf beginnt wieder alles, sich zu drehen. Ich suche nach Antworten und finde nur noch mehr Fragen. Mel …?, will ich sagen und auf einmal weiß ich es. Abrupt richte ich mich auf. Meine Mutter stürzt zum Bett und ich werfe mich in ihre Arme, klammere mich an ihren Hals und dann endlich weine ich. Mel ist tot, und ich werde den Anblick dieses Engels, der mit gebrochenen Flügeln am Beckenrand liegt, nie wieder vergessen.

Zum ersten Mal in meinem Leben tut meine Mutter das einzig Richtige. Sie nimmt mich in die Arme und hält mich einfach nur fest. Sie sagt nichts, sie fragt auch nichts, sie lässt mich weinen und hält mich. Ich weine so sehr, dass ich wieder zu zittern anfange. Meine Mutter zieht die Bettdecke einfach ein bisschen fester um mich und hält mich weiter. Irgendwann bin ich ganz leer geweint, habe keine Tränen mehr, meine Augen brennen und mein Hals schmerzt. Ich wische mir mit dem Ärmel meines Pyjamas übers Gesicht.

»Was ist passiert?« Meine Stimme gehorcht mir noch immer nicht richtig. »Ich meine, von welcher Spritze redest du?«

Meine Mutter streicht mir über den Kopf und hält mich. »Der Notarzt hat dir eine Beruhigungsspritze gegeben. Er sagt, du bist völlig ausgerastet. Hast geschrien und getobt und um dich geschlagen. Sie hatten Angst, du könntest dir etwas antun, deshalb hat dir der Arzt eine Spritze gegeben. Dann haben sie dich hier ins Bett gebracht und mich angerufen. Eigentlich wollten sie dich wohl ins Krankenhaus bringen, aber ich habe es ihnen ausgeredet. Ich habe ihnen erzählt, dass du Krankenhäuser nicht ausstehen kannst, und ihnen versprochen, da zu sein, wenn du wach wirst. Und hier bin ich.« Sie zieht mich wieder fester an sich und ich bleibe still. Nach einer Weile kann ich es nicht mehr unterdrücken.

»Melanie?«

»Sie wissen noch nicht, was passiert ist. Vermutlich ein Kreislaufzusammenbruch. Oder einfach Herzversagen. Sie soll ja unglaublich viel trainiert haben in letzter Zeit.« Seltsamerweise wundere ich mich gar nicht, woher meine Mutter so gut informiert ist. Kreislaufzusammenbruch. Ich sehe die beiden Schachteln vor mir, die aus ihrer Tasche gefallen waren und die sie so hektisch an sich gerissen hatte. Und dann muss ich an die Informationen denken, die Google mir ausgespuckt hatte. Daran, dass es schon Todesfälle gegeben hatte im Zusammenhang mit *Construnit.* Kreislaufzusammenbruch. Vielleicht ist Mels Kreislauf tatsächlich zusammengebrochen. Aber der Grund dafür war sicher nicht ihr häufiges Training.

Ich halte es nicht länger im Bett aus. Ich muss etwas unternehmen. Ich werfe die Bettdecke von mir und stehe auf. Vor meinen Augen dreht sich alles und ich sacke auf den Fußboden.

»Jana!« Meine Mutter stürzt zu mir und zieht mich wieder aufs Bett. Ich leiste keinen Widerstand. Fassungslos stelle ich fest, dass meine Beine mir nicht mehr gehorchen.

Ich lasse zu, dass meine Mutter die Bettdecke wieder stramm um mich feststopft.

»Bitte, Jana, du musst Geduld haben. Du bist doch gerade erst wach geworden. Keine Sorge. Bald bist du wieder fit.«

Ich antworte ihr nicht, sondern drehe mich mit dem Gesicht zur Wand. Ich ertrage es nicht, dass sie meine Tränen sieht.

Es dauert fast den ganzen Tag, bis ich endlich aufstehen kann. Ich zittere immer noch, aber ich stehe. Ohne fremde Hilfe. Ich greife nach meinem Jogginganzug und fange an, mich anzuziehen. Meine Mutter hat inzwischen ein Taxi gerufen.

»Bezahlt die Schule«, hat sie auf meinen fragenden Blick geantwortet und ich habe genickt. Ich will nicht in unsere Wohnung, aber ich bin zu schwach, mich zu wehren.

Auf dem Weg nach unten wundere ich mich über die Stille im Gebäude. Wo sind die alle? Welcher Tag ist heute? Ich klammere mich an das Treppengeländer. Mir wird schlecht, ich muss würgen.

»Jana?! Wo ist das Klo?«

Ich höre meine Mutter schreien, kann ihr nicht antworten, weil ich viel zu beschäftigt damit bin, meinen Körper unter Kontrolle zu halten. Ich starre sie nur aus aufgerissenen Augen an, dann stürze ich an ihr vorbei und schaffe es gerade noch rechtzeitig zu den Toiletten. Ich hänge über der Kloschüssel und kotze und heule und frage mich, wie ich diesen Tag überleben soll.

Als ich aufblicke, vollgeschmiert mit Rotze und meinen Tränen, steht meine Mutter neben mir und hält mir ein nasses Handtuch entgegen.

18.

Donnerstag, 28. Januar

Als ich in die Küche komme, sitzt meine Mutter bereits mit einer Tasse Kaffee am Tisch und starrt aus dem Fenster. Ich setze mich zu ihr und sie schaut mich an.

»Wie geht es dir heute?«

»Ich bin okay.«

Was soll ich sonst antworten? Mir tut alles weh, jeder einzelne Knochen, mein Kopf fühlt sich an, als ob er jeden Moment platzen würde, alles ist so hell, dass ich die Augen am liebsten gleich wieder schließen möchte. Aber ich weiß, es hilft nichts. Sobald ich die Augen zumache, sehe ich Melanie, wie sie daliegt und schläft, mit ihren goldenen Haaren auf dem kalten Fliesenboden neben dem Schwimmbecken. Ich blinzele das Bild weg und schaue hinaus auf die Straße. Unter mir dreht sich die Welt weiter, alles ist grau und wird immer grau bleiben.

»Willst du einen Kaffee?«

Ich schüttele den Kopf.

»Dann ein Glas Wasser. Du solltest etwas trinken. Das wird dir guttun.«

»Seit wann weißt du, was mir guttut?« Viel zu laut steht diese Frage im Raum. Meine Mutter zuckt zusammen und wendet sich ab, damit ich ihre Tränen nicht sehe. Aber ich sehe sie trotzdem.

Ich halte es nicht aus, halte das alles nicht mehr aus, ich muss raus hier, weg aus dieser grauen Wohnung, weg aus der grauen Straße, einfach nur weg.

Ich springe vom Tisch auf und gehe in mein Zimmer, nehme meinen Rucksack und stopfe wahllos Sachen hinein. Meine Mutter steht im Türrahmen, ihre Augen sind rot, und es tut mir leid, dass sie wegen mir geweint hat. So vieles tut mir leid, aber ich kann es nicht sagen, sofort reißen mir die Eissplitter wieder den Hals auf, deshalb sage ich nichts, schaue sie nur an und schüttele stumm den Kopf.

Das Telefon klingelt und sie verlässt den Raum.

»Danke. Ich werde es ihr ausrichten.«

Als ich das Wohnzimmer betrete, dreht meine Mutter mir den Rücken zu und senkt die Stimme. »Nein, ich glaube nicht, dass das eine gute Idee ist. Danke trotzdem für Ihren Anruf.« Sie legt auf.

»Wer war das?«

»Dein Lehrer. Bernges oder so ähnlich.«

»Was wollte er?«

»Er hat sich erkundigt, wie es dir geht. Er lässt dich grüßen und wünscht dir gute Besserung.«

Ich warte. Ich weiß, das war noch nicht alles. Fragend schaue ich sie an. »Was ist keine gute Idee?«

Sie sieht ertappt aus. Versucht, meinem Blick auszuweichen.

»Ach, nichts.«

Aber ich lasse nicht locker, bis sie endlich mit der Sprache herausrückt.

»Es wird eine Trauerfeier geben.«

Sie unterbricht mich, als ich etwas sagen will.

»Nein, ich halte es für keine gute Idee, wenn du dort hingehst. Du bist noch zu schwach.«

Eine Trauerfeier. Eine Trauerfeier für Mel. Ich sehe ihr Gesicht vor mir. Sehe, wie sie mit weit ausgebreiteten Armen auf dem Schulhof im Schneegestöber steht und mir von ihrer Theater-AG erzählt. Sie hat davon geträumt, auf der Bühne zu stehen. Sie hat so glücklich ausgesehen. Jetzt wird sie auf einer Bühne stehen. Und alle werden sie sehen. Ich spüre wieder Tränen in mir aufsteigen.

»Wann soll die Trauerfeier sein?«

Ich sehe, wie sie überlegt. Sie kämpft mit sich. Dann gibt sie resigniert auf.

»Heute Nachmittag«, flüstert sie. »Um 16:00 Uhr in der Aula der Schule.«

»Heute? In der Schule?«

Sie nickt. »Die Beerdigung ist morgen Vormittag im engsten Familienkreis. Deshalb soll es diese Feier an der Schule geben.«

Als meine Mutter *Familienkreis* sagt, zucke ich zusammen. Mika. Für eine Weile dachte ich, dass ich ihn einfach vergessen hätte. Jetzt weiß ich, dass das nicht stimmt. Mika ist in meinem Kopf. Die ganze Zeit. Aber er darf dort nicht sein. Nie mehr. An Mika zu denken, heißt, an seine Hände zu denken, die so zärtlich sein können. An Mika zu denken, heißt, in seine Augen zu sehen, die so voller Wärme sind. Wie kann ich an Wärme denken, wenn es um Melanie doch so kalt geworden ist? An Mika zu denken, bedeutet Sehnsucht, und Sehnsucht ist Leben. Aber Melanie ist tot.

Ich lasse meine Mutter im Wohnzimmer stehen und gehe in mein Zimmer. Ich wühle mich durch meinen Schrank, ein T-Shirt nach dem anderen fliegt auf den Boden. Was zieht man zu einer Trauerfeier an? Schwarz? Ich habe sowieso fast nur schwarze Sachen. Scheiße, Scheiße, Scheiße. Was mache ich hier eigentlich? Ich muss mit Melanie reden, muss sie von diesem Irrsinn abhalten. Stattdessen suche ich in meinem Kleiderschrank nach passenden Klamotten für ihre Beerdigung …

Heulend sinke ich vor meinem Bett auf die Knie. Ich schluchze auf und presse mir die Hand vor den Mund. Ich will nicht wieder schreien. Ich darf nicht. Ich beiße auf meinen Handrücken, bis ich Blut schmecke. Aber diesmal schaffe ich es, nicht zu schreien. Ich schaffe es, meine Tränen zu kontrollieren. Nach einer Weile rappele ich mich hoch und fange damit an, das Chaos in meinem Zimmer wieder aufzuräumen. Dann ziehe ich meine schwarze Jeans an und einen schwarzen Kapuzenpulli. Obwohl es meine ganz normalen Sachen sind, komme ich mir vor, als ob ich mich verkleide. Alles ist so unwirklich.

Ich gehe ins Bad und wasche mein Gesicht. Beim Blick in den Spiegel sehe ich meine verquollenen Augen. Ich muss an Mikas Meeresaugen denken. Ob er da sein wird? Wird überhaupt jemand von Mels Familie zu dieser Feier in die Schule kommen?

Im Flur treffe ich auf meine Mutter.

»Jana, bitte, sei doch vernünftig. Du bist noch zu schwach,

der Unterricht fällt sowieso aus und außerdem bist du krankgeschrieben. Es ist völlig in Ordnung, wenn du zu Hause bleibst, hörst du?«

Ich höre, aber sie versteht nicht. Ich schiebe mich an ihr vorbei, spüre, dass sie mich festhalten will, aber dann lässt sie resigniert die Arme sinken, und ich greife im Flur nach meiner Jacke.

Ich steige aus dem Bus und sehe die Schule, sehe den Schulhof, die Schwimmhalle, den Wohntrakt, die großen Scheiben der Mensa, hinter denen die Jalousien immer noch zugezogen sind. Ich sehe den Sportplatz neben der Schule, die silbernen Bäume. Alles scheint wie immer.

Unterwegs begegnet mir kein Mensch, während ich zum Wohntrakt gehe, und ich bin dankbar dafür. In meinem Zimmer ist mein Bett noch zerwühlt. Alles ist so, wie ich es zurückgelassen habe, selbst meine Mütze liegt noch auf dem Boden, wo sie mir jemand vom Kopf gezogen und einfach fallen gelassen hat. Ich stelle meinen Rucksack ab und setze mich aufs Bett.

Ich kann nichts – außer schlafen, essen und schwimmen.

Eine Zeit lang habe ich geglaubt, ich könnte mehr als das. Aber ich habe mich geirrt.

Ich ziehe mein Handy aus dem Rucksack. Es ist kurz vor vier. Die Trauerfeier wird gleich beginnen. Ich muss mich beeilen.

Als ich in die Aula komme, bin ich erstaunt, wie voll sie ist. Bis auf den letzten Platz sind alle Stühle besetzt. So viele Schüler hat diese Schule? Wer von ihnen hat Melanie gekannt? Hat das überhaupt jemand? Ich bin mir mittlerweile ziemlich sicher, dass ich nicht zu denjenigen gehörte.

Ich bleibe in der letzten Reihe, erwische noch einen freien Platz und setze mich neben ein fremdes Mädchen. Sie sieht blass aus. In ihrer Hand entdecke ich ein zerknülltes Papiertaschentuch.

Ich lasse meinen Blick über die Köpfe vor mir gleiten, suche vertraute Gesichter. Wo ist die Clique? Für einen kurzen Moment glaube ich, den rasierten Kopf von Jonas in der Menge gefunden zu haben, aber ich kann mich auch täuschen. Was ist mit dem Jungen, der Mel neulich abgeholt hat? Ob er hier ist? Oder gehört er zum *engsten Familienkreis?* Ich kann ihn nicht finden. Endlich bin ich in der ersten Reihe bei den Lehrern angekommen. Ganz außen, neben den Stühlen, blitzt silberner Chrom. Der Rollstuhl von Bernges. Fast erwarte ich, dass er sich umdreht und mir zulächelt. Aber sein Kopf bleibt gesenkt.

Jetzt kommt nur noch die Bühne. Ich will das nicht sehen. Ich will die Kerzen auf dem Tisch nicht sehen. Ich schließe die Augen, aber es ist zu spät. Ich habe das Foto schon entdeckt. Ein riesiges gerahmtes Schwarz-Weiß-Bild von einer lachenden, fröhlichen Melanie steht vorne auf einem Tisch, der mithilfe von Kerzen und Blumen zu einer Art Altar umfunktioniert worden ist. Obwohl ich so weit weg sitze, kann ich das Blitzen in Melanies Augen sehen. Ihr Gesicht schiebt sich über das Bild in meinem Kopf, das Gesicht, das mich vom Boden des Schwimmbads aus zu sich zog und seitdem nicht wieder losgelassen hat. Ich würge und presse meine Lippen zusammen. Das Mädchen neben mir sieht mich erschrocken an und rückt schnell ein Stück von mir ab.

Von irgendwoher erklingt Musik. Ein Tonband. Jemand weint. Ich frage mich, wer das wohl ist. Komisch. Die Tränen hinter meinen Augen sind nicht mehr da. Neben mir schnäuzt sich das Mädchen in sein Taschentuch. In mir ist alles kalt. Selbst die Tränen sind gefroren. Wächst sie mir jetzt endlich, die Silberhaut?

Vorne hält jemand eine Rede. Es ist einer der Lehrer. Drexler ist es nicht. Hätte nicht er diese Rede halten müssen? Ich vernehme seine Stimme, aber ich verstehe nicht, was er sagt. Ich höre Worte wie Talent, Begabung, Ehrgeiz. Er spricht von Verantwortung und von Verlust. Trauer und Schmerz. Und Pflicht. Von Liebe spricht er nicht. Und auch nicht vom Doping. Nicht davon, woran Melanie tatsächlich starb. Irritiert versuche ich, die Worte in meinem Kopf zu wiederholen. Kann das sein? Spielt es überhaupt keine Rolle, was wirklich geschehen ist?

Ich möchte aufstehen und schreien. Möchte die Wahrheit herauslassen. Melanie ist nicht einfach so gestorben. Sie ist tot, weil sie von anderen aus diesem Leben getrieben wurde. Aber mein Körper gehorcht mir nicht. Meine Beine wollen nicht aufstehen.

Ich spüre, wie die Silberhaut weiter wächst. Sie kriecht über meinen Rücken, hat bald meine Schultern erreicht. Gleich wirst du schlafen, kleiner Schmetterling, hundert Jahre schlafen.

Ich denke an den Schnee draußen, das Eis auf der Bahn, erinnere mich an die tanzenden Flocken auf meinem Haar. Wie es sich wohl anfühlt, unter dem Schnee zu schlafen?

Der Direktor ruft zu einer Schweigeminute auf. Stühlerücken. Irgendwo ein Husten. Die Menschen um mich herum stehen auf. Sie wirken erleichtert, dass sie nicht länger untätig dasitzen müssen. Endlich können sie etwas tun. Aufstehen und schweigen und dann haben sie es geschafft. Vereinzelt ist noch ein Schluchzen zu hören. Aber nicht alle Köpfe sind gesenkt. Hier und da sieht einer aus dem Fenster. Draußen wartet die Welt.

Das Leben ein Traum. Melanies Worte fallen mir ein. *Handelt von einem Vater, der seinen Sohn in einen Turm sperrt, um ihn von der Welt fernzuhalten. Oder die Welt von ihm.*

19.

Samstag, 30. Januar

Der Unterricht wurde für den Rest der Woche abgesagt, die meisten haben das Internat nach der Trauerfeier verlassen und sind nach Hause gefahren. Ich bin geblieben. Ich hätte es nicht ertragen, wieder die Wand zwischen meiner Mutter und mir zu spüren. Ich bin gegen zu viele Wände gerannt in letzter Zeit.

Unter meinen Pullovern und Decken habe ich einen ganzen Tag einfach nur im Bett gelegen und gewartet, dass die Stunden verstreichen. Und dabei zugesehen, wie die Haut wächst.

Als ich am Morgen wach werde, bemerke ich erstaunt, dass meine Haut aussieht wie immer. Ich hatte Schuppen erwartet. Oder Federn. Silberne Federn. Erst als ich vor dem Spiegel stehe, sehe ich es. Zwischen all den kurzen schwarzen Haaren leuchtet es auf. Über Nacht ist mir ein silbernes Haar gewachsen. Meine Finger reißen es aus.

Eine Weile sitze ich noch auf dem Bett, dann fasse ich einen Entschluss. Ich will zum Friedhof, ich will, nein, ich muss Melanies Grab sehen. Ich muss etwas tun gegen das Bild in meinem Kopf, das mir die Luft nimmt und mich am Atmen hindert. Ich setze meine Mütze auf, nehme den Schlüssel vom Schreibtisch und mache mich auf den Weg zu den Fahrrädern. Wieder begegnet mir niemand, es ist, als ob sich alles Leben aus diesem Gebäude zurückgezogen und verkrochen hätte.

Ich weiß nicht genau, wo der Friedhof liegt. Also fahre ich zunächst einmal ins Musikerviertel und hoffe, dass ich dort jemanden treffe, den ich nach dem Weg fragen kann.

Auch hier sind die Straßen leer, weiße Eisstückchen fallen vom Himmel, ein Gemisch aus Regen und Schnee. Das Wetter ist schlecht. Kaum ein Mensch geht bei dieser Kälte freiwillig hinaus.

Aber dann treffe ich doch jemanden. Eine Frau führt ihren Hund spazieren. Selbst der Hund will nicht nach draußen, sie zieht an seiner Leine, sie ruft und lockt ihn, damit er mit ihr geht.

Ich frage sie nach dem Friedhof in diesem Viertel und sie zeigt mir den Weg.

»Da haben sie gestern die kleine Wieland begraben.«

Warum sagt sie das? Ich habe sie nicht danach gefragt. Ich antworte nichts, kann nur nicken.

»Warst du eine Freundin von ihr?«

Neugierig mustert sie mich von oben bis unten, und an ihrem Blick sehe ich, dass sie sich die Antwort schon selbst gegeben hat. Eine wie ich konnte niemals die Freundin von Melanie Wieland sein. Sie sieht mich an, als ob sie bereits bereuen würde, mir den Weg gezeigt zu haben.

»Was willst du denn da?«, fragt sie misstrauisch und hält die Hundeleine ein Stück kürzer.

»Nichts«, sage ich und steige wieder auf mein Rad.

Mein Herz klopft bis zum Hals, als ich endlich vor dem Friedhof stehe. Eine hohe verwitterte Backsteinmauer schirmt die Blicke von außen ab. Efeuranken kriechen über die Mauer. Selbst der eisige Winter scheint sie nicht aufzuhalten.

Das schmiedeeiserne Tor steht offen, ich bin nicht der erste Besucher heute Morgen. Langsam betrete ich den Friedhof, dessen Kiesweg mich an Melanies Zuhause erinnert. Ich bleibe stehen und schnappe nach Luft. Die Erinnerung nimmt mir den Atem. Die Kälte, die Stille, das Knirschen unter meinen Füßen, all das fühlt sich auf einmal so vertraut an.

Stumme schwarze Bäume säumen den Weg vor mir. Sie sind vollkommen anders als die Silberbäume aus dem Wald. Kein Leuchten geht von ihnen aus.

Langsam drehe ich den Kopf und schaue mich um. Ich sehe die Gräber, die links und rechts vom Weg liegen. Große Familiengräber mit riesigen Grabsteinen. Die Daten auf den Steinen sind alt, die Menschen, die hier ruhen, schon lange tot. Ich überfliege die Namen. Nicht einer kommt mir bekannt vor. Und trotzdem verbirgt sich hinter jedem Namen eine Geschichte, jeder Name hatte einmal ein Gesicht.

Ich beschleunige meinen Schritt und versuche, mir einen Überblick über den Friedhof zu verschaffen. Weiter hinten werden die Bäume kleiner, dieser Teil muss jünger sein als der vordere. Neben mir markiert ein riesiger Engel aus Stein die Weggabelung. Zu einer anderen Zeit an einem anderen Ort hätte ich ihn vermutlich schön gefunden und seine langen geschwungenen Flügel hätten mich zum Zeichnen animiert. Heute will ich nur weitergehen. Will zum hinteren Teil des Friedhofs gelangen, dahin, wo die frischen Gräber sind.

Und dann entdecke ich ihn. Er steht einfach da und starrt auf etwas vor seinen Füßen. Die Mütze tief ins Gesicht gezogen, den Kragen der Jacke hochgeschlagen. Die Hände hat er in die Jackentaschen gestopft, und auch ohne sein Gesicht zu sehen, kenne ich sofort die Farbe seiner Augen. Mika.

Langsam gehe ich näher, und mein Herz schlägt so laut, dass er mich eigentlich jeden Moment hören muss. Nur ein Kiesweg trennt uns noch. Und plötzlich weiß ich, dass dieser Weg viel mehr ist als nur ein Weg. Er ist der Fluss, er ist die eine Grenze, die man nicht einfach überschreiten kann.

Ich sehe Mika, sehe seine Schultern zucken, und ich weiß, dass er weint.

Ich möchte zu ihm laufen, ihn in die Arme nehmen, für ihn da sein, ihn trösten, aber der Fluss ist zu breit, *das Wasser war viel zu tief, sie konnten zueinander nicht kommen,* und ich bleibe am Rand des Weges stehen und schaue nur zu ihm hinüber. Ich wage es nicht, seinem Blick zu folgen, ich will das Grab nicht anschauen, frage mich, was ich überhaupt hier zu suchen habe, ich will die Wahrheit nicht sehen, die mich doch schon längst eingeholt hat. Also stehe ich einfach nur da und warte, und auf einmal hebt Mika den Kopf, lauscht, wendet sich zu mir um und schaut mich an.

Tränen laufen ihm übers Gesicht, aber er wischt sie nicht weg. Ich bin froh, dass er sich seiner Tränen nicht schämt, denn das hätte ich nicht ertragen.

Nur ein paar Schritte trennen uns, und trotzdem kommt es mir vor, als läge zwischen meiner und seiner Seite des Weges ein ganzes Leben.

Melanies Leben.

Er sieht mich an, dann öffnet er den Mund. Seine Stimme klingt rau, und ich frage mich, ob auch er die Eissplitter spürt, die den Hals aufreißen und ihn am Schreien hindern.

»Was. Willst. Du. Hier?« Seine Worte zerhacken die Stille zwischen uns, und mir wird klar, dass er recht hat.

Ich gehöre nicht hierher, nicht auf diese Seite des Weges und auch nicht auf die andere. Das habe ich im Grunde schon die ganze Zeit gewusst.

Wir gehören nicht zusammen, denke ich, und dieser Gedanke füllt mich plötzlich ganz aus. Wir haben nie zusammengehört. Trotzdem muss ich ihm antworten, will seine Frage nicht unbeantwortet im Raum stehen lassen.

»Ich wollte das Grab sehen«, sage ich leise.

»Jetzt siehst du es.«

Mika wendet den Blick von mir ab und starrt wieder auf das Grab, und endlich traue auch ich mich, es anzuschauen. Ein flacher Hügel, die Blumen, die ihn bedecken, sind bereits erfroren, obendrauf noch ein Kranz aus immergrünen Zweigen, eine weiße Schleife mit goldener Schrift. *In tiefer Liebe. Deine Mama, dein Papa und dein Bruder Mika.*

Liebe.

Ein schlichtes Holzkreuz steckt da, wo später irgendwann ein Grabstein stehen wird. Melanie Wieland. Mehr nicht. Nur ihr Name.

Das ist es also, was bleibt, denke ich. Das ist es, was von unseren Träumen und Wünschen, von unseren Sehnsüchten, Hoffnungen und auch unseren Ängsten übrig bleibt. Nur ein Name. Ein Name, den bald niemand mehr kennt. Die Buchstaben auf dem Kreuz verschwimmen vor meinen Augen und dann weine auch ich. Die Tränen laufen mir übers Gesicht, und wie Mika wische ich sie nicht weg, schäme mich nicht dafür. Auch wenn Mika und mich im Moment alles trennt, die Tränen verbinden uns doch.

Ich mache einen Schritt auf ihn zu, mein Fuß berührt den Weg und zu meiner Überraschung ist er stabil und fest und ich mache noch einen Schritt.

Eine Weile stehen wir nebeneinander und schweigen.

Ich würde gerne seine Hand nehmen, möchte ihn berühren, ihn fühlen, aber er hat seine Hände weiter in seiner Jacke vergraben. Auch ich ziehe meine nicht heraus. Er soll nicht sehen, dass ich seine Handschuhe trage.

Auf einmal ist es mir peinlich, dass ich sie immer mit mir herumschleppe wie einen abgewetzten Teddybären, für den man schon längst zu groß geworden ist.

Ich habe so viele Fragen, suche so viele Antworten. Aber ich weiß nicht, wie ich es anstellen kann, dass er mir zuhört. Und vor allem weiß ich nicht, ob er der ist, der die Antworten auf meine Fragen kennt.

Doch schließlich halte ich es nicht länger aus. Ich muss es probieren. »Weiß man schon … ich meine, woran … warum sie gestorben ist?«

Er schüttelt den Kopf, aber dann antwortet er doch: »Herzversagen.«

Ich nicke. Fast habe ich mit dieser Antwort gerechnet. Es ist das, was meine Mutter mir sagte. Herzversagen. Versagen. Können Herzen versagen? Ich horche in mich hinein. Mein Herz hat mich hierher geführt. Mein Herz schlägt schneller, wenn ich neben diesem Jungen mit den Meeresaugen stehe …

»Einfach so?«, frage ich leise. Kann ein Mensch, ein junger kerngesunder Mensch einfach so sterben? Weil sein Herz versagt hat?

»Einfach so.« Er nickt. »Es gab keinen Grund, außer vielleicht dem, dass sie ein schwaches Herz hatte.«

Ein schwaches Herz? Ich schaue Mika überrascht an.

»Melanie hatte kein schwaches Herz. Niemals!«

Er fährt zusammen, weil meine Stimme auf einmal so laut geworden ist, und ich bemühe mich, wieder leiser zu sprechen. »Mika, dein Vater ist Arzt, das hätte er doch gewusst.«

»Was willst du damit sagen?« Er schaut an mir vorbei, so als ob er nicht wirklich auf eine Antwort wartet.

Ich beiße mir auf die Lippen, versuche Worte zu finden für das Ungeheuerliche, das mich seit Tagen beschäftigt und das ich endlich mit jemandem teilen muss.

Ich berühre ihn am Arm und spüre, wie er sich versteift. Sofort lasse ich ihn wieder los. Der Zauber, der zwischen uns lag, ist zerstört. Ich habe ihn zerstört, aber es gibt jetzt keinen Weg zurück. Ich suche nach den richtigen Worten. Ich bin mir ja selbst nicht sicher, und mein Verdacht ist so ungeheuerlich, dass ich nicht weiß, ob ich ihn überhaupt aussprechen darf.

»Ich glaube, dass Melanie Medikamente genommen hat, Mika, ich glaube, dass sie gedopt hat.«

Jetzt ist es heraus. Mit klopfendem Herzen warte ich auf seine Reaktion. Er sagt kein Wort, sieht mich nicht an. Er starrt nur auf das Grab. Dann lacht er laut auf. Ich zucke erschrocken zusammen.

»Ja sicher«, lacht er. »Gedopt. Mit Tabletten aufgeputscht, um besser zu sein.«

Dann dreht er sich zu mir um, sein Gesicht verzieht sich zu einer Fratze, seine Stimme ist ein einziger Schrei.

»Melanie hat nicht gedopt. Sie musste überhaupt nicht dopen, um besser zu sein als du. Sie war immer besser als du. Sie hätte nicht einmal trainieren müssen, um besser zu sein! Du, du hast sie umgebracht, du mit deinem Scheiß-Ehrgeiz!«

Entsetzt presse ich mir die Hand vor den Mund, ersticke den Laut, der aus meiner Kehle aufsteigt, und mache einen Schritt zurück. Dann noch einen und noch einen. Ich stolpere über einen Randstein, falle fast auf ein Grab, fange mich wieder, drehe mich um und renne davon. Aber egal, wie schnell ich auch laufe, der Satz verfolgt mich und wird mich vermutlich für immer verfolgen.

Du, du hast sie umgebracht!

Er trat ein paar Schritte zurück und verschaffte sich einen Überblick über das Spiel.

Dann reichte er den Queue weiter.

Der nächste Stoß gebührte dem anderen.

Mit Genugtuung sah er, wie dessen Hand zitterte.

20.

Montag, 1. Februar

Ich will mein Zimmer nicht verlassen, will nicht in den Unterricht gehen, will am liebsten niemanden sehen. Aber ich habe schon das Morgentraining geschwänzt, heute ist es mir egal, was Drexler sagt, vermutlich wird er gar nichts sagen, weil ich ja offiziell noch krankgeschrieben bin. Ich überlege kurz, ob ich mich darauf berufen und im Bett bleiben soll, aber ich weiß, dass es nichts bringt, wenn ich mich in meinem Zimmer verkrieche.

Wenn ich mehr darüber herausfinden will, warum Melanie sterben musste, dann muss ich vor allem eins: selbst weiterleben. Zumindest das ist mir auf dem Friedhof neben Mika klar geworden.

Ich nähere mich dem Klassenraum und wundere mich darüber, wie normal sich alles anfühlt. Auf den Gängen sind die gleichen Gesichter wie immer. Ich höre die gleichen Stimmen. Die gleichen Witze, die gleichen dummen Sprüche fliegen hin und her. Die meisten aus meiner Klasse sind schon hineingegangen, ich höre Nora irgendwas rufen und Vanessas albernes Lachen. Erstaunt stelle ich fest, wie schnell alle wieder zur Tagesordnung übergehen, wie schnell sie vergessen haben, dass eine von uns fehlt.

Dann öffne ich die Tür und weiß im nächsten Moment, dass ich mich geirrt habe. Niemand hat irgendetwas vergessen.

Die Gespräche verstummen, sobald ich den Raum betrete. Eisiges Schweigen schlägt mir entgegen. Achtzehn Augenpaare starren mich an, verfolgen jeden meiner Schritte. Ich nähere mich meinem Platz und versuche, einen der Blicke aufzufangen, aber sobald mir das gelingt, dreht derjenige den Kopf weg. Ich schaue zu Tom, er hält ein paar Sekunden länger durch als die anderen. Ich möchte ihn fragen, was das soll, aber ich bringe keinen Ton heraus.

Dann wendet auch er sich ab.

»Dass die sich hertraut«, flüstert jemand, als ich zu meinem Platz gehe.

»Wieso ist die eigentlich immer noch hier?«, fragt Nora laut in den Raum. Ich starre sie an.

»Keine Ahnung«, antwortet Bea.

»Was … was soll das?« Ich ärgere mich, dass meine Frage mehr ein Stammeln ist. Aber die Kälte in diesem Raum schlägt mir mit so geballter Kraft entgegen.

»Das frage ich mich allerdings auch«, erwidert Jonas. Mit vor der Brust verschränkten Armen steht er vor mir. »Was soll das? Wieso bist du noch hier? Was hast du hier zu suchen?«

Ich starre ihn an. Fassungslos. Mache einen Schritt in seine Richtung. Da rempelt mich jemand an. Ich stolpere auf Jonas zu, der im letzten Augenblick zur Seite weicht. Nur mit Mühe kann ich mich an dem Tisch hinter ihm abfangen.

Sofort wirbele ich herum, um herauszufinden, wer mich gestoßen hat. Aber wieder schaue ich nur in schweigende Gesichter. Ich suche nach Tom. Tom, der sonst immer versucht hat zu vermitteln, der anders war als die anderen. Tom, der mir geholfen hat, der mich zu einer Tasse heißem Kakao eingeladen und sich mit mir gemeinsam Sorgen um Melanie gemacht hat. Der Einzige, der mir manchmal das Gefühl gegeben hat, ein Freund zu sein.

Als ich endlich seinen Blick einfange, erschrecke ich. Aus seinen Augen spricht pure Verachtung. Ich nehme meinen ganzen Mut zusammen.

»Antworte du mir wenigstens. Was ist hier los?«

Tom macht den Mund auf, will etwas sagen, aber da wird er von Bea zur Seite geschoben.

»Ich sage dir, was hier los ist. Melanie ist tot.« Bea spuckt mir die Worte fast vor die Füße.

»Ich weiß. Ich habe es schließlich als Erste gesehen.« Den nächsten Satz schreie ich. »Und ich habe sie nicht umgebracht!«

»Bist du dir da so sicher?« Die Frage kommt von hinten, es ist Nora, die sie gestellt hat.

Ich fahre herum und sehe sie an.

»Was hast du gesagt?«, stoße ich hervor. Ich greife nach einer Stuhllehne, will mich irgendwo festhalten.

»Ich habe dich gefragt, ob du dir da so sicher bist, dass nicht du es warst, die sie umgebracht hat.«

»Das ist nicht dein Ernst!« Mir wird übel, und ich habe Angst, mich übergeben zu müssen.

»Seit du da bist, hat Melanie trainiert wie verrückt«, mischt sich jetzt wieder Jonas ein. »Vorher war sie ehrgeizig, aber normal. Erst seitdem du sie im Training dauernd in Grund und Boden schwimmen musstest, fing sie an, wie wild zu trainieren. Sogar die Theater-AG hat sie dafür geschmissen!« Seine Stimme bricht weg.

»Aber das hatte doch nichts mit mir zu tun. Ihr Vater hatte ihr die Theater-AG verboten!« Ich drehe mich im Kreis wie ein Tier in der Falle. »Das wisst ihr doch alle! Sie hat es euch doch oft genug gesagt!«

»Du hast sie umgebracht. Ohne dich würde Melanie noch leben!«

Fassungslos starre ich Nora an.

»Okay, das reicht jetzt!«

Bernges kommt durch die Tür. Nora wird blass und schlüpft auf ihren Platz. Genauso wie die anderen. Nur ich stehe mitten im Raum und kämpfe mit der Übelkeit.

»Möchtest du an die frische Luft?«

Die Besorgnis in Bernges' Stimme treibt mir die Tränen in die Augen. Ich schlucke die aufsteigende Galle hinunter und schüttele den Kopf.

»Danke, nein, es geht schon.« Ich hebe meinen Rucksack auf und setze mich auf meinen Platz.

»Das, was hier gerade gelaufen ist, will ich nie wieder von euch hören.« Bernges baut sich mit seinem Rollstuhl vor der Klasse auf. Während er spricht, lässt er seinen Blick langsam von einem zum anderen wandern.

»Weder Jana«, er schaut zu mir, »noch irgendjemand sonst von euch ist an dem tragischen Unglücksfall schuld, der Melanie Wieland das Leben gekostet hat.«

Ein Raunen geht durch die Klasse.

»Ihr alle seid Leistungssportler. In den Augen der Welt da draußen«, sein Blick geht zum Fenster, »ist das, was ihr hier leistet, nicht normal. Nichts davon. Ihr lasst euch wöchentlich wiegen, notiert nach dem Wachwerden euren Ruhepuls, ihr lasst euch vorschreiben, wie viel ihr essen und was ihr trinken sollt. Eure Freizeit ordnet ihr eurem Training unter. Nächtliche Partys, Ausflüge am Wochenende, das alles gibt es für euch nicht, denn für euch zählt nur eins: euer Sport.«

Bernges macht eine kurze Pause.

»Ihr richtet euer gesamtes Leben nach einem einzigen Ziel aus: noch schneller, noch besser, noch stärker zu werden. Melanie war nicht anders als ihr. Sie hatte ein großes Ziel, für das sie gekämpft hat. Sie hatte einfach nur das Pech, dass ihr Körper diesem Druck nicht standgehalten hat. Wenn ihr irgendetwas für eure tote Mitschülerin tun wollt, dann achtet auf euren Körper. Behandelt ihn gut, nehmt Rücksicht auf seine Bedürfnisse.« Wieder schaut Bernges zu mir. Und fügt dann leise hinzu: »Denn er ist das Kostbarste, das ihr habt.«

Betroffenes Schweigen folgt seinen Worten. Keiner traut sich, dem Mann im Rollstuhl zu widersprechen.

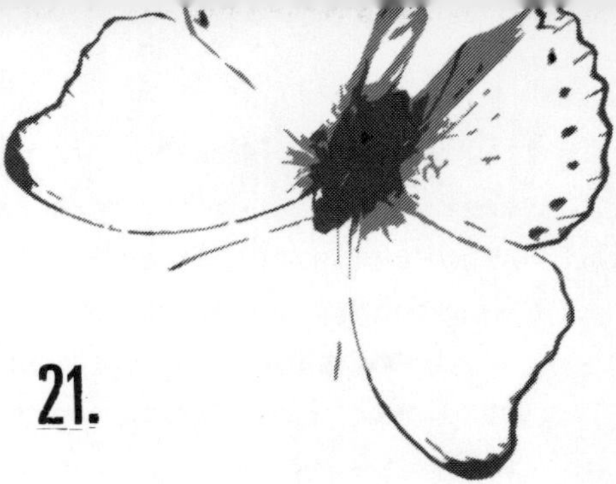

21.

Dienstag, 2. Februar

Beim Betreten des Parks überfällt mich für einen Moment das Gefühl, ein zweites Mal auf dem Friedhof zu stehen. Die Kieswege, die hohen Bäume, fast ist es, als könnte ich auch die Grabsteine sehen, die den Rand säumen. Ob es wirklich eine so gute Idee war, mich ausgerechnet hier mit Mika zu verabreden? So wenige Tage ist es erst her, dass wir uns vor Mels Grab getroffen haben, und so viel ist seitdem passiert.

Ich muss mich zwingen weiterzugehen, versuchen, in diesem Park das zu sehen, was er tatsächlich ist. Kein Friedhof, sondern ein Stückchen Grün mitten in der Stadt. Suchend gehe ich den Weg entlang.

Es ist kaum jemand unterwegs, für lange Spaziergänge ist es noch immer viel zu kalt.

Dann sehe ich Mika. Er sitzt mit dem Rücken zu mir auf einer Bank. Völlig zusammengesunken, so als ob er sich zwischen seinen Schultern verstecken wollte.

Als mich seine SMS gestern Abend erreichte, hätte ich mich am liebsten sofort mit ihm getroffen, so froh war ich, überhaupt noch einmal etwas von ihm zu hören.

Was weißt du über Melanie?, hatte er geschrieben. Und in einer zweiten SMS dann: *Es tut mir leid.*

Mehr nicht. Aber mehr war auch nicht nötig. Und so hatten wir vereinbart, uns heute zu treffen.

Ich sehe seinen dicken Parka, in den er sich tief verkrochen hat. Um den Hals trägt er einen grünen Schal, weich sieht der aus, so wie die Sorte Schal, in die man sofort sein Gesicht schmiegen möchte. Seine blonden Locken stehen in alle Richtungen vom Kopf ab, sie kräuseln sich in seinem Nacken, und ich bleibe kurz stehen, um ihn in Ruhe betrachten zu können.

Mika ist mindestens so nervös wie ich. Sein Fuß wippt unaufhörlich auf und ab, leicht schaukelt er mit dem Oberkörper vor und zurück. Er hat mich noch nicht gesehen, und am liebsten möchte ich zu ihm laufen und ihn in die Arme nehmen, aber ich unterdrücke diesen Impuls und gehe nur langsam weiter.

»Hi.«

Er fährt erschrocken herum und springt auf. Eine Weile stehen wir voreinander und schauen uns an.

»Ha-hallo, Jana, danke, d-dass du gekommen bist.« Er stottert, so als ob er nach den richtigen Worten suchen muss. Seine Meeresaugen sind heute anders, nicht leuchtend hell, sondern ganz dunkel, so wie das Meer an seiner tiefsten Stelle ist.

»Schon okay.« Ich setze mich neben ihn und endlich nimmt auch er wieder Platz.

Wie soll ich nur beginnen? Tausendmal habe ich mir die Worte zurechtgelegt und jetzt fällt mir nicht ein einziges ein. Der Vorwurf, mit dem Mika mich auf dem Friedhof beschimpft hat, steht noch zwischen uns wie eine Mauer, die viel zu hoch ist, um sie zu überwinden. Diesmal müsste ich wirklich fliegen können, denke ich und berühre unwillkürlich meine Schulter an der Stelle, an der unter einer Schicht von Kleidern der Schmetterling sitzt.

Mika folgt meiner Bewegung, aber als er meinen Blick bemerkt, schaut er schnell wieder vor sich auf den Boden. Wir schleichen umeinander wie zwei Hunde, die sich gegenseitig beschnüffeln und sich nicht über den Weg trauen.

Von der Seite betrachte ich seine Hände, die jetzt auf seinem Schoß liegen und einander unablässig kneten. Ich wage kaum zu atmen, aus Angst, er könnte aufspringen und davonlaufen.

Als Mika endlich aufsieht, hat er Tränen in den Augen. »Ich vermisse sie so.«

Sofort ist das Brennen wieder da, und ich muss schnell wegschauen, damit er nicht sieht, wie ich mit ihm weine.

Und ich vermisse dich so, möchte ich sagen, aber ich schlucke die Worte hinunter wie so vieles in den letzten Tagen. Noch ist da diese Mauer. Sie mag Risse haben, aber sie steht immer noch zwischen uns.

»Das, was ich am Samstag gesagt habe. Es …«, er wischt sich mit dem Ärmel über das Gesicht. Dann schaut er mich wieder an. »Es tut mir leid. Das wollte ich nicht.«

Ich presse die Lippen zusammen und nicke. Weiß nicht, was ich jetzt tun, und vor allem nicht, was ich darauf erwidern soll. Mika druckst herum, kaut auf seiner Unterlippe, öffnet den Mund, schließt ihn wieder, seine Hände kneten und kneten. Ich warte.

Dann endlich bricht es aus ihm heraus. »Was weißt du über Mel? Was ist das für eine Sache mit dem Doping?«

Ich hole tief Luft. Plötzlich unsicher, wie ich diese Frage beantworten soll, auf die ich so lange gewartet habe. Was weiß ich wirklich? Und wie viel davon habe ich mir nur zusammengereimt? Auf einmal bin ich es, die ihre Hände nicht stillhalten kann.

»Bitte, Jana.«

Ich schaffe es kaum, seinem Blick standzuhalten.

»Okay, ich sag dir jetzt, was ich weiß.« Meine Stimme klingt ganz rau. Noch einmal atme ich tief durch. »Aber du musst mir etwas versprechen.«

Fragend sieht er mich an.

»Versprich mir, dass du mir erst einmal nur zuhörst. Lass mich ausreden und warte, bis ich dir alles erzählt habe, bevor du etwas dazu sagst, einverstanden?«

Er nickt. Ich sehe, wie er gegen den Drang ankämpft, etwas zu erwidern.

»Also gut. Du hast mir erzählt, dass Mel«, es fällt mir unsagbar schwer, ihren Namen auszusprechen, »dass deine Schwester große Pläne hatte.«

Er will den Mund öffnen, aber ich unterbreche ihn. »Stimmt, du hast gesagt, dass *euer Vater* große Pläne mit Mel hatte.«

Diesmal nickt Mika.

»Du weißt ja von diesem Sichtungstermin, der letzte Woche stattfinden sollte.«

Wieder nickt er. Und dann erzähle ich ihm alles. Ich erzähle ihm von Drexler, von seiner Drohung und seinem Versuch, mich zu erpressen. Ich erzähle ihm von meiner Angst um mein Stipendium, aber auch von meinem inneren Konflikt und meinen vielen Versuchen, mit Melanie zu sprechen, davon, wie ich herausfinden wollte, ob sie von Drexlers Plan etwas wusste.

Als ich zu dem Schwimmwettkampf komme, bei dem ich disqualifiziert worden bin, schüttelt Mika hektisch den Kopf und fällt mir ins Wort. »Mel hatte nichts damit zu tun. Sie war entsetzt, dass du disqualifiziert worden bist. Sie sagte, sie könnte sich gar nicht über einen Sieg freuen, der nur dadurch zustande gekommen ist, dass du rausgeflogen bist.«

Ich starre ihn an. »*Das* hat sie gesagt?«

Mika nickt.

»Warum hat sie *mir* das nicht gesagt?«, frage ich ihn, aber er zuckt nur hilflos mit den Schultern.

Ich hole einen Zettel aus der Hosentasche und lege ihn Mika auf den Schoß.

»Was soll das sein?« Neugierig schaut er darauf.

»Hast du diesen Namen schon mal irgendwo gehört?«

»*Construnit?* Nein. Noch nie. Was ist das?«

»Bist du dir ganz sicher? Bitte, es ist sehr wichtig, dass du dich erinnerst. Hat Melanie diesen Namen jemals erwähnt? Hat dein Vater irgendetwas darüber gesagt?« Ich nehme den Zettel in die Hand und halte ihn Mika vors Gesicht. »Denk nach«, sage ich. »Es ist so verdammt wichtig.«

Mika starrt auf den Zettel, liest stumm den Namen und schüttelt den Kopf. »Ich habe das wirklich noch nie gehört oder gesehen. Was ist das?«

»Ein Medikament.«

Mit hochgezogenen Augenbrauen sieht er mich an. »Ein Medikament?«

Eine Frau läuft an uns vorbei. Sie rennt fast. Als ob sie es eilig hätte, schnell wieder aus dem Park herauszukommen. Mika verstummt und schaut ihr nach. Schließlich sieht er mich herausfordernd an. »Was ist mit dem Medikament? Wozu soll es gut sein?«

Ich gebe ihm eine kurze Zusammenfassung dessen, was ich im Internet über *Construnit* herausgefunden habe. An seinem Blick sehe ich, dass er keine Ahnung hat, warum ich ihm das alles erzähle.

»Ja und? Was hat Melanie damit zu tun?« Er lehnt sich zurück. Fast wirkt er arrogant, als er mich so betrachtet.

»Deine Schwester hat zwei Schachteln von diesem Zeug durch die Gegend geschleppt«, antworte ich und bemerke, wie sein Blick sich weitet. Gleich darauf gewinnt er die Fassung zurück und sein Gesicht wird zu einer Maske.

»Woher willst du das wissen?«, presst er hervor.

Ich erzähle ihm von unserer Auseinandersetzung in der Umkleide und davon, wie die Schachteln vor meine Füße gefallen sind.

Einen Augenblick sieht Mika verwirrt aus.

»Na gut, Melanie hat dieses Medikament dabeigehabt«, erwidert er dann. »Aber sie ist ja auch die Tochter eines Arztes. Das muss erst mal noch gar nichts heißen!« Seine Stimme wird lauter. Endlich hat er seine Maske abgelegt.

Ich nicke. »Da hast du recht. Aber glaub mir, ich habe mir Tag und Nacht den Kopf darüber zerbrochen. Melanie stand unter gewaltigem Druck, das hast du mir selbst erzählt. Vor allem, seit euer Vater ihr die Theater-AG verboten hat, ging es ihr verdammt schlecht. Sie wollte schauspielern, die Bühne war der Ort, an dem sie glücklich war … Das glaube ich zumindest«, setze ich etwas leiser hinzu. Mein Blick bleibt an einem Mann hängen, der langsam durch den Park schlendert und seinen Hund ausführt.

Ich senke meine Stimme zu einem Flüstern. »Dann der Erpressungsversuch von Drexler, das Gespräch zwischen Drexler und eurem Vater beim Freundschaftsturnier, ein Medikament, das zu Dopingzwecken eingesetzt werden kann, bei falscher Dosierung aber tödlich ist. Wenn du mich fragst, sind das etwas zu viele Puzzleteilchen, die ineinanderpassen, oder?«

Ich schaue zu Mika und stelle betroffen fest, wie seine Finger zittern. Ich lege meine Hände auf seine und halte sie fest. Keine Ahnung, warum ich das auf einmal mache, aber es fühlt sich richtig an. Kurz wundere ich mich darüber, wie warm seine Haut trotz der Kälte hier draußen ist, dann geht die Wärme auch schon auf mich über, und es ist, als ob mein Körper unter Strom stünde.

Er schüttelt den Kopf, Tränen fließen über seine Wangen und tropfen auf meine Hände.

»Melanie hat nicht gedopt. Niemals«, flüstert er.

Ich erwidere nichts.

Eine Weile ist es still zwischen uns, dann hebt er den Kopf. »Melanie hasste das Schwimmen. Sie war gut darin, schon immer, und als kleines Kind hat es ihr vielleicht sogar Spaß gemacht. Doch spätestens seitdem unser Vater den Entschluss gefasst hatte, dass sie seine Karriere fortsetzen sollte, hat sie den Sport gehasst.«

»Aber sie hat manchmal trainiert wie eine Besessene. Wenn sie den Sport gehasst hat, warum hat sie dann so viel dafür getan? Und so viel anderes dafür aufgegeben?«

Mika schaut mich an. Er muss sich räuspern, um weitersprechen zu können. »Ich weiß es nicht. Ich habe es nie verstanden, was zwischen den beiden war. Er war oft so kalt zu ihr, so abweisend. Und trotzdem hat sie alles getan, um ihm zu gefallen.«

Ich muss an das Abendessen bei Mel zu Hause denken.

»Vielleicht war es das«, murmele ich, »vielleicht war es ihre Art, um die Liebe eures Vaters zu kämpfen.«

Er starrt vor sich auf den gefrorenen Boden. Als er wieder zu mir aufschaut, ist das Meer in seinen Augen grau und dunkel geworden wie vor einem aufziehenden Sturm.

»Liebe?«, sagt er. »Ich weiß gar nicht, ob mein Vater dieses Wort überhaupt kennt. Bei ihm geht es nicht um Liebe. Bei ihm geht es um Leistung und darum, dass du funktionierst. Sonst nichts.«

»Aber du …« Ich will ihm widersprechen, will ihn daran erinnern, wie locker mir der Umgang zwischen ihm und seinem Vater vorgekommen ist und wie ungerecht mir das gegenüber Melanie erschienen war. Doch ich sage nichts. Ich sehe an seinen Augen, dass er das Gleiche denkt.

Ich werfe einen Blick auf mein Handy und stelle bestürzt fest, dass ich zum Training muss. Nach dem, was heute Vormittag im Unterricht abgelaufen ist, möchte ich am liebsten einen großen Bogen um die Halle machen. Ich kann mir sowieso nicht vorstellen, jemals wieder in dem Becken zu trainieren, in dem Melanie gestorben ist. Aber ich weiß auch, dass ich diesen Schritt gehen muss. Wenn ich ihn jetzt nicht gehe, werde ich nie wieder schwimmen können.

»Ich muss los.« Fast schäme ich mich, es auszusprechen. »Drexler wartet. In der Schwimmhalle.«

Ich bin erleichtert darüber, dass er nichts sagt, sondern einfach nur nickt.

Er zieht seine Hände unter meinen hervor und steht auf. »Danke. Danke dafür, dass du gekommen bist.« Seine Finger berühren meinen Arm. »Dabei habe ich mich am Samstag wie ein kompletter Idiot benommen.«

Obwohl mir gar nicht danach zumute ist, muss ich lächeln. »Ich glaube, im Moment benehmen wir uns alle ziemlich idiotisch«, antworte ich.

Mika verspricht, sich wieder bei mir zu melden. Er will sich trotz allem noch mal in Melanies Zimmer umschauen. Auch wenn er nicht glaubt, dass Mel das *Construnit* selbst geschluckt hat, muss es ja irgendeinen Grund dafür geben, dass sie es mit sich herumgetragen hat.

Mika zieht den Schal fester um seinen Hals und kriecht wieder tiefer in seinen Parka. Verlegen stehen wir voreinander. Ich warte, ob er noch irgendetwas sagt, warte darauf, dass noch etwas geschieht, aber Mika nickt nur stumm und geht. Von hinten sehe ich seinen Rücken, sehe seine Hände in den Jackentaschen und stelle mir vor, wie er den Arm um mich legt und ich mich an seine Jacke schmiege. Ob sie nach Schnee riecht? Oder riecht alles an ihm nach Meer?

Auf einmal bleibt er stehen, dreht sich um und geht wieder ein paar Schritte auf mich zu. Fragend sehe ich ihn an.

Da steckt er die rechte Hand in die Jackentasche und zieht etwas heraus. »Ich glaube, Melanie hätte gewollt, dass du ihn bekommst«, sagt er. In seiner Hand liegt Mels iPod.

Ich starre Mika an und schüttele den Kopf. Das kann ich nicht annehmen. Aber er drückt mir das Teil einfach in die Hand. »Nun nimm schon. Was soll ich damit?«

Ich will etwas sagen, doch er lächelt nur. »Hast du nicht gesehen? Das Ding ist pink. Damit kann ich mich echt nicht blicken lassen.«

Jetzt muss auch ich lachen und es tut so gut. Ich muss an den Efeu denken, der selbst mitten im Winter über die Mauer kriecht. Vielleicht gibt es ja doch immer einen Weg, egal wie hoch eine Mauer ist.

Nachdem Mika gegangen ist, stehe ich noch eine ganze Weile im Park und sehe ihm nach. Und dann fällt mir ein, dass ich ihm nicht von der SMS erzählt habe, die Mel mir am Abend vor ihrem Tod geschrieben hat. Und plötzlich fällt mir noch etwas ein. Etwas, das so ungeheuerlich ist, dass ich mich frage, wie ich das die ganze Zeit übersehen konnte …

Als ich in die Schwimmhalle komme, brauche ich meine ganze Kraft, um nicht immer wieder zu der Stelle zu sehen, an der Melanie gelegen hat. Ich bewege mich wie in Trance, während ich am Becken entlang zur Leiter gehe, um ins Wasser zu steigen. Nora und Bea sitzen auf den Startblöcken und beobachten jeden meiner Schritte. Jonas lehnt an der Leiter und macht keine Anstalten, beiseitezurücken. Ich beschließe, es nicht auf eine Auseinandersetzung ankommen zu lassen, und gehe an ihm vorbei, um vom Rand ins Wasser zu gleiten.

»Mörderin«, zischt es an mein Ohr.

Ich fahre herum. Fassungslos starre ich in Vanessas Gesicht.

»Was?!«

»Mörderin.« Sie sagt es tatsächlich noch einmal. »Du hast sie umgebracht!« Ihre Stimme klingt schrill, beinahe hysterisch. »Und ich denke gar nicht daran, weiter mit dir im gleichen Becken zu schwimmen!«

»Vanessa!« Das war Tom. Ich warte auf mehr, aber mehr kommt nicht. Ich spüre, wie alles Blut aus meinem Kopf weicht. Und wie die Wut in mir hochkocht. Nichts als heiße, brennende Wut. Wut auf jeden Einzelnen von ihnen.

»Ihr habt ja überhaupt keine Ahnung!«, schreie ich. »Melanie hat sich selbst umgebracht. Mit diesem beschissenen Dopingmittel!«

Die anderen starren mich an.

»Und vermutlich seid ihr alle gerade dabei, euch auch umzubringen. Sie hat das Zeug doch für euch besorgt, war es nicht so?« Ich weiß, dass ich besser die Klappe halten sollte, aber ich kann nicht mehr aufhören.

»Wie viel habt ihr Mel bezahlt, damit sie euch versorgt? Los, sagt schon! Was musstet ihr auf den Tisch legen? Verdammt noch mal, Melanie ist tot. Tot, tot, TOT!« Ich bebe vor Zorn, möchte um mich schlagen, aber die anderen weichen vor mir zurück. Tränen laufen mir übers Gesicht. Ich starre Vanessa an, sehe das Entsetzen in ihrem Blick, bevor auch sie einige Schritte zurück macht. »Melanie ist tot, weil sie irgendwelchen Scheiß geschluckt hat, begreift ihr das nicht? Weil sie glaubte, uns allen beweisen zu müssen, dass sie die Beste ist. UNS ALLEN! Wenn jemand sie umgebracht hat, dann waren wir alle das!« Ich kann nicht mehr schreien, die Eiskristalle haben wieder von mir Besitz ergriffen. Ich schnappe nach Luft, versuche zu atmen, drehe mich um und sehe Drexler hinter mir.

»Jana Schwarzer, du wirst vorläufig nicht mehr in dieser Gruppe trainieren. Bitte verlass sofort die Halle.« Seine Stimme ist ganz ruhig, als er das sagt.

Ich drehe mich um und gehe.

22.

Mittwoch, 3. Februar

Erst am nächsten Morgen fällt mir der iPod wieder ein. Behutsam ziehe ich ihn aus meinem Rucksack und lege ihn auf mein Bett. Ich muss lächeln, als ich an Mikas Gesichtsausdruck denke. Pink. Dornröschenfarbe, schießt es mir durch den Kopf. *Du sollst hundert Jahre schlafen.*

Ich setze mich aufs Bett und nehme die Ohrstöpsel in die Hand. Kurz zögere ich. Es scheint mir falsch, Melanies Musik zu hören. Es ist wie das Eindringen in eine verbotene Welt. In eine Welt, in die sie mir nicht mehr folgen kann.

Aber dann sage ich mir, dass es im Grunde Melanies Welt ist. Und dass ich sie vielleicht dort finde. Vielleicht ist es eine Möglichkeit, Melanie ein Stück weit zu mir zurückzuholen.

Ich stecke mir die Kopfhörer in die Ohren und schalte den iPod an.

Ich kenne die Musik nicht. Aber der Text trifft mich mitten ins Herz. Er handelt von einem silbernen Teich irgendwo in einem Wald. Auch Melanie hat das Silber gesehen, denke ich. Und dann höre ich den Refrain:

Birds in cages sing of freedom …

Vögel in Käfigen singen von Freiheit … freie Vögel tanzen durch die Luft.

Ich denke an Rihanna, an ihr *I came to fly*, das mich durch so viele Tage begleitet hat.

Auch Melanie wollte fliegen.

Ich liege auf meinem Bett, die Tränen laufen von meinem Gesicht über den Hals und sickern in mein Kopfkissen. Mit der Hand berühre ich meine Schulter, so als müsste ich den kleinen Schmetterling, der dort sitzt, vor den Käfigen in dem Song schützen.

Ich weiß nicht, wie lange es schon an meiner Tür geklopft hat, aber irgendwann ist das Lied zu Ende, und da höre ich es.

Es ist Tom, der mir die Nachricht überbringt, dass unser Schuldirektor mich in einer Stunde sprechen will. Kurz sehe ich die Bestürzung in seinem Gesicht, ich hatte mir nicht die Mühe gemacht, meine Tränen wegzuwischen. Ich warte darauf, dass er noch mehr sagt, suche in seinem Blick etwas von dem Tom, der er noch vor wenigen Tagen für mich war. Der Tom, der mich zu einem Kakao eingeladen und mir geholfen hat, meine Klamotten vom Baum zu angeln, der Tom, der immer darum bemüht war, Streit zu schlichten und für andere da zu sein. Aber ich sehe in das Gesicht eines Fremden. Resigniert schließe ich die Tür wieder hinter ihm und versuche, mich auf das Gespräch mit der Schulleitung vorzubereiten.

Seit zehn Minuten sitze ich nun schon im Flur inmitten der berühmten Heldengalerie und betrachte die Pokale, Medaillen und Fotos der vergangenen Jahrzehnte. Auf einigen der Bilder habe ich Melanies Vater entdeckt. Er hat sich nicht sehr verändert, aber selbst wenn, hätte ich ihn an den Namensschildchen erkannt, die irgendjemand unter all den Fotos angebracht hat.

Mir fällt ein, wie wütend Melanie geworden war, als ich sie zum ersten Mal auf ihren Vater angesprochen hatte. Ich seufze. Nun würde ich es wohl nicht mehr schaffen, in dieser Galerie verewigt zu werden. Warum sonst sollte mich der Direktor sprechen wollen, wenn nicht, um mir mitzuteilen, dass ich die Schule verlassen muss.

Endlich öffnet sich die Tür und die Schulsekretärin bittet mich herein. Ohne ein weiteres Wort führt sie mich durch das Vorzimmer in das Büro des Schulleiters.

Der Direktor steht am Fenster und sieht nach draußen, als ich den Raum betrete.

Unschlüssig bleibe ich stehen.

Was soll ich jetzt machen? Soll ich mich räuspern, um auf mich aufmerksam zu machen? Soll ich laut grüßen, damit er weiß, dass ich da bin? Oder wäre es unhöflich, ihn aus seinen Gedanken zu reißen? Soll ich mich einfach setzen und warten, bis er mich anspricht?

Ich stehe noch da und überlege, als er sich vom Fenster abwendet.

»Ah, Jana Schwarzer? Schön, dass du gekommen bist. Bitte setz dich doch.« Er zeigt auf einen freien Stuhl. Er selbst nimmt hinter dem Schreibtisch Platz. Dann mustert er mich lange.

Ich verknote meine Beine unter dem Stuhl und weiß nicht, wohin mit meinen Händen.

»Wie geht es dir heute?«

Irritiert schaue ich ihn an. Was soll das? Als ich nicht gleich antworte, seufzt er tief.

»Jana«, er beugt sich über den Schreibtisch. »Glaub mir, ich verstehe dich gut. Ich habe gehört, dass du dabei warst, als wir Melanie gefunden haben.« Er sagt *wir*, registriere ich, dabei war er überhaupt nicht dabei. Er hat nicht ihre Augen gesehen, ihre aufgefächerten Haare. Nicht ihre nackten Arme, noch nass von dem Wasser, aus dem man sie gezogen hatte und in dem sie nie mehr schwimmen würde. Mag sein, dass sie ihn dann sofort gerufen haben. Aber als Melanie tot auf dem Hallenboden lag, war er nicht dabei.

Er räuspert sich und lehnt sich in seinem Sessel zurück.

»Es muss ein furchtbarer Schock für dich gewesen sein, deine beste Freundin auf diese Weise zu verlieren.«

Ich will erwidern, dass sie nicht meine beste Freundin war, aber er lässt mich gar nicht erst zu Wort kommen.

»Es tut mir leid, dass wir es nicht geschafft haben, dir diesen Anblick zu ersparen.« Er beugt sich wieder zu mir vor. »Es war unverantwortlich von den Kollegen, dass sie dich nicht von der Schwimmhalle ferngehalten haben. Aber es ist nun einmal passiert und Versagen ist menschlich.« Er lächelt und ich fühle mich wie im falschen Film. Warum lächelt er jetzt?

»Ich habe gehört, was gestern im Deutschunterricht vorgefallen ist, und ich möchte mich bei dir im Namen deiner Mitschüler entschuldigen.«

Ich glaube, mich verhört zu haben.

»Wieso …? Warum …?«, stammele ich. »Haben … haben die anderen das so gesagt?«, bringe ich schließlich heraus.

Der Direktor schüttelt den Kopf. »Das muss mir keiner sagen. Ich weiß auch so, wie leid ihnen ihr Verhalten tut. Wir stehen einfach alle noch unter Schock. So eine gute Schülerin. Und so ein hübsches Mädchen.« Versonnen schaut er erneut aus dem Fenster, bevor er fortfährt. »Da sagt man im ersten Moment vor lauter Schreck schon einmal Sachen, die man nicht so meint. Oder?« Er wendet sich mir zu.

Sie meinen es nicht so. Wieder mal.

»Ich möchte dir einen Vorschlag machen, Jana.« Er beugt sich über den Tisch, seine Rechte greift nach einem Kugelschreiber, und er fängt an, auf seine Schreibtischunterlage zu kritzeln.

»Was für einen Vorschlag?«, frage ich. Fast bin ich erstaunt, dass mir meine Stimme überhaupt noch gehorcht.

Er kritzelt noch ein wenig weiter, dann nickt er, als sei ihm die Idee in diesem Augenblick gekommen.

»Das neue Halbjahr hat gerade erst angefangen.« Er blättert in seinem Kalender. »Was hältst du davon, wenn ich dich noch ein paar Tage beurlaube? Fahr nach Hause, leg dich ins Bett und ruh dich ein wenig aus. Mit deinen Lehrern habe ich schon gesprochen«, sagt er schnell, als er sieht, dass ich etwas erwidern will. »Sie sind alle der Meinung, dass du gut ein paar Tage fehlen kannst, ohne dass dies deine sehr konstanten Leistungen beeinträchtigen wird.« Gespannt sieht er mich an. »Nun, was meinst du?«

Was ich meine? Ich verstehe nicht, was das soll. Natürlich klingt es zunächst mal gut, sich nur für ein paar Tage beurlauben zu lassen, wenn man eigentlich mit einem kompletten Rausschmiss gerechnet hat. Aber was will der Direktor damit bezwecken? Ich sehe keinen Sinn darin, nach Hause zu fahren. Langsam schüttele ich den Kopf.

»Danke.« Ich suche nach den richtigen Worten. »Das ist sehr freundlich. Aber ich möchte lieber hierbleiben.«

Ich sehe seinen hochgezogenen Augenbrauen an, dass er mit dieser Antwort nicht gerechnet hat. »Ich denke, es ist auf jeden Fall besser, wenn du erst mal ein paar Tage zu Hause bleibst. Eine Woche, maximal zwei …«

»Aber ich will nicht nach Hause«, unterbreche ich ihn. »Was soll das bringen? Melanie ist tot«, ich sehe, wie er bei diesen Worten zusammenzuckt, »das ändert sich auch nicht, wenn ich zu Hause bin.«

Der Wandel in seinem Gesicht vollzieht sich so schnell, dass ich ihn fast nicht wahrnehme. Wo er mich zuvor mit geradezu väterlicher Besorgnis gemustert hat, sehe ich jetzt nur noch Unmut und mühsam beherrschten Zorn. Er steht auf und geht wieder zum Fenster.

»Ich will und werde dich nicht zwingen, mein Angebot anzunehmen, Jana«, sagt er und blickt auf den Schulhof, dann wendet er sich mir ruckartig zu. »Aber ich warne dich.«

Ich beiße die Zähne zusammen und halte seinem Blick stand.

»Hör mit diesen unhaltbaren Verdächtigungen auf. Dieses Internat hat seit über hundert Jahren nicht einen einzigen Skandal gehabt.« Er sieht mich aus zusammengekniffenen Augen an. »Und es wird auch jetzt keinen haben. Das Wort Doping will ich in diesem und auch in keinem anderen Zusammenhang mehr hören. Ist das klar?«

Die Erleichterung, die mich durchflutet, ist so groß, dass ich um ein Haar laut gelacht hätte. Daher also weht der Wind. Er hat Angst um den Ruf seiner Schule. Das ist alles.

»Ob das klar ist, habe ich gefragt?«

Sein Blick durchbohrt mich und erst in diesem Moment

wird es mir wirklich klar: Die Schulleitung hat die Akte Melanie Wieland längst geschlossen. Die Wahrheit interessiert hier niemanden. Es geht nur um den guten Ruf.

Ich hasse mich, als ich mich sagen höre: »Ja. Natürlich. Das ist vollkommen klar.«

Während ich die Tür hinter mir schließe und den langen Gang zurück zum Wohntrakt gehe, frage ich mich, ob man auch an Worten, die man nicht gesagt hat, ersticken kann.

Zurück in meinem Zimmer finde ich eine SMS von Mika auf meinem Handy. Er bittet mich um ein weiteres Treffen, weil er mir etwas Wichtiges sagen will. Ich denke an mein Versprechen, das ich gerade eben erst gegeben habe, und beschließe, dass ich es ja nicht breche, wenn ich mit Mika rede. Schließlich hat der Direktor mir nur verboten, weiter öffentlich Mutmaßungen über Melanies Tablettenkonsum anzustellen. Mich mit anderen über Melanie zu unterhalten, ist nicht verboten. Ich schreibe ihm zurück und schon wenige Sekunden später vibriert das Handy und kündigt mir den Eingang von Mikas Antwort an.

Wieder treffen wir uns im Park. Und wieder an der gleichen Bank wie am Tag zuvor. Diesmal begrüßt Mika mich mit einer kurzen Umarmung. Immerhin. Ich würde ihn gerne länger festhalten, würde mich gerne an ihn schmiegen und seinen Duft einatmen. So sehr sehne ich mich nach seiner Nähe, dass es fast körperlich wehtut, ihn nicht zu spüren. Aber ich habe Angst, ihn zu verschrecken. Habe Angst, dass er sich wieder ganz von mir zurückzieht, wenn ich ihm zu nahe komme. Ich zwinge mich aus seiner Umarmung und nehme auf der Bank Platz. Erst will ich hören, was er zu sagen hat.

Mika wirkt sehr aufgeregt. Er setzt sich nicht, sondern läuft vor mir auf und ab.

»Die Unterlagen sind weg«, bricht es aus ihm heraus.

»Die Unterlagen?« Ich verstehe nur Bahnhof. »Welche Unterlagen?«

»Die Trainingsunterlagen von Mel. Sie sind komplett verschwunden.«

Als Mika bemerkt, dass ich ihn verwirrt anstarre, wird er ungeduldig.

»Jana, du weißt doch, dass zu jedem von euch eine Trainingsdatei existiert, richtig?«

Ich nicke. Klar weiß ich das. Das war schon in meinem alten Schwimmverein so und das ist im Internat nicht anders. Wer Leistungssport betreibt, der bekommt so eine Kartei. Darauf wird in regelmäßigen Abständen alles vermerkt, was im Zusammenhang mit dem Training und der körperlichen Entwicklung wichtig ist. Größe, Gewicht, Ruhepuls, Belastungspuls, Trainingszeiten, Wettkampfzeiten, Ernährungspläne … Letztere führten immer wieder zu Auseinandersetzungen zwischen Drexler und Bea, die sich einen Teufel um ihr Gewicht und seine Ernährungspläne scherte. Aber das war auch der springende Punkt. Die Kartei wird vom Trainer geführt. Nicht vom Sportler. Woher also will Mika wissen, dass Mels Kartei verschwunden ist?

Mika stöhnt ungeduldig auf. »Die sportärztlichen Untersuchungen, die Belastungstests, wo wurden die durchgeführt?«, will er von mir wissen.

Langsam beginne ich zu begreifen. Für die Tests mussten wir in die Klinik kommen.

»Dein Vater arbeitet dort«, flüstere ich.

Mika nickt. »Und deshalb gibt es zu Hause im Büro meines Vaters zu jeder Trainingskartei von euch eine Kopie, auf der eure medizinischen Daten stehen. Ich weiß das deshalb, weil ich diese Karteikarten mal holen und ihm in die Klinik bringen musste, als er sie vergessen hatte.«

Er schaut mich bedeutungsvoll an, dann fährt er fort.

»Gestern wollte ich mir Melanies Karte ansehen. Ich meine, wenn sie ein schwaches Herz hatte oder sonst irgendwelche Herzprobleme, dann müsste man das doch vorher gemerkt haben, oder?«

Ich runzle nachdenklich die Stirn. Musste man das? Gab es nicht immer wieder Menschen, die an Herzversagen starben, ohne je vorher etwas davon gemerkt zu haben? Und wenn eine solche Vorerkrankung oder auch nur ein solcher Verdacht bestand, hätte Wieland als Arzt seine Tochter doch niemals einem so harten Training ausgesetzt?

Mika muss meine Zweifel gespürt haben, denn noch bevor ich etwas erwidern kann, sagt er: »Ist ja auch egal, ob nun vorher etwas bekannt war oder nicht. Wir werden das sowieso nicht mehr herausfinden.« Er sieht mich an. »Melanies Karte ist weg.« Und als ich ihn immer noch verständnislos anstarre, setzt er hinzu: »Alle anderen Karten sind da, wo sie sein sollen. Nur die Karte von Mel fehlt. Jemand hat sie absichtlich verschwinden lassen.«

»Aber warum? Was soll das bringen?«

Mika schluckt und starrt auf seine Hände.

»Ich glaube inzwischen, dass du recht hast, Jana. Was, wenn mein Vater Melanie wirklich mit diesen Tabletten versorgt hat … Er muss doch darüber Buch geführt haben. Sich notiert haben, wann sie wie viele davon genommen hat. Und jetzt, wo meine Schwester tot ist«, Mika schluckt, und ich sehe, wie er mit den Tränen kämpft, »jetzt versucht er alles, um zu vertuschen, dass er etwas damit zu tun hat.«

Der Schmerz in Mikas Augen zerreißt mir fast das Herz. Ich begreife, wie schwer es ihm fallen muss, seinen eigenen Vater zu verdächtigen.

»Mika?« Ich lege eine Hand auf seinen Arm und warte, bis er mich anschaut. »Da ist noch etwas anderes.« Ich hole mein Handy aus der Tasche und stehe auf. »Melanie hatte mir eine letzte SMS geschrieben.«

Er starrt mich an. »Was für eine SMS?«

Während ich weiterspreche, greife ich nach dem Handy und öffne den Mitteilungseingang. Unsere Gesichter sind sich jetzt ganz nah.

»Wir wollten uns treffen. Ich habe dir doch erzählt, dass ich tagelang versucht habe, mit Mel zu reden.« Er nickt. »Am Sonntagabend hat sie endlich zugestimmt. Sie schickte mir eine SMS und wollte sich mit mir am nächsten Morgen vor dem Frühsport treffen. An der Bushaltestelle.« Meine Stimme droht zu versagen, aber ich schlucke die Eissplitter wieder hinunter und halte ihm mein Handy hin. »Ich habe umsonst gewartet.«

Ich sehe, wie es hinter Mikas Stirn arbeitet. »Am Sonntagabend?«

Ich nicke langsam. Ich weiß, dass er jetzt genau das Gleiche denkt wie ich.

»Um wie viel Uhr?«

»Zweiundzwanzig Uhr.«

»Aber«, Mika sieht mich an, »aber da war sie doch schon … tot.«

Ich nicke wieder. So ist es uns gesagt worden, ja.

Als die Putzfrau Melanie am frühen Morgen im Wasser fand, war sie schon lange tot. Sie muss am späten Nachmittag nach mir und Tom noch einmal in der Halle trainiert und beim Schwimmen einen Herzanfall bekommen haben.

Das war zumindest die offizielle Version. Keine Ahnung, warum mir nicht gleich aufgefallen ist, dass daran etwas nicht stimmen konnte.

Mika und ich sehen uns an.

»Wenn meine Schwester schon tot war, wer hat dir dann die SMS geschickt?« Er flüstert, als könne derjenige gerade mit uns in diesem Park sein.

Ich beiße mir auf die Lippen. »Das ist nur eine der möglichen Fragen«, antworte ich ihm schließlich. Er schaut mich verständnislos an. »Und was sind die anderen?«

Ich hole tief Luft.

»Wann ist Mel wirklich gestorben?«

»Du meinst …«

»Geh doch mal davon aus, dass die SMS tatsächlich von ihr war«, falle ich ihm ins Wort.

»Das würde bedeuten, dass sie um zweiundzwanzig Uhr noch gelebt hat.«

»Pst! Nicht so laut.« Ich greife nach seinem Handgelenk. »Wann hast du Mel das letzte Mal gesehen?«, frage ich ihn dann. »War sie am Nachmittag noch zu Hause?«

Er schüttelt den Kopf. »Ich weiß es nicht.« Seine Stimme klingt verzweifelt. »Wir waren am Sonntag beim Frühstück das letzte Mal zusammen, danach war ich den ganzen Tag über bei einem Kumpel und habe auch dort übernachtet.«

Ich überlege fieberhaft. »Wenn Melanie die SMS tatsächlich selbst geschrieben hat, dann muss sie zu der Zeit nicht nur noch am Leben gewesen sein, das würde auch bedeuten, dass sie am Sonntag nach zweiundzwanzig Uhr im Schwimmbad war …«

»Richtig«, fällt mir Mika ins Wort. »Und weil das unmöglich ist, muss jemand anders die SMS geschrieben haben.«

»Unmöglich ist es nicht …«, werfe ich ein und denke dabei an das kaputte Schloss am Seiteneingang der Halle.

»Aber das wäre doch völlig unlogisch. Was hätte sie denn so spät noch dort machen sollen?«

»Trainieren?« Ich zucke mit den Schultern. »Hat sich in den letzten Wochen für Mel nicht alles nur noch ums Training gedreht?«

Mika schüttelt den Kopf. »Mel hat viel trainiert, ja. Aber dass sie deswegen noch nach zweiundzwanzig Uhr in die Schule fährt, das kann ich einfach nicht glauben. Wie soll sie da überhaupt hingekommen sein? Mel wäre niemals im Stockdunkeln mit dem Fahrrad durch die Stadt gefahren. Jemand anders muss ihr Handy benutzt und dir die SMS geschrieben haben.«

»Aber das ergibt keinen Sinn!«, fahre ich hoch. Erschrocken senke ich meine Stimme sofort wieder. »Überleg mal. Warum sollte man das tun? Um Mels Tod zu vertuschen? Das ist doch sowieso spätestens am nächsten Tag herausgekommen. Um mich zu einem Treffen zu locken? Warum habe ich dann die ganze Zeit allein an der Bushaltestelle gewartet?«

»Und jetzt?« Mika wirkt so hilflos, wie er dasitzt und mich mit großen Augen ansieht.

»Ich weiß es nicht«, gebe ich zu. Doch da fällt mir etwas ein. »Gab es eigentlich eine … ich meine, wurde bei Mel eine …«, ich muss mich zwingen weiterzusprechen. »Wurde bei ihr eine Obduktion durchgeführt?«

Mika räuspert sich. »Ja. Natürlich. Das wird in solchen Fällen immer gemacht.«

»Und?« Gespannt schaue ich ihn an.

»Nichts.« Er schüttelt den Kopf. »Ich weiß noch, wie wir auf meinen Vater gewartet haben. Ich war bei meiner Mutter, habe aufgepasst, dass sie nicht durchdreht. Da war nichts, sie haben nichts gefunden. Mel ist einfach an Herzversagen gestorben. Mehr konnte man nicht feststellen.«

»Dein Vater war bei der Obduktion dabei?«, frage ich erstaunt. »Bei der Obduktion seiner eigenen Tochter?«

»Jana, mein Vater ist Arzt. Ja, ich glaube, er war dabei. Aber was spielt das für eine Rolle?«

Das ist ein Kampf, den du nur verlieren kannst.

»Die Trainingskartei von Mel ist verschwunden, dein Vater war bei der Obduktion dabei, es wird ein falscher Todeszeitpunkt angegeben …« Ich lege meine Hand auf seinen Arm. »Mika, da stimmt was nicht. Dein Vater weiß mehr, als er euch gegenüber zugibt.«

Auf einmal reißt Mika sich los und springt auf. »Mir ist selbst klar, dass da etwas nicht stimmt! Aber ich kann das einfach nicht glauben. Mein Vater ist vielleicht ein Arschloch, Jana, aber er ist doch kein Mörder!«

Entsetzt schlägt er sich die Hände vors Gesicht und sinkt auf seinem Platz zusammen. Die Kälte fängt wieder an, sich auszubreiten. Nie zuvor habe ich mich so hilflos gefühlt.

»Okay. Es gibt noch eine andere Möglichkeit.« Ich muss wahnsinnig sein, überhaupt auf diesen Gedanken zu kommen.

»Und die wäre?« Mikas Stimme ist voller Bitterkeit.

»Ich werde mir Drexler vorknöpfen. Vielleicht finde ich bei ihm etwas. Auch wenn Mels Trainingskartei bei eurem Vater verschwunden ist, kann es ja sein, dass sie bei Drexler noch existiert. Ich versuche, sie zu finden. Und dann sehen wir weiter.«

»Wie willst du das anstellen?« Der Zweifel in seiner Stimme ist nicht zu überhören.

»Weiß ich noch nicht.« Genau genommen habe ich überhaupt keine Ahnung, wie ich das schaffen will. Aber ich ertrage diese Untätigkeit einfach nicht länger. »Mir fällt bestimmt was ein, keine Sorge.«

Mika sieht nicht sehr überzeugt aus. Am liebsten möchte ich ihn packen und schütteln. Verdammt. Mel ist tot, und alles, was uns in diesem Zusammenhang erzählt worden ist, hört sich nach einer dicken, fetten Lüge an. Ich halte das nicht länger aus. Ich muss wissen, was wirklich passiert ist!

Mika öffnet den Mund. Er will etwas sagen, lässt es dann aber doch und schweigt.

»Mach dir keine Sorgen«, sage ich zu ihm. »Ich schaff das schon.«

In Wirklichkeit bin ich ganz und gar nicht davon überzeugt. Und ich fände es schön zu wissen, dass Mika sich Sorgen um mich macht.

23.

Donnerstag, 4. Februar

Langsam lasse ich mich ins Wasser gleiten, um mich mit den anderen warm zu schwimmen. Mein Herz klopft mir bis zum Hals. Mein ganzer Körper ist angespannt wie vor einem Wettkampf.

Gleich ist es so weit.

Ich habe nur diese eine Möglichkeit, um an Drexlers Karteikarten zu kommen. So oft habe ich den Plan im Kopf durchgespielt, einen anderen Weg gibt es nicht.

Wenn Drexler die Unterlagen nicht mit in die Halle bringt, um unsere Daten nachzutragen, bewahrt er sie für gewöhnlich in seinem Büro auf. Und das befindet sich neben den Materialräumen. Im gleichen Gang also, durch den ich mich für meine nächtliche Schwimmaktion gekämpft habe. Da unser Trainer nicht in der Schule wohnt, hat er einen eigenen Raum für seine Sachen im Sporttrakt. Und um in diesen Raum zu kommen, brauche ich den Schlüssel.

Ich schwimme eine Wende und stoße mich vom Beckenrand ab. Es kann gar nicht anders sein, Drexler muss den Büroschlüssel während des Trainings in seiner Sporttasche aufbewahren.

Und die steht nun unbeobachtet in der Sammelumkleide der Jungen. Ich muss versuchen, dort heranzukommen, ohne dass er es merkt. Und wenn ich den Schlüssel erst einmal habe, gibt es genau zwei Gelegenheiten, heimlich in sein Büro zu gelangen. Die eine ist während des Trainings, solange er in der Schwimmhalle steht. Die andere ist während der Essensausgabe in der Mensa. Denn die würde Drexler niemals versäumen. Die Möglichkeit, den Schlüssel nachts zu benutzen, scheidet leider aus, obwohl mir diese Variante am liebsten wäre. Aber ich muss den Schlüssel rechtzeitig wieder in seine Sporttasche zurückbringen, bevor er etwas merkt.

Mein Plan ist nicht der Knaller, aber es ist ein Anfang. Es tut gut, nicht länger untätig herumzusitzen und all diesen Lügen zuzuhören, sondern etwas zu unternehmen. Das hat auch Mika eingesehen.

Da unser Schwimmtraining heute unmittelbar vor der Pause stattfindet, ist es die perfekte Gelegenheit, mir während des Trainings den Schlüssel zu schnappen und mich dann in Drexlers Büro in aller Ruhe umzusehen, solange er beim Essen sitzt. Anschließend muss ich nur noch versuchen, den Schlüssel wieder unbemerkt in seine Sporttasche zu bekommen. Soweit der Plan.

Drexlers Trillerpfeife schrillt durch die Halle. Das Warmschwimmen ist beendet, jetzt stehen dreihundert Meter Schmetterling auf dem Programm. Ein aufgeregtes Kribbeln durchströmt mich. Besser hätte es nicht kommen können. Die meisten aus der Gruppe beherrschen diese Lage nicht besonders. Drexler ist ununterbrochen mit Korrigieren und Rummeckern beschäftigt. Ich hole tief Luft und steige aus dem

Wasser. Hoffe, dass er mich nicht ausgerechnet jetzt für seine Demonstrationszwecke braucht.

»Matthies, die Knie zusammen, verdammt noch mal!«

Ich erhasche den hasserfüllten Blick von Jonas, bevor Drexler sich zu mir umdreht.

»Muss nur mal schnell zur Toilette«, murmele ich hastig, da tobt Drexler auch schon weiter. »Mann, Jonas, reiß dich zusammen. Denk an die Beine! Soll ich dir Klebeband besorgen oder was?«

Ich mache, dass ich wegkomme. Auf der Mädchentoilette schließe ich mich in eine Kabine ein und warte kurz ab, ob mir jemand gefolgt ist. Dabei versuche ich, meinen Atem zu beruhigen. Ich weiß, dass ich es schaffen kann. Aber ich darf jetzt nicht die Nerven verlieren.

Als alles ruhig bleibt, verlasse ich die Kabine und schlüpfe nach nebenan auf die Jungentoilette. Dazu muss ich drei Schritte an der Wand entlang durch die Halle machen. Ich bete, dass gerade niemand vom Schwimmbecken herübersieht.

Von der Jungentoilette gibt es einen direkten Zugang zu den Duschen und der Umkleidekabine. Ich will gerade die Tür öffnen, als ich Schritte höre. Patsch, patsch, patsch. Das typische Geräusch nackter Füße auf den Fliesen nähert sich. So schnell ich kann, verschwinde ich in einer der Kabinen und schließe ab. Rasch setze ich mich auf den Klodeckel und ziehe die Füße an, um nicht von unten durch den Spalt gesehen zu werden. Ich halte die Luft an und lausche angespannt. Hoffentlich hat es derjenige zu eilig, um sich über ein abgeschlossenes Klo zu wundern. Neben mir Pinkelgeräusche. Dann ein Husten. Schließlich entfernen sich die Schritte wieder.

Ich atme aus und lehne erleichtert den Kopf gegen die Kabinenwand. Nach einer Weile traue ich mich, die Tür wieder zu öffnen. Ich sprinte durch die Duschen und stehe endlich in der Sammelumkleide der Jungs. Ich brauche kurz, bis sich meine Augen an das Dämmerlicht gewöhnt haben. Die Deckenbeleuchtung einzuschalten, ist mir zu riskant. Dann sehe ich Drexlers Sporttasche auf einer der Bänke in der Ecke stehen. Jetzt muss es schnell gehen. Keine Ahnung, wie lange mein Fehlen noch unbemerkt bleiben wird. Die Aktion auf dem Jungenklo hat mich ohnehin schon viel zu viel Zeit gekostet.

Mit zwei Schritten bin ich bei Drexlers Tasche. Ich schaue mich noch mal um, dann ziehe ich den Reißverschluss der linken Seitentasche auf und fahre mit der Hand hinein: Fehlanzeige. Die Seitentasche ist leer. Mit zittrigen Fingern ziehe ich den Reißverschluss wieder zu.

Eine Tür klappert. Ich hebe entsetzt den Kopf. Horche. Nichts. Dann mache ich mich an die andere Seitentasche. Ich zerre den Reißverschluss auf, fasse hinein und spüre eine Plastikdose. Drexlers Frühstück vermutlich. Meine Finger tasten um die Dose herum, aber ich finde nur noch ein Päckchen Taschentücher, ansonsten ist auch diese Tasche leer.

Verdammt. Wenn Drexler seine Schlüssel im Hauptfach hat, wird es dauern, sie zu finden. Ich reiße das Hauptfach auf und werfe einen Blick hinein. Vielleicht habe ich Glück und die Schlüssel liegen obenauf. Aber alles, was ich sehe, ist ein ordentlich gefaltetes Handtuch, der Rest muss sich darunter befinden. Ungeduldig taste ich um das Handtuch herum. Mir läuft die Zeit davon. Drexler kann jeden Moment merken, dass ich schon viel zu lange weg bin. Schließlich seufze ich enttäuscht auf. Es hat keinen Zweck. Das Risiko, noch länger in der Jungenkabine zu bleiben, ist zu groß. Ich muss es noch mal an einem anderen Tag probieren.

Als ich gerade das Handtuch wieder zurechtziehen will, stoße ich gegen etwas Kantiges. Ich greife danach und ziehe eine Schachtel aus der Tasche. Noch bevor ich einen Blick darauf werfe, weiß ich, was es ist.

Construnit lese ich und lasse die Schachtel fallen, als ob ich mich daran verbrannt hätte.

Noch einmal greife ich mit beiden Händen in die Tasche, reiße das Handtuch zur Seite und starre auf mindestens fünf oder sechs dieser Schachteln.

Das gehört mir nicht, hatte Melanie gesagt, und jetzt weiß ich, dass sie die Wahrheit gesagt hat.

Hektisch schiebe ich die Schachteln wieder unter das Handtuch. Mein Puls rast. Jetzt bloß nicht die Nerven verlieren. Ich muss in Drexlers Büro kommen, egal wie, aber erst mal muss ich raus hier.

Meine Finger zerren an dem Reißverschluss, der plötzlich klemmt und sich keinen Millimeter mehr bewegen lässt. Ich reiße und ziehe, nichts. Verdammt, das hat mir gerade noch gefehlt. Wenn ich die Tasche so stehen lasse, merkt Drexler sofort, dass jemand an seinen Sachen war. Aber ich habe keine andere Wahl. Wenn ich jetzt nicht abhaue, erwischt er mich sowieso.

Ich haste zur Toilettentür, als diese mit einem Mal von außen aufgerissen wird. Jonas steht vor mir und starrt mich mit offenem Mund an.

Ich würde ihn gerne bitten, die Klappe zu halten, möchte ihm erzählen, was ich gefunden habe und dass Drexler irgendetwas mit Melanies Tod zu tun haben muss, aber dafür reicht meine Zeit nicht. Schneller, als ich bis drei zählen kann, hat Jonas die anderen gerufen. Ich versuche, mich an ihm vorbeizuquetschen, damit es wenigstens so aussieht, als ob ich nur das falsche Klo benutzt hätte, aber Jonas stützt sich mit den Armen im Türrahmen ab und denkt gar nicht daran, mich entkommen zu lassen.

Ich stemme mich gegen seine Arme. »Jonas, bitte. Es ist nicht so, wie du denkst.«

Alles, was ich ernte, ist ein hämisches Grinsen. »Das war's dann wohl, nicht wahr?«

Ich fühle, wie mir Tränen in die Augen schießen. »Jonas, bitte.« Ich hasse mich für diese Bettelei.

»Verdammt, was ist hier los?«

Es dauert eine Weile, bis Drexler sich in dem Tumult um mich herum Ruhe verschafft hat. Ich sehe seinem Gesicht an, dass er die Situation mit einem Blick erfasst hat. Er scheucht alle zurück ins Wasser. Mich selbst hält er so fest am Oberarm gepackt, dass ich laut aufstöhne.

»Wir werden das mit der Schulleitung klären, Schwarzer. Jetzt.«

Er hatte es gewusst.

Von Anfang an wusste er, dass er sich auf sie verlassen konnte.

Sie war wie er.

Sie hatte von klein auf gelernt zu kämpfen.

Es gab nichts geschenkt im Leben.

Sie wusste das.

Und sie würde nicht so schnell aufgeben.

Sie war wie er.

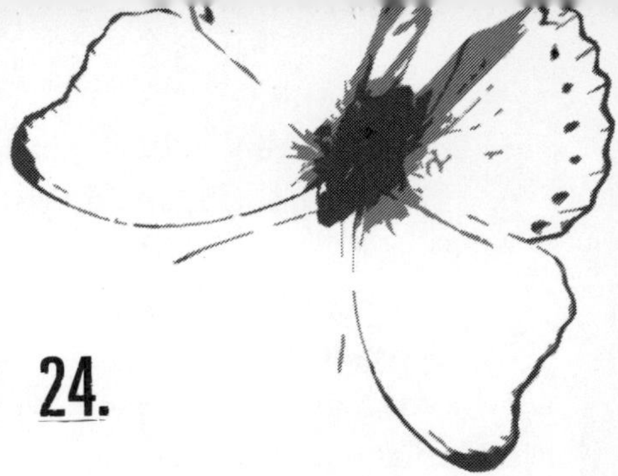

24.

Freitag, 5. Februar

Wenn sie nicht sofort aufhört, mich so anzustarren, raste ich aus. Ich springe auf und laufe durch die Küche. Hin und her. Hin und her. Ich kann nicht länger stillhalten.

Seitdem ich gestern nach Hause gekommen bin, versucht meine Mutter, mich auszuquetschen. Ich habe mich bemüht, ihr zu erklären, was passiert ist, aber es gelang mir nicht. Da ist zu vieles, das sie nicht wissen soll, zu vieles, was sie nichts angeht.

Alles, was sie bisher weiß, ist, dass es Ärger gab. Und dass ich von der Schule geflogen bin. Selbst das hätte ich ihr am liebsten verschwiegen, aber meine Mutter mag sein, wie sie will, dumm ist sie nicht. Sie musste nur mein Gesicht sehen, die bis zum Platzen gefüllte Sporttasche in meiner Hand und meinen Rucksack, um zu begreifen, was passiert war.

Nachdem Drexler mich erwischt hatte, ging alles sehr schnell. Er ließ mich keine Sekunde mehr aus den Augen. Während ich mich anzog, schob er vor der Umkleide Wache. Es hätte mich nicht gewundert, wenn er mich auch beim Umziehen noch am Arm festgehalten hätte.

Von der Schwimmhalle ging es direkt zum Büro des Direktors. Diesmal mussten wir nicht warten, wir wurden sofort hereingerufen.

Drexler ließ sich in einen der Sessel fallen, als läge die ganze Last der Welt auf ihm. Mich bat der Direktor nicht, Platz zu nehmen, sodass ich die ganze Zeit vor seinem Schreibtisch stand, was mich nur umso nervöser machte.

Dann schilderte Drexler mit knappen Sätzen, was vorgefallen war. Ich hörte Worte wie »Vertrauensbruch«, »mangelnde Disziplin«, »Ungehorsam« und »unbelehrbar« und irgendwann fiel auch das Wort »Diebstahl«. Da erst begriff ich, dass Drexler tatsächlich behauptete, ich sei heimlich in den Umkleidekabinen herumgeschlichen und hätte meine Mitschüler bestohlen. Mir wurde schlecht vor Wut. Ich wollte den Mund aufmachen, wollte schreien, dass es so nicht war, dass mich die Sachen meiner Mitschüler überhaupt nicht interessierten, wollte von den Medikamenten erzählen, die ich in Drexlers Tasche gefunden hatte, aber ein Blick in die Augen des Direktors zeigte mir, dass er mir nicht glauben würde. Ich konnte mir jedes einzelne Wort sparen.

Zumindest in diesem Moment.

Für ihn war ich das arme mittellose Ding, dem herzensgute Menschen eine Chance geben wollten, weil ich Talent hatte und weil man fand, ich hätte eine Chance verdient. Aber leider, leider war ich in einer Gegend aufgewachsen, in der es vor Kriminalität nur so strotzte, und deshalb war auch ich nicht frei davon, und jetzt würden sie mich wieder zurückschicken, dahin, wo ich hergekommen war. Es galt, die anderen Schüler vor mir zu schützen.

Während der ganzen Rede, die der Direktor hielt, dachte ich immer nur an Mika und daran, dass wir jetzt nie an die Schlüssel zu Drexlers Büro kommen würden, dass ich es total versiebt hatte und wie enttäuscht er sein würde. Ich biss mir die Lippen blutig, um nicht vor Wut zu heulen.

Ich hörte, dass man mich von der Schule werfen und dass ich wohl auch mein Stipendium verlieren würde, aber ich begriff nicht wirklich, was das alles bedeutete.

Während des ganzen Gesprächs, den Beschimpfungen von Drexler, den Belehrungen des Direktors, gab es nur einen Gedanken in meinem Kopf: Drexlers Tasche war voll mit *Construnit*. Was machte er damit? Für wen waren die Medikamente? Jetzt waren es schon drei, die mit dem Betäubungsmittel zu tun hatten. Okay, von Wieland wussten wir es nicht genau, aber er war der Arzt, er war der Einzige, der überhaupt an das Mittel rankam. Dann Mel und jetzt auch noch Drexler. Ich fühlte mich, als ob ich in ein riesiges schwarzes Loch fallen würde.

»Jana?«

»Wie bitte?«

Der Direktor runzelte die Stirn. Vermutlich begriff er erst jetzt, dass ich schon vor einer ganzen Weile abgeschaltet hatte.

»Ich habe dich gefragt, wie wir deine Mutter erreichen können. Ich habe versucht, sie anzurufen, aber sie geht nicht an ihr Handy.«

Natürlich nicht. Meine Mutter arbeitete im Baumarkt. Da hatte sie ihr Handy immer ausgeschaltet. Ich zuckte mit den Schultern.

»Wir müssen sie anrufen und informieren. Du bist noch nicht volljährig.«

»Sie ist erst abends zu erreichen.«

Damit hatte er nicht gerechnet. Ich konnte förmlich sehen, wie es hinter seiner Stirn arbeitete. Als er mir seinen Entschluss verkündete, fiel ich fast in Ohnmacht.

»Du gehst jetzt in dein Zimmer und packst deine Sachen. Dafür hast du eine Stunde Zeit. Dann wird dein Trainer«, er warf Drexler einen Blick zu, »dich mit seinem Auto nach Hause fahren. Alles andere werden wir deiner Mutter in einem Brief mitteilen.«

Mit Drexler in einem Auto? Niemals.

Ich wollte etwas erwidern, wollte sagen, dass ich sehr gut allein zurechtkam, dass ich kapiert hatte und mein Zeug packen und verschwinden würde. Aber ich konnte nicht. Ich brachte in Drexlers Gegenwart keinen Ton mehr raus. Und da begriff ich, dass es nicht einfach daran lag, dass er ein Arschloch war und ich ihn nicht leiden konnte. Es lag daran, dass mich bei dem Gedanken, mit Drexler in einem Auto zu sitzen, nackte Angst überfiel. Wenn Drexler auch etwas mit dem *Construnit* zu tun hatte, konnte es ebenso gut sein, dass er schuld an Mels Tod war. Oder zumindest mehr darüber wusste, als er je zugeben würde. Ich durfte nicht mit ihm allein sein. Auf gar keinen Fall!

Verzweifelt versuchte ich, mir meine Panik nicht anmerken zu lassen. Meine Hände fingen an zu zittern und ich konnte nichts dagegen tun. Ich wollte nur noch raus hier. Also nickte ich einfach nur schnell und rannte geradezu in mein Zimmer. In einer Stunde sollte ich mich mit meinem Gepäck wieder im Sekretariat melden, meine Bücher abgeben und irgendwelche Formulare unterschreiben. Ich hatte nur eine Stunde, um zu entkommen.

Erst befürchtete ich schon, Drexler könnte die ganze Zeit über vor meinem Zimmer Wache schieben. Aber offensichtlich hatte mein ängstliches Gestammel sie überzeugt. Der Direktor und mein Trainer gingen davon aus, dass sie mich endlich kleingekriegt hatten. So klein, dass ich von jetzt an mit ihnen zusammenarbeiten und keine Schwierigkeiten mehr machen würde.

In meinem Zimmer riss ich den Schrank auf, zerrte meine Klamotten heraus und warf sie aufs Bett. So schnell ich konnte, stopfte ich alles in meine Sporttasche. Den Reißverschluss ließ ich offen, die Tasche war viel zu voll. Den Rest warf ich in meinen Rucksack. Ich schaute mich noch einmal um. Für einen Moment blieb mein Blick an Michael Phelps hängen. *Nichts außer schlafen, essen und schwimmen.* Das Poster musste hierbleiben. Meine Schulsachen auch.

Ich überlegte erst, mit dem Rad nach Hause zu fahren, ließ es dann aber doch lieber bleiben. Draußen war es immer noch eiskalt, und außerdem wollte ich nicht Drexler in die Arme laufen, wenn ich erst den Umweg über den Fahrradkeller machen würde. Je schneller ich von hier wegkam, desto besser.

Auf dem Weg nach draußen begegnete mir kein Mensch. Im Erdgeschoss hörte ich Musik aus Bernges' Wohnung. Ich zögerte. Wenn mir einer helfen konnte, dann war er das. Kurz spielte ich mit dem Gedanken, bei ihm zu klopfen und ihm zu erzählen, was passiert war. Aber dann verwarf ich die Idee sofort wieder. Der Direktor hatte mich vom Unterricht suspendiert. Daran würde auch Bernges nichts ändern können. Und es war besser, nicht mehr zu vertrauen.

Niemandem.

Ich schlüpfte aus dem Haus und rannte zur Bushaltestelle. Zum Glück musste ich nicht lange auf einen Bus warten. Die Leute murrten, als ich mich mit meinem Gepäck durch den schmalen Gang an ihnen vorbeiquetschte, aber ich wollte ganz nach hinten, so weit weg wie möglich von der Tür. Erst als der Bus losfuhr, wagte ich es, wieder zu atmen.

Meine Mutter greift zu ihren Zigaretten. Genau einen halben Tag hat sie es durchgehalten, nicht in der Wohnung zu rauchen, schießt es mir durch den Kopf. Einen halben Tag nur.

»Hör zu, Jana, ich weiß zwar nicht, was gestern genau passiert ist, aber es war nicht richtig, dass sie dich nach Hause geschickt haben.«

Keine Ahnung, was ich darauf erwidern soll. Ich kann ohnehin kaum einen klaren Gedanken fassen. Die haben mir mein Stipendium weggenommmen. Dabei muss ich unbedingt an diese Schule zurück. Ich kann nicht hierbleiben. Aber will ich das wirklich? An eine Schule zurück, die gerade dabei ist, einen Dopingskandal zu vertuschen? Ich renne weiter im Kreis.

So muss sich ein Tier in der Falle fühlen, denke ich.

Doch im Augenblick habe ich keine Zeit, mir weiter den Kopf darüber zu zerbrechen. Ich muss mit Mika sprechen. Er muss wissen, was passiert ist.

Gestern Abend habe ich ihm noch eine SMS geschrieben. Da ich Angst hatte, dass seine Eltern an sein Handy gehen könnten, habe ich mich nicht getraut, ihm mitzuteilen, was ich herausgefunden habe. Wenn die Schule tatsächlich versucht, etwas zu verheimlichen, haben sie vielleicht auch Mikas Vater informiert. Also habe ich nur geschrieben, dass etwas passiert ist und dass wir uns dringend sehen müssen. Alle zehn Minuten kontrolliere ich nun schon mein Handy. Aber von Mika kommt noch immer keine Antwort. Wenn er sich bis heute Mittag nicht meldet, beschließe ich, dann fahre ich zu ihm nach Hause. Ist mir egal, ob Wieland mich rausschmeißt. Ich muss Mika sehen.

»Wollen wir uns zur Feier des Tages Pizza bestellen?«

Zur Feier des Tages? Ich starre meine Mutter verständnislos an. Erst als ich ihren erschrockenen Gesichtsausdruck sehe, begreife ich. Meiner Mutter bereitet es überhaupt keine Bauchschmerzen, dass ich vielleicht von der Schule geflogen sein und mein Stipendium verloren haben könnte. Für sie ist das ein Grund zum Feiern. Sie freut sich. Heute Morgen hat sie sich im Baumarkt krankgemeldet, und ich hatte angenommen, sie wollte einen Tag zu Hause bleiben, weil ihr die Sache mit mir doch allmählich an die Nieren ging. Wie sehr ich mich geirrt habe, sehe ich jetzt in ihrem schuldbewussten Blick.

Birds in cages sing of freedom …

In diesem Moment klingelt mein Handy. Mika. Ich renne aus der Küche in mein Zimmer, werfe die Tür hinter mir zu und schließe ab.

»Mika, endlich.«

»Was ist passiert?«

»Kannst du sprechen? Bist du allein?« Als er bejaht, erzähle ich ihm so knapp wie möglich die Ereignisse des gestrigen Tages.

»Verdammt. Drexler also.«

Ich nicke, da fällt mir ein, dass Mika das gar nicht sehen kann. »Ja, Drexler hatte die Tasche voll mit dem Zeug. Aber …«, ich habe gestern noch lange über die Sache nachgedacht, und ich bin froh, endlich mit jemandem darüber sprechen zu können, »gehen wir mal davon aus, dass Drexler es war, der Melanie mit dem Dopingmittel zu einer große Karriere verhelfen wollte. Würde ja passen. Schließlich war er es auch, der mich zwingen wollte, Mel den Sieg zu überlassen«, erinnere ich Mika an Drexlers Erpressungsversuch.

»Wenn also Drexler hinter dem ganzen Mist mit diesem *Construnit* steckt, warum zur Hölle behauptet dein Vater dann, dass Melanie ohne irgendwelche Einflüsse an Herzversagen gestorben sei? Die müssen doch bei der Obduktion festgestellt haben, dass da was nicht stimmt. Das kann dann also nur bedeuten, dass dein Vater und Drexler unter einer Decke stecken.« Es bricht mir das Herz, als ich mir Mikas Gesicht vorstelle.

»Ich denke, so muss es gewesen sein«, rede ich schnell weiter. »Dein Vater wollte Melanie oben sehen, mit allen Mitteln. Er besorgt das *Construnit.* Gibt es Drexler. Damit der Melanie damit versorgt. Dann ist etwas schiefgegangen. Mel stirbt an Herzversagen. Und weil Drexler natürlich sofort verraten würde, wer ihm das Zeug beschafft hat, hält dein Vater dicht. Um Drexler und auch sich zu schützen. Was meinst du?«

Mika schweigt. Sagt lange Zeit überhaupt nichts.

»Mika?«

»Du hast etwas vergessen«, antwortet er leise. »Du hast Mel vergessen, Jana.«

»Mel?« Ich verstehe nicht.

»Melanie hätte niemals freiwillig irgendwas geschluckt, um zu dopen. Weder aus der Hand meines Vaters noch aus der Hand ihres Trainers. Und außerdem«, setzt er schnell hinzu, als er merkt, dass ich etwas erwidern will, »ich habe auch mal ein bisschen rumgegoogelt. Dieses *Construnit*, wie übrigens alles, was unter diesen Oberbegriff Liquid Ecstasy fällt, wird vom Körper so schnell abgebaut, dass ein Nachweis schon nach ein paar Stunden extrem schwierig wird. Es kann also sein, dass bei der Obduktion tatsächlich nichts gefunden wurde. Zumindest dann, wenn Melanie schon viel länger tot war, als angenommen wird.« Mika schweigt.

Na super. Die ganze Aktion hat uns keinen Schritt weitergebracht. Okay. Wir wissen jetzt, dass Drexler auch in diese Doping-Geschichte verwickelt ist. Und sonst? Ich bin von der Schule geflogen, mein Stipendium wurde gestrichen …

Plötzlich macht sich ein bitterer Geschmack in meinem Mund breit. Ich habe das nicht gewollt. Ich habe das alles, verdammt noch mal, nicht gewollt. Ich schlucke und schlucke, aber der Geschmack geht nicht weg. Es wird immer mehr, breitet sich aus in meinem Mund, und ich habe Angst, noch etwas zu sagen.

»Jana?«

Ich kann nicht antworten. Ich presse die Lippen zusammen und lege auf. Dann schiebe ich das Handy unter mein Kopfkissen und gehe ins Bad. Immer wieder spüle ich meinen Mund mit kaltem Wasser aus. Lasse es direkt aus dem Hahn in meinen Mund laufen und hoffe, dass ich die Bitterkeit so wegschwemmen kann. Aber es hilft nichts. Der schlechte Geschmack bleibt. Ich heule und spüle mit Wasser und huste. Doch es geht nicht weg.

»Jana! Es ist nicht deine Schuld.«

Erschrocken werfe ich einen Blick in den Spiegel. Meine

Mutter steht hinter mir. Wie lange schon? Ich habe sie nicht hereinkommen hören. *Es ist nicht deine Schuld.* Natürlich ist es meine Schuld. Ich drehe den Hahn zu und wische mir mit dem Ärmel übers Gesicht. Hätte ich gleich am Anfang nachgegeben, könnte Melanie heute noch leben.

»Melanie hätte nicht so viel trainieren müssen. Du kannst doch nichts dafür, dass sie es vor lauter Ehrgeiz so übertrieben hat.«

»Halt den Mund! Verdammt noch mal, halt endlich den Mund!« Ich schreie das Spiegelbild meiner Mutter an. »Was weißt du denn schon von all dem? Von Anfang an warst du dagegen, dass ich auf diese Schule gehe. Du hast es nie gewollt und hast immer nur Angst davor gehabt, ich könnte dich alleinlassen. Ständig musste ich für dich da sein, immer hast du mir erzählt, du hättest Kopfschmerzen, dir ginge es nicht gut, hättest Migräne oder weiß der Geier was!«

Meine Mutter will mich umarmen, fasst hilflos nach meinen Schultern, aber ich weiche ihr aus.

»Bitte, beruhige dich doch. Es ist nicht so, wie du denkst. Ich weiß ja, was dir dieses Stipendium bedeutet hat, es ist nur …«

»Halt endlich die Klappe!« Ich drehe mich um und schreie es ihr mitten ins Gesicht. Sie sieht aus, als hätte ich sie geschlagen, aber ich kann nicht anders. Jedes Wort von ihr macht alles nur noch schlimmer. Ich will das nicht mehr hören. Ich will gar nichts mehr hören. Ich kriege keine Luft. Kann nicht atmen. Ich muss raus hier. Endlich. Raus.

25.

Samstag, 6. Februar

Ich weiß nicht mehr weiter.

Meine Mutter ist gestern ohne ein Wort aus dem Bad gegangen und hat sich im Schlafzimmer eingeschlossen. Ich hätte ihr sofort hinterhergehen und mich entschuldigen sollen. Ich hätte ihr sagen sollen, dass es mir leidtut und dass das alles nicht so gemeint war. Aber ich hab's nicht gemacht. *Sie meinen es nicht so.* Doch, ich meinte es so. Genau so und nicht anders.

Jetzt sitze ich in meinem Zimmer und habe keine Idee, wie es weitergehen soll. Ich sehne mich nach Mika. Würde ihn gerne sehen. Seine Stimme hören. Ihn anfassen. Ich habe noch nie einen Jungen angefasst. Also richtig angefasst. Aber wenn ich an Mika denke, wie ich ihn berühren möchte, dann sehe ich sofort Melanie vor mir. Und was noch viel schlimmer ist, ich höre die Stimme meiner Mutter im Kopf. *Männer sind Schweine. Kennst du einen, kennst du alle. Du und ich, wir gehören zusammen, meine Kleine. Keiner kann uns trennen. Ich bin immer für dich da. Bitte geh nicht weg. Lass mich nicht allein. Ich brauche dich.*

Ist Liebe so? Meine Mutter liebt mich, da bin ich mir sicher. Nimmt Liebe einem die Luft zum Atmen? Manchmal denke ich, dass Liebe ganz anders sein sollte. Hat Wieland seine Tochter geliebt? Wollte er sie deshalb ganz nach oben bringen? Und Jonas? Was war das zwischen Jonas und Mel? Und was ist zwischen Mika und mir? Sicher keine Liebe. Ich muss aufhören, so an ihn zu denken. Mit dieser Sehnsucht. Und ich muss überlegen, wie es jetzt weitergehen kann.

Ich hole meine Schwimmsachen aus dem Bad. In die Schule komme ich nicht mehr rein. Bleibt nur die ÖBA. Öffentliche Badeanstalt. Früher habe ich dort mit meinem Verein trainiert. Seit ich im Internat bin, war ich nicht mehr da.

»Willst du weg?« Meine Mutter steht vor mir. Ihre Augen sind verquollen, und ich schaue an ihr vorbei, damit mir das schlechte Gewissen keinen Stich versetzt.

»Ja.«

Sie nickt.

Jetzt wäre der richtige Moment, um ihr zu sagen, dass es mir leidtut. Aber ich bringe es nicht über die Lippen. Es geht nicht. Deshalb schiebe ich mich einfach an ihr vorbei und gehe zur Tür.

»Kommst du wieder?« Sie klingt fast genauso zaghaft wie Melanies Mutter. Und ich hasse mich dafür, dass ich es bin, die sie so klein werden lässt.

»Ich weiß noch nicht. Aber ich denke, schon«, füge ich schnell hinzu, als ich ihren erschrockenen Gesichtsausdruck sehe. Dann flüchte ich aus der Wohnung.

Bis zur ÖBA sind es nur drei Stationen mit dem Bus. Ich hoffe, dass man jetzt überhaupt reinkann, ich kenne die aktuellen Öffnungszeiten nicht. Als ich endlich vor dem Hallenbad stehe, bin ich mir plötzlich nicht mehr so sicher, ob ich das auch will. Weiß nicht mehr, ob es eine gute Idee war hierherzukommen.

Zumindest hat das Schwimmbad geöffnet. Die Leute in der Schlange vor mir bewegen sich zentimeterweise vorwärts. Als ich endlich an der Reihe bin, fühlt es sich komisch an, für etwas, das ich seit über zehn Jahren fast täglich mache, Eintritt zu bezahlen. Ich lege schnell ein paar abgezählte Münzen auf den Tresen und beeile mich, durch das Drehkreuz zu gehen.

Erst in der Umkleide fühle ich mich wieder zu Hause. Ich schlüpfe in meinen Badeanzug, hänge mir die Schwimmbrille um, verstaue meine Sachen in einem Spind und wickele den Schlüssel in mein Handtuch. Als ich die Halle betrete, zucke ich zurück. Der Lärm, der mir entgegenschlägt, haut mich förmlich um. Es war wohl keine gute Idee, ausgerechnet an einem Samstag in ein öffentliches Schwimmbad zu gehen. Mit einem Blick scanne ich die Halle.

Die Bahnen sind kürzer als in unserer großen Schwimmsporthalle in der Schule. Bis zur Rollwende sind es nicht die üblichen fünfzig Meter, die Bahnen in der ÖBA sind nur fünfundzwanzig Meter lang. Egal. Ich will einfach nur schwimmen. Ich kann nicht aufhören zu trainieren, nur weil ich vom Internat geflogen bin. Also werde ich hier trainieren. Ich versuche einzuschätzen, auf welcher Seite ich die größere Chance habe, eine leere Bahn zu finden, und entscheide mich für die rechte. Hier scheint das Gedränge etwas geringer zu sein.

Ich lasse mich ins Wasser gleiten, mache ein paar Züge zum Startblock. Da es so voll ist, will ich einfach vom Wasser aus losschwimmen. Ein richtiger Startsprung ist hier unmöglich. Ich beobachte das Becken vor mir. Als es einigermaßen leer aussieht, stoße ich mich ab.

Ich liebe diesen ersten Moment. Ich gleite. Mein Gesicht liegt im Wasser, das Wasser trägt mich. Solange es geht, koste ich diesen Augenblick aus. Ich ziehe meinen linken Arm durchs Wasser, dann rechts. Links, rechts, atmen. Ich schaffe zwei Armzüge.

»He, pass doch auf!«

Ich huste, spucke Wasser. Ich habe aufgepasst. Bin exakt in meiner Bahn geblieben. Der Typ kam einfach quer rübergeschwommen. Ich will ihn anfauchen, da fällt mir wieder ein, wo ich bin. Die ÖBA. Ich schlucke meinen Protest hinunter und versuche, wieder in meinen Rhythmus zu finden. Ohne die lange Gleitphase fällt mir das schwer. Links, rechts, atmen. Unter Wasser sehe ich schon den Beckenrand vor mir. Die Bahnen sind so kurz. Ich will zur Rollwende ansetzen, als sich zwei Beinpaare in mein Blickfeld schieben. Dicke Beine. Alte Beine. Zwei Frauen hängen am Rand genau in meiner Bahn und unterhalten sich. Haben die mich nicht kommen sehen? Ich schwimme einen Bogen um die beiden, stoße mich am Beckenrand ab und gleite zurück in meine Bahn. Neuer Versuch. Links, rechts, atmen. Dann ein Platschen. Nur wenige Zentimeter neben meinem Kopf spritzt es hoch auf. Das Wasser schlägt Wellen, meine rechte Hand berührt etwas. Ein Kind ist einfach über mich hinweggesprungen. Kurz bevor ich das andere Ende erreiche, ertönt ein greller Pfiff. Ich schlage an, wende, stoße mich ab. Wieder ein Pfiff. Irritiert schaue ich aus dem Wasser. Draußen am Beckenrand steht ein Bademeister und pfeift und winkt. Ich brauche kurz, bis ich begreife, dass er mich meint. Ich tauche ab und schwimme unter Wasser zum Rand.

»He, du, was machst du da eigentlich?«

Ich schiebe meine Schwimmbrille vom Kopf.

War diese Frage ernst gemeint?

»Hier ist heute öffentlicher Badebetrieb. Hast du das übersehen?«

Ich schüttele den Kopf. Weiß immer noch nicht, was der Typ eigentlich von mir will.

»Du kannst hier nicht trainieren, du störst die anderen beim Baden.«

Ich starre ihn an.

»Aber ich …«

»Du bist doch in einem Verein? Das sehe ich sofort. Dafür gibt's Trainingszeiten. Da könnt ihr dann machen, was ihr wollt. Aber heute ist hier öffentliches Baden.«

Der Typ wiederholt sich. Aber ich verstehe trotzdem nur Bahnhof.

»Ich schwimme doch nur in einer Bahn«, versuche ich es noch mal.

»Eben. Heute gibt's hier keine Bahn. Also lass das jetzt bitte.«

Ich will ihm sagen, dass ich in keinem Verein bin, dass ich irgendwo trainieren muss. Aber er lässt mich gar nicht zu Wort kommen.

»War doch 'ne klare Ansage, oder?«, fragt er und wartet meine Antwort gar nicht erst ab.

Ich drehe mich um und schwimme noch ein paar Meter, dann gebe ich auf.

Ziellos laufe ich jetzt schon seit einer Stunde durch die Stadt. Mein Handy zeigt fünf Anrufe in Abwesenheit an, alle von Mika. Ich kann nicht mit ihm sprechen. Es geht nicht. Ich bring das nicht fertig. Mika und ich, das ging von Anfang an nicht.

Allmählich wird mir kalt. Es ist den ganzen Tag nicht richtig hell geworden. Die Straßenbeleuchtung ist an, die Platten vor meinen Füßen glänzen nass. Auf der anderen Straßenseite sehe ich das Einkaufszentrum. Ich laufe rüber und betrachte die Auslagen. Überlege, ob ich reingehen soll, mich aufwärmen. In den Schaufenstern zeigen sie schon die neuen Frühlingsklamotten. Kurze Hosen, dünne Kleidchen. Im nächsten Fenster Badesachen. Schaufensterpuppen tragen Bikinis, Badehosen, eine hat einen richtigen Schwimmanzug an, die Schwimmbrille hängt um ihren Hals. Ein Auto hupt. Ein Bus fährt vorbei.

Ich starre auf die Puppe in dem Schwimmanzug. Blonde Puppenhaare fallen ihr über die Schulter. Hinter mir hetzen die Menschen auf dem Gehweg. Einer rempelt mich an, ich falle gegen die Scheibe, kann mich mit den Händen abfangen. Erst jetzt sehe ich, dass da drin jemand kniet. Keine Ahnung, was er da macht. Es stimmt nicht. So stimmt es nicht. Mir bricht der Schweiß aus. In den Scheiben spiegeln sich die Scheinwerfer der vorbeifahrenden Autos. Hell, dunkel, hell, dunkel, hell, dunkel. Die Eissplitter. Sie sind wieder da. Ich stütze mich an der Scheibe ab, will weg hier, mich losreißen, aber meine Hände sind wie festgeklebt. Unter mir öffnet sich der Boden. Auf einmal höre ich die Stimmen von Nora und Jonas. *Du hast sie umgebracht. Wegen dir. Nur wegen dir.* Ich starre wieder auf die Puppe. Wie sie dasteht. So blond, so stolz, so schön. *Es ist nur eine Puppe. Es ist nur eine Puppe. Es ist nur eine Puppe*, wiederhole ich mein Mantra.

Der Typ am Boden bewegt sich, greift nach irgendwas, mit der Schulter streift er die Beine der Puppe. Plötzlich fängt sie an zu wanken, kippt zur Seite. Er springt auf, fängt sie ganz knapp und legt sie behutsam auf den Boden. Ich schreie. Der Typ im Schaufenster dreht sich um, grinst, zuckt bedauernd mit den Schultern. Dann greift er neben sich in den Werkzeugkasten, holt irgendwas raus, fummelt an ihrem Rücken herum und stellt die Puppe wieder auf. Er wendet sich mir noch mal zu, reckt den Daumen in die Höhe. Ich stoße mich von der Scheibe ab, irgendwie schaffe ich es und dann will ich nur noch weg hier.

Als ich endlich stehen bleibe, habe ich keine Ahnung, wo ich bin. Irgendwo neben einem Park, den ich nicht kenne. Es hat angefangen zu regnen. So ein leichter feiner Nieselregen, der dich in dem Glauben wiegt, eigentlich gar kein Regen zu sein. Und dann bist du sofort nass und durchgefroren. Aber immerhin ist es Regen, registriere ich. Kein Schnee mehr. Mein Handy vibriert wieder in meiner Jackentasche. Mika. Ich mache ein paar Schritte zur Seite, drücke mich an die Parkmauer, um wenigstens ein bisschen Schutz vor der Feuchtigkeit zu haben. Diesmal nehme ich ab.

»Jana, wo steckst du? Wir müssen uns treffen. Dringend.«

Ich schüttele den Kopf.

»Jana?«

»Es geht nicht.« Meine Stimme ist nur ein Flüstern.

»Ist was passiert?« Er klingt besorgt.

Hatte ich mir das nicht gerade erst gewünscht? Dass sich einer Sorgen macht um mich?

»Nein. Nein, es ist nichts passiert. Nur, es geht nicht. Ich kann nicht mehr. Ich kann das nicht. Ach, verdammt.« Ich presse das Handy an mein Ohr, als wäre es eine Hand, an die ich mich schmiegen kann.

»Jana, hör zu. Ich habe was gefunden, das musst du dir ansehen.« Mika klingt aufgeregt.

»Gefunden? Was denn?«

»Nicht hier am Telefon. Ich muss dir das zeigen. Können wir uns treffen? Morgen vielleicht? Meine Eltern sind den ganzen Tag nicht da, ich hätte Zeit. Geht es morgen?«

Ich will Mika nicht treffen. Ich will ihn nicht sehen. Und ich will auch nicht wissen, was er gefunden hat. Ich will, dass es einfach aufhört. Dass es einfach verschwindet. Mein Blick fällt auf den nassen Asphalt. So wie der Schnee verschwunden ist.

»Okay. Treffen wir uns wieder im Park?«, lenke ich schnell ein, bevor Mika noch etwas sagen kann. »Um elf Uhr?«

»Elf Uhr, ja, das passt. Aber ich würde dich gerne woanders treffen. Im *Zeitlos.*«

Im *Zeitlos?* Für einen Moment halte ich die Luft an. Das letzte Mal war ich mit Melanie und Tom dort. Weiß Mika das? Ich schlucke.

»Jana?«

»Gut, einverstanden. Ich komme ins *Zeitlos.* Ach, Mika?«

»Ja?« Sein Ja klingt atemlos. Irgendwie erwartungsvoll. So, als ob er auf ein Geschenk hofft. Ich bin nicht gut im Geschenkemachen.

»Ach, nichts. Bis morgen.«

Ich lege auf. Und stelle mir vor, dass er jetzt enttäuscht ist.

Am Ende der Parkmauer sehe ich eine Bushaltestelle. Ich weiß nicht, welche Linie das ist und wie oft ich umsteigen muss. Aber ich fasse einen Entschluss. Ein Blick auf mein Handy zeigt mir, dass es noch nicht zu spät ist. Ich werde Kuchen kaufen. Und nach Hause fahren. Wir werden Kaffee trinken und Kuchen essen. Meine Mutter und ich, so wie wir früher manchmal am Nachmittag Kaffee und Kuchen hatten. Oder Kekse. Und vielleicht kann es sogar ein bisschen schön sein.

Als ich in die Wohnung komme, höre ich meine Mutter schon im Flur fluchen. Sie steht in der Küche und rührt umständlich in einer Schüssel. Ihre Haare hat sie mit einem Tuch aus dem Gesicht gebunden, Schweißperlen glänzen auf ihrer Stirn, auf der Arbeitsplatte liegt Mehl verstreut.

»Was machst du da?«

Sie antwortet, ohne sich umzudrehen.

»Ich versuche, eine gute Mutter zu sein. Aber ich fürchte, daraus wird nichts.« Sie wirft den Löffel in die Spüle und kippt den Inhalt ihrer Schüssel in die Mülltonne. Als sie sich zu mir umdreht, sehe ich Tränen in ihren Augen.

»Ich wollte einfach nur einen Kuchen backen. Aber ich kann das nicht. Ich schaffe es nicht, eine ganz normale Mutter zu sein.«

Sie greift nach ihrer Zigarettenschachtel.

Und ich schaffe es nicht, eine ganz normale Tochter zu sein, füge ich in Gedanken hinzu und stelle mein Kuchenpaket auf den Tisch.

Und dann sitze ich mit meiner Mutter in der Küche und sie raucht und ich kann keinen Kuchen essen, weil mir sofort schlecht wird. Aber wir trinken Kaffee und fast ist es wirklich ein bisschen wie früher.

Meine Mutter erzählt von ihren Kolleginnen im Baumarkt und ein- oder zweimal muss ich sogar lachen. Ich überlege, wie es wäre, wenn es immer so sein könnte, möchte ihr gerne von

Mika erzählen, aber dann fällt mir ein, dass es mit Mika und meiner Mutter niemals so sein kann. Mika und diese Küche im vierten Stock, in der sich der Zigarettenqualm ausbreitet, Mika mit den Meeresaugen, ich kann ihn niemals hierher holen.

Ich wüsste gerne, was er mir morgen zeigen will, am liebsten würde ich ihn sofort anrufen und ihn bitten, es mir jetzt schon zu sagen. Aber ich habe auch Angst vor dieser Frage und Mikas Antwort darauf, denn seine Stimme klang nicht so, als ob es etwas Gutes wäre. Und ich habe Angst davor, die Enttäuschung in seiner Stimme zu hören. Deshalb rufe ich ihn nicht an, um diesen guten Augenblick hier in der Küche nicht kaputt zu machen, um diesen Moment mit meiner Mutter noch ein wenig länger zu genießen. Und dann ist ausgerechnet sie es, die alles zerstört.

»Eigentlich ist es doch gut«, sagt sie und fummelt sich das Tuch aus den Haaren.

Ich will ihr ins Wort fallen, bevor sie es aussprechen kann, aber ich bin nicht schnell genug.

»Eigentlich ist es gut, dass alles so gekommen ist und dass du jetzt wieder zu Hause bist.«

Ich starre sie an. Alles ist gut? Ich muss mich zwingen, nicht zu schreien, und springe auf.

»Jana, was ist denn?«

»Ich muss weg.« Ich schiebe mich an ihr vorbei, gehe aus der Küche ins Bad, hole meinen Schwimmanzug, der noch nass über der Wanne hängt, und stopfe ihn in meinen Rucksack.

»Du willst jetzt noch schwimmen gehen?«

Ich ignoriere ihre Frage und schiebe mich an ihr vorbei.

26.

Samstagabend, 6. Februar

Ich steige aus dem Bus und sehe ihm nach, wie er davonfährt. Es war der letzte Bus hierher, den ich gerade noch erwischt habe. Wenn ich wieder nach Hause will, werde ich mein Fahrrad holen müssen, das im Keller steht.

Nach Hause. Erstaunt stelle ich fest, dass ich tatsächlich noch so darüber denken kann. Dabei hat es sich schon lange nicht mehr wie ein Zuhause angefühlt.

Während ich auf die Schule zulaufe, wundere ich mich, warum ich nicht gleich darauf gekommen bin, hierher zu fahren. Es war eine Schnapsidee, in der ÖBA trainieren zu wollen. Heute, am Samstag, stand die Schwimmhalle im Internat vermutlich den ganzen Tag leer und selbst wenn nicht, war das kaum ein Problem. Solange mich nicht gerade jemand aus meiner alten Klasse erwischt, dürfte ich im Schwimmbad relativ sicher sein.

Drexler ist übers Wochenende nicht in der Schule, aus meiner Klasse blieb nur ab und zu Tom im Internat und die anderen Schüler interessieren mich nicht. Die wenigsten dürften überhaupt wissen, wer ich bin. Schon gar nicht wüssten sie, ob ich hier schwimmen darf oder nicht. Ich hätte schon am Tag rausfahren sollen und nicht erst jetzt am Abend.

Ich beschließe, es gar nicht erst durch den Haupteingang zu versuchen. Der ist jetzt sowieso schon abgeschlossen.

Also gehe ich gleich zu dem Seiteneingang mit dem kaputten Schloss. Es könnte mich jemand erwischen, klar. Aber was soll schon passieren? Von der Schule werfen können sie mich nicht mehr, das haben sie bereits getan.

Ich stemme meine Füße in den Boden und hebe den Griff an. Und wieder lässt er sich ganz leicht drehen. Beruhigend zu sehen, dass nicht alle Dinge sich verändern.

Als ich in die Halle schlüpfe, fällt mein Blick auf die Tür zu Drexlers Büro. Sofort ärgere ich mich wieder, dass die Sache mit dem Schlüssel nicht geklappt hat. Uns muss was anderes einfallen. Morgen. Jetzt will ich einfach nur ins Wasser.

Aus der Halle klingt gleichmäßiges Plätschern zu mir herüber, und ich fange an, mich auszuziehen. Es ist dunkel, ich bin allein, für eine Umkleidekabine besteht keine Notwendigkeit.

Ich schlüpfe aus meiner Jeans und lausche den Geräuschen, die es bis zu mir schaffen. Endlich habe ich meinen Schwimmanzug an. Meine Kleider schiebe ich zu einem einigermaßen ordentlichen Haufen auf dem Fußboden zusammen und folge dem diffusen Schimmer, der am Ende des Ganges auf mich wartet. Platsch, platsch, atmen, platsch, platsch, atmen. Ganz automatisch passe ich mich diesem Rhythmus an.

Abrupt bleibe ich stehen. Etwas stimmt hier nicht. Angestrengt horche ich in die Dunkelheit. Ich halte die Luft an.

Verdammt.

Ich bin nicht allein. Jemand ist hier. Und dieser Jemand schwimmt im dunklen Becken und gibt mir den Atemrhythmus vor.

Ich drücke mich an die Wand und schiebe mich langsam vorwärts. Ich bin ehrlich gespannt, wer so versessen aufs Schwimmen ist, dass er offensichtlich heimlich trainiert.

So muss Mel vor zwei Wochen trainiert haben, schießt es mir durch den Kopf, und einen kurzen durchgeknallten Moment frage ich mich, ob es Mel sein könnte, die uns alle zum Narren hält.

Jetzt kann ich das Becken sehen. Eng an die Wand gepresst, stehe ich hinter dem Durchgang zur Schwimmhalle und versuche, etwas in der Dunkelheit zu erkennen. Wer immer hier schwimmt, will nicht gesehen werden, sonst hätte er das Licht angeschaltet.

Platsch, platsch, atmen.

Alles in mir sehnt sich danach, ins Wasser zu springen und sich diesem Takt anzupassen.

Ein langsamer gleichmäßiger Rhythmus, nicht die schnellen Schläge eines Wettkampfs, sondern Armzüge mit langen Gleitphasen. So schwimmt einer, der im Wasser atmet, denke ich, und dann sehe ich ihn.

Dass es ein Schwimmer ist und keine Schwimmerin, erkenne ich sofort an dem hellen glänzenden Rücken, der unter der Wasseroberfläche schimmert. Kein Badeanzug, sondern nackte Haut. Die Arme kommen kraftvoll und gleichmäßig aus dem Wasser, mit jedem Zug schiebt sich der Schwimmer so weit nach vorne, als hätte er unter Wasser ein Seil gefunden, das ihn zieht.

Für einen Augenblick beobachte ich völlig fasziniert die ruhigen kraftvollen Bewegungen, die so selbstverständlich ausgeführt werden, als ob dieser Mensch im Wasser aufgewachsen wäre und nicht an Land. Ohne zu wissen, wer er ist, fühle ich mich ihm sofort verbunden.

Der Schwimmer hat das Ende des Beckens erreicht. Er ist zu weit weg, sodass ich ihn nicht richtig sehen kann, es ist zu dunkel. Etwas hat die gleichmäßigen Bewegungen gestört. Eine Pause. Eine Pause, die länger war, als sie hätte sein dürfen. Ich halte die Luft an und fange erst wieder an zu atmen, als das regelmäßige Platschen erneut zu mir rüberklingt. Aber irgendetwas fehlt. Er kommt näher. Er atmet zur linken Seite, sein Gesicht kann ich nicht sehen. Ich weiche noch einen Schritt zurück in mein Versteck. Wer ist das?

Der Schwimmer nähert sich dem Beckenrand. Jetzt müsste er zur Rollwende ansetzen, aber er schwimmt weiter auf den Rand zu. Stößt mit den Händen an und wendet. Keine Rollwende. Nur ein Abstoßen mit den Händen. Dann zwei Brustzüge, bevor er wieder zu den Kraularmzügen wechselt. Das war es. Das war die Pause, die vorhin viel zu lang gewesen ist. Der Mann macht keine Rollwende. Aber er stößt sich auch nicht mit den Beinen ab, sondern mit den Händen. Und er braucht lange, bis er wieder ruhig im Wasser liegt.

Die Beine. Meine Hand krallt sich in den rauen Putz an der Wand neben mir. Mein Herz schlägt so laut, dass ich Angst bekomme, es könnte mich verraten. Ich taste mich ein paar Schritte vor, um besser sehen zu können. Was ist mit den Beinen? Ich erblicke wieder die Arme. Sehe die Rückenmuskeln arbeiten. Die Beine sehe ich nicht. Da wo er mit ihnen schlägt, müsste sich das Wasser bewegen. Nicht hochspritzen, das nicht, der Mann schwimmt langsam. Ruhig und gleichmäßig. Aber er schwimmt. Und seine Beine bewegen sich nicht. Alles, was ich erkennen kann, ist ein langer heller Streifen, der im Wasser liegt. Wie ein Fischschwanz, denke ich. Aber selbst ein Fischschwanz würde sich bewegen. Der Streifen bewegt sich nicht. Er liegt vollkommen ruhig, es sind nur die Arme, die ihn durchs Wasser ziehen.

Ich verstehe nicht viel vom Schwimmen, überhaupt gehört Sport eher nicht zu meinem Leben.

Im gleichen Moment sehe ich auf der anderen Seite des Beckens, dort wo die Leiter ist, den Rollstuhl stehen.

Bernges.

Ich habe keine Ahnung, wie er in das Becken gekommen ist. Noch viel weniger kann ich mir vorstellen, wie er dort wieder herauskommen will. Aber eins steht fest: Bernges kann schwimmen. Und er kann nicht einfach nur schwimmen, wie eben jemand schwimmt, der ab und zu in die ÖBA geht. Selbst ohne Beinschlag schwimmt Bernges so kraftvoll, so sauber, als hätte er sein Leben lang nichts anderes gemacht.

Warum hat er gesagt, dass er nicht viel vom Schwimmen versteht? Warum trainiert er heimlich? Schämt er sich seiner gelähmten Beine? Das passt für mich überhaupt nicht in das Bild, das ich von ihm habe. Ich hatte bisher nie das Gefühl, dass er sich für seine Behinderung schämt. Was ist es dann, das ihn aus seinen Fähigkeiten ein Geheimnis machen lässt?

Langsam, Schritt für Schritt, ziehe ich mich zurück. Taste mich an der Wand entlang, suche mit den nackten Füßen auf dem Fliesenboden nach meinen Kleidern. Will nur noch weg hier.

Achtet auf euren Körper. Er ist das Wertvollste, das ihr habt.

Mein Fuß stößt an meinen Rucksack. Ein Scheppern lässt mich zusammenzucken. Mein Handy. Es ist aus dem Seitenfach auf den Boden gefallen. Schnell schiebe ich es zurück. Warte. Versuche, meinen Herzschlag unter Kontrolle zu bringen.

Die Geräusche haben sich verändert. Das gleichmäßige Platschen hat aufgehört. Ist hektischer geworden. So als ob einer aufs Wasser schlägt. Ich greife nach meiner Jeans. Stecke meinen Fuß in das erste Hosenbein. Den Badeanzug behalte ich einfach an. Beim Versuch, auch den zweiten Fuß in die Jeans zu bekommen, stolpere ich. Unterdrücke einen Fluch und zerre die Jeans an mir hoch.

Aus der Halle dringen jetzt andere Laute. Ächzen, leises Stöhnen. Dazwischen wieder das Platschen. Bernges verlässt das Becken. Vermutlich zieht er sich an der Leiter hoch. Ich reiße mein Sweatshirt vom Boden und streife es mir über den Kopf. Fast hätte ich meine Unterwäsche liegen gelassen. Schnell stopfe ich sie in den Rucksack. Ich höre jetzt kein Wasser mehr, Bernges muss es geschafft haben. Er sitzt im Rollstuhl. Ich habe keine Zeit, mir noch die Schuhe anzuziehen. Hektisch stopfe ich die Socken hinein und werfe mir meinen Rucksack über die Schulter. Meine Schuhe wickele ich in meine Winterjacke und klemme mir das Paket unter den Arm.

Ich lausche. Horche auf ein Geräusch, das mir verrät, ob der Rollstuhl sich schon in Bewegung gesetzt hat.

Du kannst immer zu mir kommen.

Ich unterdrücke den Impuls, den Gang hinunterzurennen. So leise wie möglich schleiche ich mich an Drexlers Raum vorbei. Dann die Geräteräume. Die Putzkammer. Ich sehe wieder

Bernges vor mir, wie er vom Rollstuhl aus auf Melanie starrt, die am Boden liegt. Wie er langsam den Kopf zu mir dreht und mich anschaut.

Ich verstehe nicht viel vom Schwimmen.

Keiner hat gewusst, dass das nicht stimmt. Warum? Was hat er zu verbergen?

Ich erreiche die Tür, taste nach dem Griff und schiebe sie auf. Ich traue mich nicht, erst die Schuhe und die Winterjacke anzuziehen. Die Angst, dass Bernges den gleichen Weg nehmen könnte wie ich, ist einfach zu groß. Ich packe das Bündel unter meinem Arm fester und haste über den Hof zum Wohntrakt. Diesmal erschrecke ich nicht über den Bewegungsmelder, der sofort anspringt und den Schulhof in milchiges Licht taucht. Am Wohntrakt laufe ich hinter das Haus zu der Seite, an der die Treppe in den Fahrradkeller führt. Es dauert lange, bis ich im Rucksack den Schlüssel dafür gefunden habe. Sie haben ihn mir nicht abgenommen. Meine Bücher, den Schlüssel zu meinem Zimmer, den zum Wohngebäude musste ich abgeben. An den Schlüssel zum Fahrradkeller hat keiner gedacht. Und ich habe es vermieden, sie daran zu erinnern.

Erst als ich bei den Fahrrädern stehe, wage ich es, kurz zu verschnaufen. Dann ziehe ich endlich meine Socken und Schuhe an und schlüpfe in meine Winterjacke. Mein Fahrrad steht ganz hinten in der Ecke. So leise wie möglich ziehe ich es aus dem Ständer und schiebe es zur Tür. Selbst wenn Bernges gerade mitten über den Schulhof rollt, kann er mich hier hinter dem Haus nicht sehen. Ich öffne die Kellertür und trage mein Rad die Treppe hoch.

27.

Sonntag, 7. Februar

Es ist noch viel zu früh, als ich am *Zeitlos* ankomme.

Elf Uhr hatten wir ausgemacht. Um zehn Uhr stehe ich vor dem Café und warte darauf, dass es öffnet. Von Mika ist natürlich weit und breit noch nichts zu sehen.

Ich setze mich auf die Treppenstufen, die zum Eingang führen, und schaue mich um.

Etwas ist passiert heute Nacht. Der Schnee ist verschwunden. Es regnet auch nicht, sondern die Luft ist einfach trocken, fast mild. Ich weiß, dass es noch Februar ist. Aber zum ersten Mal fühlt es sich so an, als ob es doch auch in diesem Jahr wieder Frühling werden könnte.

Hinter mir verrät ein Klappern, dass jemand aufgeschlossen hat. Ich rappele mich hoch und betrete das Café.

Ein junger Mann hält mir die Tür auf.

»Guten Morgen. Bist du aus dem Bett gefallen?«

Er lächelt.

Ich starre ihn an. Sehe seine braunen gewellten Haare, sein grün kariertes Flanellhemd. Und dann sehe ich das rote Auto und den Arm, den er um Melanie gelegt hatte. Ich blinzele das Bild weg. Was macht der hier im Café? Und was hatte er mit Mel zu tun?

»Hey, ich bin Steven!« Er hält mir die Hand hin. Ich ignoriere sie und schiebe mich an ihm vorbei.

»Alles okay mit dir?« Er mustert mich besorgt. »Du siehst aus, als hättest du einen Geist gesehen.«

Der Typ ahnt nicht, wie dicht er an der Wahrheit ist. Und ich habe auch keine Lust, ihn darüber aufzuklären.

»Ja, es geht schon. Sorry. Bin wohl einfach zu schnell aufgestanden.«

In meinem Kopf überschlagen sich die Gedanken.

Obwohl außer mir noch kein Mensch hier ist, gehe ich schnell zu dem Tisch hinter den Garderobenhaken.

Es gibt so viel schönere Plätze im Café. Tische am Fenster, von denen aus man über die Straße bis zur Schule schauen kann, Tische in gemütlichen Nischen, mit kleinen Sofas oder Sesseln zum Hineinkuscheln. Aber nur der Tisch hier hinter der Garderobe fühlt sich sicher an. Am liebsten möchte ich mich unter der Tischplatte verkriechen, bevor die Erinnerungen mich einholen können.

Die Bedienung läuft geschäftig durch das Café und schließt die Fenster, die sie wohl zum Lüften geöffnet hatte. Sie verteilt kleine Blumentöpfe mit Primeln auf den Tischen.

Frühlingsblumen. Gewächshausblumen, schießt es mir durch den Kopf. Sie sind nicht echt. Sie geben vor, Frühlingsblumen zu sein, aber sie sind es nicht. Ich möchte ihr zurufen, dass es noch zu früh ist, das Eis ist noch nicht geschmolzen, die Blumen werden erfrieren.

Da betritt Mika das Café.

An seinem Gesicht sehe ich, dass er genauso wenig geschlafen hat wie ich.

Ich stehe auf, er hat mich sofort erblickt. Hat mich gar nicht woanders gesucht als an diesem Tisch.

»Jana.«

»Mika.« Ich flüstere seinen Namen.

»Danke, dass du gekommen bist.« Er setzt sich an den Tisch, und ich stehe da und versuche, die Enttäuschung runterzuschlucken über diesen geschäftsmäßigen Ton.

Als auch ich mich wieder hinsetze, zieht er etwas aus seiner Jackentasche.

»Ich muss dir was zeigen. Ich habe etwas gefunden.«

Ich auch, will ich sagen, aber dann fällt mein Blick auf den Gegenstand, den er in der Hand hält.

»Was ist das?« Eigentlich sehe ich genau, dass es ein Handy ist, aber im gleichen Augenblick wird mir klar, dass es mehr ist als das.

»Es gehörte Mel«, sagt Mika. »Ich hatte gehofft, etwas darauf zu finden. Die SMS, die sie dir am Sonntagabend geschrieben hat. Vielleicht auch weitere Nachrichten. Oder etwas anderes. Einen Anruf. Irgendetwas.«

Die Verzweiflung in seiner Stimme verrät mir, dass seine Suche erfolglos war.

»Und?«

Er schüttelt den Kopf. »Nichts. Keine SMS, keine Anrufe. Der Mitteilungsordner war leer.«

Mist.

»Glaubst du, dass Mel den Ordner selbst gelöscht hat?«

Mika zuckt mit den Schultern. »Keine Ahnung. Entweder sie oder jemand, der nicht wollte, dass die Mitteilungen gelesen werden.«

»Schade, dass du nichts gefunden hast, aber ich weiß trotzdem etwas Neues«, setze ich an.

»Ich habe nicht gesagt, dass ich nichts gefunden habe. Ich *habe* etwas gefunden. Nur nicht das, wonach ich gesucht habe.«

Mika greift nach dem Handy und schaltet es an. Ich spüre, wie mein Herz schneller schlägt.

»Sämtliche Mitteilungen und auch die Telefonprotokolle sind tatsächlich gelöscht. Aber egal, ob Mel selbst oder jemand anders das getan hat, etwas hat derjenige übersehen.«

Er tippt auf das Handy ein, klickt sich durch ein Menü, dann schiebt er es zu mir rüber. Ich nehme es auf und schaue auf das Display.

»Was ist das?« Fragend sehe ich Mika an.

»Ein Foto. Die Fotos in der Galerie wurden nicht gelöscht. Es sind einige, aber die meisten sind ganz normale Aufnahmen. Schnappschüsse. Von einer Schulparty, von einem Schwimmwettkampf. Nur das hier«, er zeigt auf das Display, »ist anders.«

Ich nehme das Handy hoch und halte es mir dichter vor die Nase. Und dann begreife ich es.

Es ist ein altes Schwarz-Weiß-Foto. In der Mitte des Bildes befindet sich ein Podest, wie es für Siegerehrungen verwendet wird. Und auf dem Podest drängeln sich zwölf Jugendliche. Vier junge Männer in Badehosen auf jeder Stufe. Um ihre Hälse baumeln Medaillen.

Die auf der obersten Stufe stemmen einen Pokal in die Luft und recken die Arme in die Höhe. Es ist die Aufnahme einer

Siegerehrung. Vermutlich ein Staffellauf, deshalb das Gedränge auf dem Siegertreppchen.

Eins weiß ich ganz genau. Dieses Bild hängt nicht in der Heldengalerie unserer Schule. Es wäre mir aufgefallen. Dort hängen nur Porträts oder gestellte Gruppenaufnahmen einzelner Mannschaften. Jubelnde Sieger und vor allem Fotos fremder Teams habe ich dort nicht gesehen.

Ich schaue mich im Café um. Ob Melanie hier eins der alten Bilder abfotografiert hat? Vom Motiv her könnte es passen. Aber warum hätte sie das tun sollen?

Diese Frage stelle ich auch Mika.

»Deswegen sind wir hier. Um das herauszufinden. Ich habe versucht, das Foto auf dem Handy heranzuzoomen, aber die Qualität ist so schlecht, dass man dann gar nichts mehr erkennen kann. Wir brauchen das Original.«

Er nimmt mir das Handy aus der Hand und steht auf.

Wir fangen an der Wand neben den Garderoben an. Aber schon dort hängen so viele alte Aufnahmen, dass ich kaum eine Chance sehe, unser Bild darunter zu finden. Wenn es überhaupt in diesem Café hängt, was wir ja gar nicht wissen.

Nach einer Weile trennen wir uns und knöpfen uns jeder eine eigene Wand vor. So früh am Tag ist es im *Zeitlos* noch leer, sodass sich niemand über unser merkwürdiges Verhalten wundert. Die Fotos hängen dicht an dicht. Ab und zu glaube ich, ich hätte das richtige gefunden, aber jedes Mal stimmt ein Detail nicht. Mal tragen die Sportler keine Badehosen, sondern Trainingsanzüge, mal recken die Sieger keinen Pokal in die Höhe, die Frisuren stimmen nicht oder der Hintergrund ist ein anderer.

Die ersten Gäste betreten das Café und ich fluche innerlich. Wir sehen nicht nur lächerlich aus, wie wir da mit einem Mobiltelefon in der Hand die Wände absuchen, wir sind auch viel zu auffällig. Und auffallen ist das, was wir um jeden Preis vermeiden müssen.

»Ich hab's!«

Mikas Ruf lässt mich zusammenzucken. Ich drehe mich zu ihm um. Er kniet auf einer Bank und nimmt vorsichtig ein Bild ab, das dahinter auf Kopfhöhe angebracht ist. Zwei Mädchen, die an einem der Nachbartische sitzen, beobachten uns argwöhnisch.

Mika hält das Foto eng an seinen Bauch gepresst und bringt es zu unserem Tisch.

Gespannt beugen wir die Köpfe über das Bild. Das Handy legt Mika eingeschaltet daneben.

Es ist tatsächlich das gleiche Foto. Die gleichen Jungen, der gleiche Pokal, den sie strahlend in die Höhe recken. Ein fröhliches Bild. Aber eben eins wie Hunderte andere auch.

»Warum hat Mel ausgerechnet dieses Bild abfotografiert?« Fast bin ich ein wenig enttäuscht, dass das alles ist, was Mika gefunden hat. Ich bezweifle, dass uns das einen Schritt weiterbringt.

»Ich kann dir sagen, warum. Das heißt, ich sehe zumindest einen Grund, warum sie es getan haben könnte.« Mika legt seinen Zeigefinger auf das Bild unterhalb der Vierergruppe in der Mitte.

Ich beuge mich noch mal über das Foto. Ganz dicht bin ich jetzt mit meinem Mund über Mikas Hand. Fast kann ich die feinen Härchen auf seinem Handrücken mit den Lippen berühren. Für einen kurzen Moment wünsche ich mir, ich könnte diese Hand jetzt genau an dieser Stelle küssen.

Reiß dich zusammen, Jana.

Schnell folgt mein Blick seinem Finger und dann sehe auch ich es. Oben auf dem Siegertreppchen, der Junge, der den Pokal zusammen mit einem Partner in die Höhe stemmt, ist niemand anders als Doktor Klaus Wieland, Melanies und Mikas Vater.

Ich erkenne ihn sofort, habe ihn ja auch auf dem Foto im Schulflur erkannt. Sein Gesicht und seine Frisur haben sich trotz der Jahre kaum verändert.

»Euer Vater«, stelle ich ernüchtert fest. Melanie hat eine alte Aufnahme von ihrem Vater entdeckt und dann abfotografiert. Daran kann ich nicht unbedingt etwas Außergewöhnliches erkennen.

Mika scheint das Gleiche zu denken. Er beugt sich wieder über das Bild.

»Unser Haus hängt voll mit Fotos dieser Art. Es ist immer das Gleiche. Mein Vater auf dem Siegertreppchen, manchmal mit anderen, meistens allein. Es muss einen anderen Grund gegeben haben, warum Mel diese Aufnahme gemacht hat.«

Ich kneife die Augen zusammen, um besser sehen zu können. »Man müsste es vergrößern«, sage ich, auch wenn ich keine Ahnung habe, was ich dann zu finden hoffe.

Mika nickt. »Das könnte man. Zum Beispiel, wenn man es erst scannt und dann mit dem Computer entsprechend bearbeitet. Oder wenn man es abfotografiert und eine ordentliche Zoomfunktion hat. Da hat Mels Handy ja leider kläglich versagt.«

Er schlägt sich gegen die Stirn. Dann zieht er sein eigenes Handy aus der Tasche. Wir beschließen, dass er zunächst einmal nur die vier Jungen ganz oben auf dem Treppchen fotografieren soll. Die Gruppe, in der auch Doktor Wieland steht. Alle anderen scheinen uns nicht wichtig zu sein.

Es dauert eine Weile, bis Mika das Bild gemacht und dann das entsprechende Menü geöffnet hat. Gespannt beugen wir uns über sein Handy.

Man kann die vier jetzt viel besser erkennen. Mit dem Cursor fährt Mika auf Wielands Kopf und zoomt ihn so groß, bis nur noch sein Gesicht das Display ausfüllt.

»Ich kann absolut nichts Besonderes entdecken. Keine Ahnung, warum Mel das Bild abfotografiert hat. Vielleicht wollte sie es einfach nur unserem Vater zeigen.« Resigniert legt Mika sein Handy wieder auf den Tisch.

Auch ich bin enttäuscht. Seufzend nehme ich das Handy und spiele eine Weile damit herum. Ich schiebe den Cursor weiter auf den nächsten Jungen, den, der zusammen mit Wieland den Pokal in die Luft stemmt. Wie Mika vorher vergrößere ich das Gesicht des Jungen so lange, bis es das Display komplett ausfüllt. Erst kann ich kaum noch etwas erkennen, weil es durch die Vergrößerung immer unschärfer geworden ist. Ich zoome wieder zwei Stufen raus und betrachte den Jungen erneut.

Und dann schnappe ich nach Luft.

Ich starre auf das Bild im Display, dann wieder auf das Schwarz-Weiß-Foto vor uns auf dem Tisch. Ich suche den Jungen auf dem Original, kneife die Augen zusammen, um besser sehen zu können. Kein Zweifel. Wenn man es weiß, kann man es auch auf dem Original erkennen. Ganz ohne Vergrößerung. Jetzt begreife ich, warum Mel dieses Bild abfotografiert hat, und ich ahne, dass es sie ganz schön aus der Bahn geworfen haben muss.

»Mika, ich weiß, was Mel an diesem Foto so spannend fand.« Ich schiebe das Handy zu ihm über den Tisch.

»Der Junge neben deinem Vater, der mit der Hand an dem Pokal«, ich hole Luft. »Dieser Junge in der Mannschaft deines Vaters ist Markus Bernges. Unser Deutsch- und Lateinlehrer.«

Verständnislos schaut Mika mich an.

»Auf dem Foto ist der Junge blond. Deshalb habe ich ihn nicht gleich erkannt. Unser Lehrer hat dunkle Haare. Aber es ist das gleiche Gesicht. Da bin ich mir ganz sicher. Es gibt da nur ein Problem«, ich mache eine bedeutungsvolle Pause, »Markus Bernges sitzt heute im Rollstuhl.«

Einen Moment herrscht Stille.

Mika findet zuerst seine Sprache wieder. »Das ist doch der Lehrer, der die Theater-AG leitet, oder?«

Ich nicke.

»Mein Vater hat nie erwähnt, dass er ihn kennt. Ich meine«, er zeigt auf das Foto, »die beiden müssen Freunde gewesen sein. Zumindest Trainingspartner. Und jetzt ist dieser Bernges Lehrer an der gleichen Schule. Das hätte mein Vater uns doch erzählt? Bernges war auch nie bei uns zu Hause. Wenn die beiden sich kennen, warum machen sie dann so ein Geheimnis daraus?«

»Es gibt noch mehr Geheimnisse«, werfe ich ein, und dann erzähle ich ihm, dass Bernges immer behauptet hat, von Sport keine Ahnung zu haben, und wie ich ihn letzte Nacht beim

Schwimmen beobachtet habe. Zumindest woher Bernges es so gut kann, hatten wir jetzt geklärt.

»Warum sitzt er denn im Rollstuhl?« Fragend schaut Mika mich an.

Ich erzähle ihm das wenige, was ich damals aus der Unterhaltung mit Tom und Mel mitbekommen habe. Da wusste ich noch nicht, dass Bernges selbst einmal Leistungssportler gewesen ist. Wie grausam musste das sein. Warum tat er sich das an? Ausgerechnet an die Schule zurückzukehren, die ihn immer an seine Zeit vor dem Unfall erinnern würde. Ich fühle, wie meine Wut auf seine Lügen einer Woge von Mitleid Platz macht. Dann fällt mein Blick auf Mika.

»Was machst du da?«

Mika hat das Bild vom Tisch genommen und fummelt an der Rückseite des Rahmens herum. Er öffnet die kleinen Häkchen, nimmt die hintere Pappe heraus und zieht das Foto hervor.

»Michael Förster, Klaus Wieland, Ralf Wagner, Martin Schuster«, liest er laut und lässt das Bild sinken. »Kein Markus Bernges. Fehlanzeige.«

Ich reiße es ihm aus der Hand und überfliege die Namen, die jemand mit Bleistift auf die Rückseite geschrieben hat. Schaue auch bei den anderen acht Namen. Mika hat recht. Kein Markus Bernges.

Ich greife wieder nach dem Handy, betrachte das stark vergrößerte Gesicht, vergleiche es mit dem Foto auf dem Tisch.

»Das *ist* Markus Bernges. Hundertprozentig. Auch wenn sein Name nicht auf dem Foto steht.«

Mika runzelt die Stirn.

»Es gibt nur zwei Möglichkeiten«, sagt er, während er das Foto wieder in seinen Rahmen verfrachtet. »Entweder du irrst dich und das auf dem Bild ist jemand ganz anders. Dann wissen wir allerdings überhaupt nicht, warum Mel es abfotografiert haben sollte.«

»Vielleicht hat sie sich genauso geirrt wie ich«, werfe ich ein. Ich versuche gar nicht erst, meine Enttäuschung zu verbergen.

»Es gibt noch eine andere Möglichkeit.«

»Und die wäre?«

»Du hast recht und der Junge da auf dem Foto ist tatsächlich euer Deutschlehrer. Allerdings heißt er nicht Markus Bernges, sondern vermutlich Ralf Wagner.« Mika deutet auf das Bild. »Außerdem hat er dann nicht nur seinen Namen geändert, sondern auch seine Haarfarbe.«

Ich starre Mika an.

»Du meinst, dieser Ralf Wagner ist«, ich suche nach dem richtigen Wort, »du meinst, er ist *inkognito* an die Schule zurückgekehrt?«

»Dass dieser Bernges euch erzählt hat, vom Schwimmen keine Ahnung zu haben, spricht zumindest dafür, dass er etwas zu verbergen hat, oder?«

Ich nicke. »Aber was könnte das sein? Warum sollte jemand unter falschem Namen als Lehrer arbeiten?«

»Das müssen wir herausfinden.«

»Kannst du nicht einfach deinen Vater darauf ansprechen? Zeig ihm das Foto und frag ihn, wer die Leute darauf sind.«

Mika schüttelt den Kopf. »Seit Melanies Tod ist er kaum noch ansprechbar. Macht man es doch, rastet er total aus. Er vergräbt sich in seine Arbeit, ist kaum zu Hause und wenn, dann schließt er sich in sein Arbeitszimmer ein. Ich glaube nicht, dass er mir im Augenblick viel erzählen würde. Außerdem«, Mika greift nach Melanies Handy, »kommt es mir falsch vor, ihm etwas zu zeigen, das meine Schwester ganz offensichtlich vor ihm geheim gehalten hat.«

Ich habe nicht erwartet, dass Melanies Vater so unter ihrem Tod leiden würde. Überhaupt habe ich in den letzten Tagen wenig an ihre Eltern gedacht. Irgendwie waren sie mir so kalt, so gleichgültig erschienen, dass ich mir gar nicht vorstellen konnte, dass sie Mel vielleicht doch auch geliebt haben könnten.

Ich versuche, das Brennen in meinen Augen zu ignorieren. Denke an Mel, wie sie im Hof vor Bernges gestanden hat und auf gar keinen Fall wollte, dass er persönlich mit ihrem Vater spricht.

»Sie hat es gewusst«, sage ich. »Mel hat gewusst, dass Bernges nicht der ist, für den er sich ausgibt. Und ich möchte gerne herausfinden, was sie noch alles gewusst hat.«

Dann fällt mir etwas ein.

»Das *Construnit* in Mels Tasche«, sage ich.

»Was ist damit?« Auch Mika muss erst wieder aus seinen Gedanken auftauchen.

»Ich hatte die Tasche von Bernges bekommen. Angeblich hatte Mel sie im Probenraum stehen lassen. Er bat mich, sie ihr mitzubringen. Bisher fand ich das nicht so wichtig. Aber jetzt …« Ich vollende meinen Satz nicht. Mika versteht auch so, was ich sagen will.

»Jemand, der so viel zu vertuschen hat, sagt vermutlich in keinem Punkt die Wahrheit. Damit haben wir noch einen mehr auf unserer Liste derjenigen, die irgendetwas mit diesem Zeug zu tun haben.« Mutlos sieht er mich an. »Nur hilft uns das jetzt nicht wirklich weiter.«

Da ist so viel Traurigkeit in seiner Stimme. Ich berühre ihn am Arm, streiche sanft über seine Haut. Er legt seine freie Hand auf meine und hält sie fest.

»Manchmal frage ich mich, ob wir nicht besser damit aufhören sollten.«

Erschrocken sehe ich ihn an. »Womit?«

Er lächelt traurig und drückt meine Hand. »Nicht damit. Das fängt ja gerade erst an.«

Ich traue mich nicht zu atmen, aus Angst, der Satz, der zwischen uns steht, könnte wie eine Seifenblase zerplatzen. *Es fängt gerade erst an.*

Und plötzlich will ich, dass es doch funktioniert. Dass es nicht nur anfangen kann, sondern auch weitergeht. Dass meine Mutter vielleicht nicht recht hat und nicht alle so sind wie die, die sie so verletzt haben.

Wir sehen uns an, dann stehen wir auf. Erst jetzt merke ich, dass wir die ganze Zeit gar nichts bestellt haben.

Mika steckt die Handys zurück in die Jackentasche, ich hänge das Bild wieder an die Wand. Dann greife ich nach seiner Hand und ziehe ihn aus dem Café.

Draußen schließe ich geblendet die Augen. Zum ersten Mal seit Tagen scheint tatsächlich die Sonne. Ohne ein Wort zu sprechen, gehen wir weg von der Schule und dem Café, wir laufen in Richtung des kleinen Parks, in dem wir jetzt schon zweimal gesessen haben.

Die Sonne hat die Menschen ins Freie gelockt. Auf dem Spielplatz spielen ein paar Kinder in dicken Winteranoraks, bewacht von ihren Müttern und Vätern, die auf den Bänken sitzen und die Gesichter in die ersten warmen Strahlen in diesem Jahr halten. Ein paar Spaziergänger sind unterwegs, Hunde laufen über die Wiese und stoßen mit ihren Schnauzen in die Reste des braunen Rasens, den der Schnee und das Eis übrig gelassen haben.

Mika zieht mich auf unsere Bank. Ich möchte etwas sagen, aber er legt mir den Finger auf die Lippen, dann umfassen seine Hände meine Wollmütze und er streift sie mir vom Kopf. Er öffnet meine Winterjacke und schiebt sie mir langsam von den Schultern.

Ich sehe in sein Gesicht, sehe seine Augen. Meeresaugen. Ich werde in ihnen ertrinken. Das weiß ich. Ich werde untergehen und jämmerlich ertrinken.

Er legt mir seine Hände auf die Wangen. Rechts und links, dann zieht er meinen Kopf zu sich heran. Ganz dicht. So dicht, dass ich bald nichts mehr wahrnehme, nichts außer dem tiefen Blau in seinem Blick, der auf mich gerichtet ist. Dann spüre ich seine Lippen auf meinen, und es ist wie ein Blitz, der durch meinen Körper schießt.

Mika zieht mich noch etwas fester zu sich heran. Ich spüre seine Zunge, die sich einen Weg sucht, die meine Lippen teilt, während er eine Hand von meinem Gesicht nimmt und unter mein Sweatshirt schiebt. Ich fühle seine Hand auf meinem Rücken, fühle ihre Hitze, wo sie mich berührt, öffne meinen Mund und lasse ihn hinein. Meine Silberhaut fällt von mir ab wie ein Kokon, ich kann mich nicht dagegen wehren.

Meine Hände greifen in seine Locken, ich presse ihn fester an mich, will noch tiefer in seinen Augen versinken, und auf einmal höre ich das Lachen. Tief in mir drin sitzt es und lacht, weil ich begreife, dass ich nicht ertrinken kann. Nicht, solange ich frei bin und fliege.

Wir küssen uns noch eine Weile, können uns nicht voneinander lösen, und irgendwann trauen auch meine Hände sich, seine Haut zu suchen und zu erforschen. Unsere Zärtlichkeiten sind wie ein Versprechen. Ein Versprechen, dass auch dieser Winter irgendwann vorüber sein wird. Ein Versprechen, dass auch das letzte bisschen Eis in uns verschwinden kann, wenn erst der Frühling kommt.

Mikas Hand schiebt sich unter dem Sweatshirt so weit zu meiner Schulter hoch, dass er mit seinen Fingerspitzen über mein Tattoo streichen kann.

»Wach auf, kleiner Schmetterling«, flüstert er. »Nur ein Flügelschlag und du bist frei.« Zärtlich berührt er mit seinen Lippen meine Schulter und ich ziehe seinen Kopf in meine Arme, stecke die Nase in seine Locken und möchte ihn einfach nur einatmen. Unter Wasser atmen.

Es war so weit.

Nur noch die schwarze Kugel lag auf dem Spielfeld.

Es war sein Stoß. Er war derjenige, der sie versenken würde.

Der Queue lag ruhig in seiner Hand. So viele Jahre hatte er auf diesen Augenblick gewartet.

In wenigen Stunden würde er frei sein. Dann hätte alles ein Ende.

Er musste nur noch dafür sorgen, dass sie mit ihm kam.

Das war das Einzige, das er bedauerte.

Sie würde es nicht freiwillig tun.

Aber am Schluss würde sie ihm dankbar sein.

Denn sie war wie er.

28.

Montag, 8. Februar

Meine Mutter muss sofort Bescheid gewusst haben.

Als ich nach Hause kam, war es schon spät am Nachmittag. Sie hat nichts gesagt, aber das musste sie auch nicht. In ihrem Blick las ich alles, was ich nicht aussprechen konnte. Und noch etwas anderes. Etwas, das neu für mich war: Verständnis.

Wir aßen zusammen zu Abend, dann ging ich früh in mein Zimmer.

Schlafen konnte ich nicht, dazu war an diesem Tag zu viel passiert. Eine Weile badete ich noch in der Erinnerung an Mikas Hände, berührte meinen Körper dort, wo er ihn berührt hatte, und versuchte, mir den Geschmack seiner Küsse ins Gedächtnis zu rufen. Aber mit dem Lauf der Nacht kam auch alles andere zurück. Die Erinnerung an unsere Entdeckungen, der Schock, Bernges im Schwimmbad zu sehen, und Mikas Satz: *Manchmal frage ich mich, ob wir nicht besser damit aufhören sollten.*

Auch darüber haben wir gestern noch gesprochen.

Wie er das gemeint habe, fragte ich Mika, und er antwortete, er habe das genau so gemeint, wie ich es verstanden hätte.

»Melanie ist tot«, sagte er. »Und letztendlich ist es egal, ob sie ohne Einfluss von Medikamenten an Herzversagen gestorben ist oder ob sie Dopingmittel benutzt hat. Egal, was wir herausfinden, es wird sie nicht wieder lebendig machen.«

Ich verstand Mika. Und ich versprach ihm, darüber nachzudenken.

Wir konnten Melanie nicht wieder lebendig machen. Da gab ich ihm recht.

Aber war es deswegen vollkommen egal, wie sie gestorben war? Und was war mit den anderen, die mit diesem Dopingmittel irgendwie in Verbindung standen? Was, wenn nicht nur Mel dieses Medikament geschluckt hatte? Wenn Drexler auch andere Schüler damit versorgte? Würde es dann bald einen weiteren Todesfall geben?

Ich setze mich auf und schalte mein Licht an.

Das ist der Punkt. Solange die Gefahr besteht, dass auch noch andere Jugendliche auf dieses Scheißzeug setzen, so lange müssen wir versuchen herauszufinden, was wirklich passiert ist.

Wieder und wieder spiele ich alle Möglichkeiten durch. Vor allem Bernges' Rolle ist mir noch absolut unklar. Was hat er zu verbergen? Warum versteckt er seine wahre Identität?

Du kannst jederzeit zu mir kommen.

Ich lasse mich zurück auf mein Kopfkissen sinken. Auf einmal weiß ich, wie ich es machen werde.

Ich werde meinen Lehrer beim Wort nehmen. Gleich morgen.

Endlich stehe ich in der Wohnung. Den Schlüssel habe ich wieder hinter den Blumentopf gelegt. Bernges wird vor dem Mittagessen nicht hierher zurückkommen, da bin ich mir ziemlich sicher.

Ich habe keine Ahnung, wo ich mit dem Suchen anfangen soll. Deshalb gehe ich zuerst in den Raum, den ich schon von meinem letzten Besuch kenne. Im Wohnzimmer sieht alles unverändert aus. Der Schreibtisch, vor dem kein Stuhl steht, ist vollgepackt mit Schulbüchern und Papieren, dafür ist die kleine Sitzecke penibel aufgeräumt. Die Bücher im Regal stehen nach Themen geordnet, nichts deutet auf eine andere Identität oder sonst ein Geheimnis hin.

Trotzdem nehme ich mir zuerst den Schreibtisch vor. Ich muss vorsichtig sein, damit die Unterlagen darauf nicht verrutschen und mich vielleicht später verraten. Ich blättere mich eine gute Viertelstunde durch die Papierberge, aber ich finde absolut nichts außer ein paar lateinischen Texten, Auszügen aus Theaterstücken und Schulbüchern.

Mein Blick fällt auf die Schubladen. Ich ziehe eine nach der anderen auf, kann aber nichts Außergewöhnliches finden. Locher, Tacker, Tesafilm, ein paar Kugelschreiber, Briefumschläge. Das war's.

Ratlos schaue ich mich um. Es muss doch irgendetwas geben, das mir etwas über Bernges' Vergangenheit verrät.

Ich verlasse das Wohnzimmer und werfe einen Blick in die kleine Küche, die mit ihrer niedrigen Anrichte eher einer Teeküche gleicht. Sie muss extra für Bernges eingebaut worden sein, rollstuhlgerecht angepasst, damit er die Arbeitsplatte und die Schränke überhaupt benutzen kann. Hochschränke gibt es keine, dafür hängen an den Wänden über der Arbeitsplatte gerahmte Bilder. Es sind Aufnahmen von Theateraufführungen.

Erinnerungen an Schultheaterstücke. Auch bevor Bernges an unser Internat kam, muss er eine AG geleitet haben.

Ich hole mein Handy aus der Hosentasche und werfe einen Blick auf die Uhr. Die vierte Stunde dürfte gerade angefangen haben, mir bleibt noch genug Zeit.

Draußen vor der Wohnung höre ich Schritte. Ich bleibe stehen und halte die Luft an, bis mir klar wird, dass es nicht Bernges sein kann. Sein Rollstuhl hat sich immer völlig lautlos genähert. Die Schritte gehen vorbei und verhallen irgendwo in der Ferne.

Ich sehe mich um und überlege, wo ich weitersuchen soll. Ich habe noch genau zwei Türen zur Auswahl.

Bad und Schlafzimmer, tippe ich und beschließe, mein Glück zuerst im Schlafzimmer zu versuchen.

Ich drücke die Türklinke herunter und trete vorsichtig ein. Das Zimmer ist überraschend groß und geräumig. Neben dem Bett gibt es eine Kommode, außerdem noch ein Bügelbrett, das man im Sitzen benutzen kann, und einen in die Wand eingebauten Kleiderschrank.

Ich ziehe die oberste Schublade der Kommode auf. Nasentropfen, Taschentücher, eine Sonnenbrille. Keine Papiere, keine Medikamente. Nichts.

Eine Schublade tiefer finde ich nur Unterwäsche. Vorsichtig hebe ich sie ein wenig an und schiebe die Schublade dann schnell wieder zu.

In der dritten Lade befinden sich T-Shirts. Sonst nichts. Nur ein ganzer Stapel ordentlich gebügelter und gefalteter T-Shirts.

Ich schaue mich um. Jetzt bleiben wirklich nur noch der Kleiderschrank und das Badezimmer. Wenn Bernges tatsächlich unter falschem Namen an dieser Schule ist, dann hat er offensichtlich alle Beweise dafür vorher gründlich vernichtet.

Ohne große Erwartungen öffne ich eine der großen Schranktüren. Auf Brusthöhe ist eine Kleiderstange angebracht, Kleiderbügel mit Hemden und Hosen hängen daran und auch einige Jacketts, alles sorgsam nach Farben sortiert. Auf dem Schrankboden stehen Schuhe, paarweise nebeneinander. Auch hier keinerlei Anzeichen für eine andere Identität. Und, füge ich in Gedanken hinzu, bisher auch keinerlei Anzeichen dafür, dass Bernges irgendetwas mit dem *Construnit* zu tun haben könnte.

Enttäuscht ziehe ich die zweite Schranktür auf.

»Mein Gott.« Ich halte die Luft an, als ich die Kammer sehe, die sich dahinter verbirgt. Der linke Teil des großen Wandschranks ist tatsächlich viel tiefer als der rechte. Und hier befinden sich weder Kleiderstangen noch Regale. Vor mir erstreckt sich eine Art Tischplatte, die in den Schrank eingebaut ist, darüber hängt eine Pinnwand, über und über mit Zeitungsartikeln und Fotos bestückt. Der Tisch selbst ist unter den Zeitungsausschnitten, Fotos und Papieren kaum noch zu sehen.

Mein erster Impuls ist, die Tür wieder zu schließen und so schnell wie möglich zu verschwinden. Aber ich bleibe stehen, meine Füße kleben geradezu am Boden, das Herz schlägt mir bis zum Hals. Zum ersten Mal, seit ich diese Wohnung betreten habe, verspüre ich Angst. Nackte Angst. Was werde ich hier finden? Wer ist Markus Bernges wirklich?

Ich greife wahllos nach einem der Papiere und hebe es hoch. Ich schnappe entsetzt nach Luft. Was ich in der Hand halte, ist die Todesanzeige von Melanie. Sauber aus der Zeitung ausgeschnitten.

Melanie Wieland. Unsere geliebte Tochter und Schwester. Für immer von uns gegangen. Viel zu früh.

Ich muss mich zwingen, den Zeitungsausschnitt nicht fallen zu lassen, sondern ihn vorsichtig wieder zurück auf den Tisch zu legen. Ich beuge mich weiter vor und betrachte die Artikel, die an der Pinnwand hängen. Manche sind schon total vergilbt, sie müssen bereits ziemlich alt sein. Mein Blick gleitet über die Schlagzeilen. Bleibt an einem Namen hängen. Ralf Wagner. *Wieder einmal lässt Ralf Wagner die Konkurrenz weit hinter sich zurück.* Mein Herz setzt für einen Schlag aus. Ich lese die nächste Überschrift. *Elitestaffel unter Führung von Klaus Wieland und Ralf Wagner zum 15. Mal in Folge ungeschlagen.* Auf einem anderen Zeitungsausschnitt winkt ein etwa Fünfzehnjähriger fröhlich in die Kamera. Um seinen Hals baumelt eine Medaille. *Spannendes Kopf-an-Kopf-Rennen zwischen Klaus Wieland und Ralf Wagner.*

Ralf Wagner, Markus Bernges, Ralf Wagner. Die Namen hämmern hinter meiner Stirn. Ich greife zu meinem Handy und suche Mikas Nummer. Vor lauter Aufregung vertippe ich mich, muss noch einmal von vorne durch das Menü blättern, bis ich ihn finde. Es dauert lange, bis er endlich rangeht.

»Jana, bist du das? Ich kann jetzt nicht telefonieren, ich bin in der Schule. Du hast Glück, dass ich das Blinken am Handy überhaupt gesehen habe.«

»Mika, ich … ich habe was gefunden«, stammele ich.

»Hat das nicht Zeit bis heute Nachmittag? Ich muss wieder zurück in den Unterricht.«

»Nein, Mika, warte. Wir haben richtiggelegen. Markus Bernges heißt in Wirklichkeit Ralf Wagner. Er und dein Vater müssen einmal regelrechte Schwimm-Asse gewesen sein, die sich ein Rennen nach dem anderen lieferten, aber auch in der gleichen Staffel schwammen.«

»Woher willst du das wissen?«

Mika klingt nun doch interessiert.

»Ich habe hier Zeitungsausschnitte gefunden. Massenweise Artikel über Bernges, also über Ralf Wagner, und deinen Vater.«

Ich zögere einen Moment.

»Aber da ist noch mehr. Er hat auch eine Todesanzeige von Melanie ausgeschnitten.«

»Er hat was? Und was heißt ausgeschnitten? Und wer ist ›er‹? Von welchen Zeitungsausschnitten sprichst du? Jana, wo bist du überhaupt?«

»In Bernges' Wohnung. Er hat einen versteckten Arbeitsplatz in …«

»Du bist WO?« Mika schreit jetzt fast. »Wie bist du da reingekommen? Jana, bist du wahnsinnig? Das ist doch total gefährlich!«

Ich weiß nicht, ob ich mich über die Besorgnis in seiner Stimme freuen oder ärgern soll.

»Mika, hier finden wir vermutlich alle Antworten auf unsere Fragen. Warte, da hängt noch ein Zeitungsausschnitt, der ist rot eingerahmt.« Ich nehme das Stück Papier vorsichtig von der Pinnwand. »Oh mein Gott«, entfährt es mir, als ich den Text überfliege.

»Jana? Was ist los? Was hast du da?«

»Mika, hör dir an, was in dem Artikel steht:

Tragischer Unfall eines der größten Hoffnungsträger des deutschen Schwimmverbandes.

Bei einem tragischen Verkehrsunfall wurde der Sportstudent Ralf Wagner so schwer verletzt, dass er voraussichtlich für immer querschnittsgelähmt bleiben wird. Der deutsche Schwimmverband reagierte mit Fassungslosigkeit auf diese Nachricht, zumal ein weiteres Verbandsmitglied, der Medizinstudent Klaus Wieland, maßgeblich an dem Unfall beteiligt gewesen sein soll. Gegen Klaus Wieland wird derzeit wegen fahrlässiger Körperverletzung ermittelt.«

Meine Stimme versagt. Am anderen Ende der Leitung bleibt es lange still.

»Mika? Hast du das gehört? Wenn das stimmt, was damals in der Zeitung stand, dann ist dein Vater vielleicht schuld daran, dass Bernges heute im Rollstuhl sitzt.« Mir fällt auf, dass ich wieder Bernges sage, an seinen richtigen Namen kann ich mich nicht gewöhnen.

»Jana, du musst da weg. Mach, dass du aus der Wohnung verschwindest, verstanden?«

»Gleich. Ich will nur noch wissen, was er hier auf seinem Schreibtisch hat. Was meinst du, Mika? Warum ist Bernges zurückgekommen? Was will er an diesem Internat? Wozu das ganze Theater?«

»Ich weiß es nicht, aber ich finde, wir sollten jetzt die Polizei einschalten. Bitte komm da raus, Jana.«

»Ja, sofort.«

Ich greife nach einem Stoß Papier, der ordentlich gestapelt in der rechten oberen Ecke des Tisches liegt. Zunächst kann ich gar nichts mit den Unterlagen anfangen. Erst auf den zweiten Blick erkenne ich, dass es Rechnungen sind. Schnell überfliege ich die Seiten. Rechnungsempfänger ist irgendein ausländischer Name. Es geht um Geld, viel Geld. Die Rechnungsbeträge beinhalten jeweils mehrere Tausend Euro. Mein Blick fällt auf die linke Spalte. Was kostet so viel Geld? Dann lese ich es. *Construnit.* Es geht um *Construnit.* Große Mengen dieses Medikaments, die hier in Rechnung gestellt werden. Ich suche nach der Unterschrift.

Drexler.

»Jana, bist du noch da?«

»Ja. Ich habe hier noch was gefunden. Du wirst es nicht glauben: Drexler verkauft riesige Lieferungen von *Construnit* ins Ausland. Jedenfalls glaube ich, dass er sie ins Ausland verkauft. Drexler handelt mit dem Zeug, Mika, deshalb hat er es auch in der Tasche gehabt.«

»Jana, bitte, das reicht jetzt. Leg das zurück und verschwinde. Bitte, ich ...«

Ein langer Piepton unterbricht unsere Verbindung.

»Mika?« Ich schüttele mein Handy. »Mika, bist du noch da?« Mist. Mein Akku ist leer. Ich schaue auf das Display, aber das Handy ist tot. Verdammt. Ich stopfe es in die Hosentasche. Dann greife ich nach dem nächsten Zeitungsartikel.

Als ich die Musik höre, erschrecke ich nicht sofort. Es ist, als hätte ich im Grunde mit ihr gerechnet von dem Augenblick an, in dem ich diese Wohnung betreten habe. Italienisch. Eine Oper.

»Na, hast du gefunden, wonach du gesucht hast?«

Ich fahre herum. Bernges steht mit seinem Rollstuhl hinter mir.

»Du bist spät dran. Ich hatte schon viel früher mit dir gerechnet.«

Ich überlege nicht lange, sondern mache einen Satz an ihm vorbei in Richtung Tür. Mit dem Rollstuhl ist er nicht schnell genug, um mich aufzuhalten. Ich sprinte in den Flur und will die Wohnungstür aufreißen. Nur raus hier. Panisch zerre ich am Griff und im gleichen Moment schießen mir vor Wut Tränen in die Augen. Die Tür ist abgeschlossen. Ich hätte es wissen müssen. Bernges hat mich in seiner Wohnung eingesperrt.

Ich fahre herum, suche nach einem Fluchtweg. Vielleicht eines der Fenster. Da kommt Bernges in den Flur gerollt. Er scheint es überhaupt nicht eilig zu haben. Erst als er den Arm hebt, sehe ich die Pistole in seiner Hand. Mir wird schlecht vor Angst.

Meine Hand gleitet in die Jeanstasche, in der mein Handy steckt. Ein fataler Fehler. Sein Blick folgt meiner Bewegung sofort. Dann deutet er mit der Pistole auf mich.

»Bring es her.« Seine Stimme ist ganz ruhig.

Ich fange an zu zittern. Erst ist es nur die Hand, dann der ganze Arm, dann zittern auch meine Beine. Fieberhaft suche ich nach einem Ausweg, aber ich kann keinen klaren Gedanken mehr fassen. Mein Kopf fühlt sich an, als hätte ihn jemand mit Watte gefüllt. Bernges zielt weiter ungerührt mit der Waffe auf die Stelle, wo er mein Telefon vermutet. Langsam ziehe ich die Hand hervor, bewege mich auf ihn zu und reiche ihm das Telefon.

»Braves Mädchen.«

Er wirft einen Blick auf das Display, dann holt er den Akku aus dem Gerät und wirft es achtlos hinter sich auf den Boden.

»Ich finde, wir sollten uns ein bisschen unterhalten, du und ich.«

Er deutet mit dem Lauf der Pistole auf das Wohnzimmer. Wie in Zeitlupe setze ich mich in Bewegung. Wieder soll ich mich in den Sessel setzen, in dem ich schon einmal Platz genommen habe.

Ich höre die Musik und kann nicht anders, als Bernges für seine Gelassenheit zu bewundern. Er muss zuerst die CD aufgelegt haben, bevor er ins Schlafzimmer gekommen ist.

»Möchtest du etwas trinken?«

Ich schüttele den Kopf. Kann kaum sitzen. Unruhig rutsche ich auf der Sesselkante hin und her.

Bernges greift zu einer Flasche mit einer bernsteinfarbenen Flüssigkeit, die auf dem Tisch steht, und gießt etwas davon in ein leeres Glas.

All das erledigt er mit einer Hand, während die andere weiterhin die Waffe auf mich richtet.

»Dann kannst du mich jetzt fragen.«

»Was … was soll ich denn fragen?«, stammele ich, kaum fähig, überhaupt zu sprechen. Ich wage es nicht, die Pistole aus den Augen zu lassen.

»Ich sehe dir doch an, dass du eine Menge Fragen hast.« Jetzt lächelt er sogar.

»Du willst wissen, warum ich unter einem anderen Namen an diese Schule gekommen bin. Du hast sicher auch die Rechnungen gefunden, die Drexler für dieses wunderbare Medikament ausstellt, und fragst dich, was ich damit zu tun habe, richtig? Und vor allem«, er legt eine Pause ein, führt das Glas zum Mund und nippt daran, ohne den Blick von mir abzuwenden, »vor allem willst du eins wissen: Du willst endlich erfahren, wie deine Freundin Melanie Wieland gestorben ist. Hab ich recht?«

Er stellt das Glas auf den Tisch und schaut mich erwartungsvoll an.

Ich senke den Kopf. Ich will gar nichts mehr wissen, ich will nur noch raus hier. Das Zittern nimmt zu. Ich kann meine Arme und Beine nicht mehr stillhalten. Mühsam kämpfe ich gegen die Tränen, die mir schon wieder in die Augen steigen.

»Bitte, lassen Sie mich gehen.« Meine Stimme ist ganz dünn und piepsig. Fast schäme ich mich dafür.

Er lächelt wieder. Dann schüttelt er bedauernd den Kopf.

»Du wirst sicher verstehen, dass das nicht geht.«

»Aber ich … was haben Sie denn davon … Ich habe doch mit all dem überhaupt nichts zu tun … ich …« Meine Stimme versagt jetzt endgültig.

»Du hast mehr damit zu tun, als du ahnst. Weißt du, ich war einmal wie du …« Bernges nippt an der Flüssigkeit in seinem Glas. Wäre da nicht die Pistole in seiner Hand, könnte man erwarten, dass er mir gleich wieder Weihnachtsplätzchen anbietet. »Und mein ärgster Konkurrent war gleichzeitig mein bester Freund.«

»Wieland«, entfährt es mir und Bernges nickt.

»Wir waren wirklich befreundet. Was wir taten, taten wir gemeinsam. Im Wasser zählte allerdings nur der Sieg, aber auch hier teilten wir relativ gerecht auf. Mal gewann der eine, mal stand der andere auf dem Treppchen.«

Für einen kurzen Moment schließt er die Augen, aber ich wage es nicht, mich zu rühren. Da fährt er auch schon fort.

»Unsere Freundschaft hielt weit über die Schulzeit hinaus. Wir waren beide im deutschen Kader, Olympia stand vor der Tür, wir trainierten wie die Besessenen. Auch wenn wir uns in vielem sehr ähnlich waren, unsere Motivation war vollkommen unterschiedlich. Wieland wollte den Erfolg, den Ruhm. Allein das zählte für ihn. Ich wollte die Freiheit. Und die fand ich nur im Wasser.«

Seine Augen durchbohren mich.

Ich versuche, seinem Blick standzuhalten. Dann gebe ich auf und nicke.

Ein Lächeln huscht über sein Gesicht. »Ich wusste, dass du das verstehst.«

Mein Hals ist trocken, ich muss mich räuspern, um überhaupt einen Ton herauszubringen.

»Was ist passiert?«

Bernges schaut eine Weile aus dem Fenster, so als müsse er erst nach der richtigen Antwort suchen. Mein Blick fällt auf die Pistole in seiner Hand, deren Lauf sich langsam zu Boden senkt. Aber da fasst er sie schon wieder fester und richtet sie erneut auf mich.

»Jemand, der schwimmt, weil er nur den Erfolg will, hält irgendwann keinen anderen mehr neben sich aus. Es gab einen Unfall. Verursacht durch Wieland. Dieser Unfall hat meine Karriere abrupt beendet.«

Nach dem Zeitungsartikel hatte ich mir so etwas ja schon gedacht. Wieland war also tatsächlich daran schuld, dass sein bester Freund im Rollstuhl gelandet war. Zumindest Bernges sah das so.

Reden, denke ich. Du musst reden. Irgendwas.

»Und jetzt? Warum sind Sie an unsere Schule gekommen? Hatten Sie keine Angst, dass Wieland Sie erkennen könnte? Was wollen Sie hier? Rache?«

Bernges lacht so lauthals auf, dass ich erschrocken zusammenzucke.

»Rache. Was für ein theatralisches Wort! Du hättest doch in meine Theater-AG kommen sollen. Rache. Jahrelang habe ich ihn beobachtet. Habe seinen Weg mitverfolgt. Seine sportliche Karriere und auch seine berufliche. Und bin dabei so dem einen oder anderen Geheimnis auf die Spur gekommen. Unter anderem dieser wunderbaren Sache hier.«

Bernges greift in seine Brusttasche und holt eine Schachtel heraus. Ich muss die Aufschrift nicht lesen, um zu wissen, was sie enthält. *Construnit.*

Er wirft die Packung auf den Wohnzimmertisch. »Weißt du, was es damit auf sich hat?«

Ich nicke. »Ein Dopingmittel«, presse ich heraus.

Jetzt ist es Bernges, der nickt. »Doping, ja. Das auch. Aber nicht nur. Das Zeug ist auch ein hervorragendes Betäubungsmittel. Wieland handelt damit.«

Das ist neu für mich.

»Ich dachte, Drexler …« Erschrocken beiße ich mir auf die Lippen. Was um alles in der Welt bringt mich dazu, mit diesem Kerl zu plaudern, als sei die Pistole in seiner Hand nur ein Longdrink?

»Drexler war lediglich der Mittelsmann. Beschafft wurde das Zeug von Wieland. In ganz großem Stil. Drexler hat es dann für ihn ins Ausland verhökert. Und sich ein fettes Auto nach dem anderen damit verdient.«

Ich muss an den großen schwarzen Mercedes denken, mit dem Drexler vor einigen Wochen dem Bus die Vorfahrt genommen hatte.

»Im Gegenzug für seine fetten Einnahmen hat Drexler Wielands Tochter gefördert, wo es nur ging. Er sollte sie ganz nach oben pushen. Das ging lange gut. So lange, bis du aufgetaucht bist.«

»Und dann hat er auch Mel gedopt?«, flüstere ich.

»Melanie? Nein, die hatte mit der ganzen Sache gar nichts zu tun.« Bernges nippt an seinem Glas.

»Aber ihre Tasche …?«

»Die Dinge sind nicht immer so, wie sie scheinen.« Fast nachdenklich schwenkt er den Inhalt seines Glases.

In meinem Kopf dreht sich alles.

Die Dinge sind nicht immer so, wie sie scheinen. Wo nur hatte ich das schon einmal gehört?

»Wir werden jetzt einen Ausflug machen.« Bernges wirft einen Blick auf seine Armbanduhr. »Perfektes Timing. Die Halle steht jetzt leer.«

Zur Halle? Er will zur Halle gehen? Ein leiser Hoffnungsschimmer lässt meinen Puls schneller schlagen. Vielleicht habe ich Glück und uns begegnet jemand auf dem Schulhof. Vielleicht kann ich mich bemerkbar machen?

Bernges führt mich aus dem Wohnzimmer in den Flur. Als er die Wohnungstür öffnet, flüstert er mir noch etwas zu: »Egal, wer uns unterwegs begegnet, du hältst den Mund. Reden werde nur ich, verstanden? Und noch etwas …« Er richtet die Pistole auf meine Beine. »Ein einziger Versuch von dir, jemanden auf uns aufmerksam zu machen, und ich werde dir deine Kniescheiben mit einem gezielten Schuss so zertrümmern, dass du nie wieder laufen oder gar schwimmen kannst. Ist das klar?«

Ich nicke, unfähig zu sprechen.

Kurz darauf verlassen wir den Wohntrakt und steuern auf die Schwimmhalle zu. Fasziniert beobachte ich aus dem Augenwinkel, wie es Bernges gelingt, seinen Rollstuhl mit nur wenigen kräftigen Stößen in Bewegung zu halten. Im Stillen hatte ich gehofft, er müsse dazu seine Waffe aus der Hand legen, aber er schafft es auch so.

Weit und breit ist kein Mensch zu sehen. Sie sitzen vermutlich alle in der Mensa. Wir erreichen die Schwimmhalle ohne Zwischenfall. Ich weiß nicht einmal, ob ich darüber froh oder enttäuscht sein soll.

Bernges dirigiert mich zur Seitentür und fordert mich auf, sie zu öffnen.

Kurz überlege ich, ob ich es schaffen könnte, schnell vor ihm in die Halle zu schlüpfen und ihm die Tür vor der Nase zuzuknallen. Aber noch bevor ich meinen Gedanken zu Ende denken kann, ist Bernges schon dicht hinter mir. Ich fühle den Lauf der Pistole in meinem Rücken. Langsam schiebt er mich ins Innere der Halle. Ich gehe durch den Gang, vorbei an den Geräteräumen. Und dann sehe ich vor uns das Becken. Glatt wie ein Spiegel liegt die Wasseroberfläche da, und nur ein paar kleine Pfützen auf den Fliesen verraten, dass hier erst vor kurzer Zeit das Vormittagstraining stattgefunden hat.

»So, meine Liebe, jetzt ist dein großer Augenblick gekommen.« Wieder lächelt Bernges mich an.

Ich habe keine Ahnung, was er vorhat, aber ich fühle, wie sich wieder Panik in mir breitmacht. Die Angst strömt in meinen Körper wie klebriger Leim, der mich vollkommen bewegungsunfähig macht, der meine Arme und Beine lähmt und sogar meine Gedanken.

Plötzlich greift Bernges hinter seinen Rücken und zieht etwas hervor.

Als seine Hand wieder zum Vorschein kommt, sehe ich ein Stück Stoff darin, das er mir vor die Füße wirft. Erschrocken weiche ich zurück.

»Zieh das an!«

Erst jetzt sehe ich, dass das Stück Stoff auf dem Boden ein Schwimmanzug ist.

»Warum?« Was soll ich mit einem Badeanzug? Und wie stellt er sich das überhaupt vor, ich kann doch nicht …

»Zieh das an! Jetzt! … Und hier!«, fügt er hinzu, als er sieht, wie ich mich umschaue.

Seine Stimme hat sich verändert. Sie ist lauter geworden, schärfer. Ich zucke zusammen.

»Wird's bald?«

Langsam hebe ich den Schwimmanzug auf. Meine Beine zittern so sehr, dass ich mich an einem der Startblöcke festhalten muss, um nicht wegzusacken.

Bernges hält noch immer die Waffe auf mich gerichtet.

Ich will meine Jeans öffnen, doch meine Hände schaffen es nicht. Ängstlich schaue ich zu ihm rüber, aber er verzieht keine Miene. Zielt nur weiter mit dem Pistolenlauf. Endlich bekomme ich den Knopf auf und streife die Hose von den Beinen.

»Weiter.«

Ich beiße mir auf die Lippen, bis ich Blut schmecke. Ich will nicht weinen. Nur ein Wimmern drängt sich aus meinem Hals nach oben, und es dauert eine Weile, bis ich begreife, dass dieser jämmerliche Ton tatsächlich von mir kommt. Ich greife nach dem Saum meines Sweatshirts und ziehe es mir über den Kopf.

Nur noch in meiner Unterwäsche stehe ich jetzt vor meinem ehemaligen Lehrer.

Was will er von mir? Warum soll ich einen Badeanzug anziehen? Geht es ihm darum, mich nackt zu sehen? Will er mich einfach nur erniedrigen? Was hat er vor?

Eine Bewegung mit seiner Waffe genügt. Meine Hände wollen mir kaum noch gehorchen, trotzdem schaffe ich es irgendwie, die Häkchen meines BHs zu öffnen und ihn abzustreifen. Ich würde gerne die Arme vor der Brust verschränken, um mich nicht seinen Blicken aussetzen zu müssen, aber zumindest eine Hand brauche ich noch für meinen Slip.

»Deine Freundin Melanie hat das ein wenig schneller hinbekommen.«

Mel? Ein Schrei bricht aus mir heraus. Mel war mit ihm hier? Mit letzter Kraft zerre ich den Slip herunter, verheddere mich mit den Füßen, wäre fast gestürzt und muss mich mit beiden Händen am Startblock abfangen. Mein Körper ist seinen Blicken schutzlos ausgeliefert.

»Ein Schmetterling«, murmelt er, »wie überaus passend. Ich verspreche dir, dass du heute noch fliegen wirst. Los jetzt, zieh das an!« Wieder zeigt er auf den Schwimmanzug, und ich fühle so etwas wie Beruhigung darüber, dass es offensichtlich nicht mein Körper ist, an dem er Interesse hat. Schnell schlüpfe ich in den schwarzen Einteiler. Es überrascht mich nicht einmal, dass er wie angegossen passt.

Bernges winkt wieder mit seiner Waffe. »Ins Wasser jetzt, los. Schwimm dich warm!«

Ich soll schwimmen, während er da oben am Beckenrand mit seiner Pistole steht und auf mich zielt?

»Ich … ich kann nicht.« Viel mehr als ein Flüstern bringe ich nicht zustande.

Eine Bewegung von Bernges genügt. Er zielt mit seiner Waffe genau auf meine Knie.

Ich unterdrücke einen Schrei und gehe in die Hocke. Langsam lasse ich mich ins Wasser gleiten und halte mich krampfhaft am Beckenrand fest.

Bernges sagt nur ein Wort. »Schwimm.«

Ich stoße mich ab. Versuche zu gleiten. Aber das Zittern in meinem Körper wird immer schlimmer. Meine Schwimmbrille fehlt und das Chlor brennt in meinen Augen. Ich will meinen Arm aus dem Wasser ziehen, doch um mich herum ist kein Wasser mehr. Da ist nur noch Eis. Ich schwimme in einem Meer aus Eiswürfeln. Das Eis trägt mich nicht. Es lähmt mich.

Der zweite Armzug. Kaum besser als der erste. Bilder tauchen vor mir auf. Mika. Mika mit den Meeresaugen. *Es fängt gerade erst an*, hatte er gesagt. Geht etwas so zu Ende, das gerade erst angefangen hat?

Ich zwinge meine Arme aus dem Wasser, mein Beinschlag ist völlig unkoordiniert. Mehr Zittern als wirkliche Bewegung. Ich sehe Melanie vor mir. Sehe sie auf dem Hallenboden liegen. Sehe Bernges neben ihr in seinem Rollstuhl. *Deine Freundin hat das schneller hinbekommen.* Die Schaufensterpuppe. Sie wankt, die Schwimmbrille um ihren Hals baumelt zur Seite, als sie fällt. Und mit ihr fallen all die Bilder in meinem Kopf an ihren richtigen Platz. Bernges war hier. Mit Melanie. Melanie hatte keine Schwimmbrille um den Hals. Jetzt weiß ich, was mich die ganze Zeit gestört hat. Wir hätten es merken müssen. Mel wäre niemals freiwillig ohne Schwimmbrille ins Wasser gegangen.

Überrascht stelle ich fest, dass ich mich dem Beckenrand nähere. Keine Ahnung, wie ich da hingekommen bin. Aus dem Augenwinkel sehe ich, dass Bernges mit seinem Rollstuhl immer auf meiner Höhe bleibt. Den Waffenlauf auf mich gerichtet. Bernges war mit Melanie hier.

Ich muss die Rollwende einleiten. Kopf senken. Kinn zur Brust. Leichter Delfinbeinschlag. Aber wie ist Melanie gestorben? Sie hatte keine Schussverletzung. In der Drehung Nase zu den Knien, Ferse zum Hintern. Beine nicht durchstrecken. Warum war Melanie tot? Nicht auf dem Bauch abstoßen. Auf dem Rücken. Vor der Wende nicht nach vorne schauen. Würde ich auch hier im Wasser sterben? Kein Blick nach vorne. Nach dem Abstoßen mindestens einen Armzug nicht atmen. Und noch mal. Nicht nach vorne schauen. Denk an die Gleitphase.

Ich schwimme wieder. Das Eis hat mich freigegeben. Ich breite meine Flügel aus und fliege. Bernges hat Melanie umgebracht. Und er wird das Gleiche mit mir tun. Trotzdem bewegen meine Arme sich im Wasser, als ob sie Flügel wären.

Ich höre ein Lachen am Beckenrand. Ein zufriedenes Lachen. Dann seine Stimme.

»Komm her!«

Jetzt abtauchen. Der Gedanke streift mich nur kurz. Ich könnte tauchen. Bis ans andere Ende des Beckens und dann … wie weit kann man mit so einem Ding schießen? Wie schnell ist Bernges mit seinem Rollstuhl wirklich? Ich schwimme zum Beckenrand. Ich weiß, dass ich keine Chance habe.

Bernges' Rollstuhl steht neben der Leiter. »Hierher.«

Das Wasser um mich herum wird erneut zu Eis. Es zieht meine Arme nach unten, meine Beine bewegen sich nicht mehr und dann sind da auch wieder die Eissplitter in meinem Hals. Es kommt mir vor wie eine Ewigkeit, bis ich endlich an der Leiter bin. Ich greife nach dem Geländer und will mich aus dem Wasser ziehen.

»Bleib, wo du bist.«

Ich starre ihn irritiert an. Dann sehe ich die Schachtel auf seinem Schoß. *Construnit.* In der rechten Hand hält er die Pistole. In der linken eine kleine Ampulle aus Glas.

Ampullen also, schießt es mir durch den Kopf.

Er beugt sich vor und streckt sie mir entgegen. »Trink.«

Ich bin wie gelähmt. *Construnit ist eine Hydroxy-Carbonsäure*, schießt es mir durch den Kopf. Warum muss ich ausgerechnet jetzt daran denken? *Die falsche Dosierung führte bereits zu zahlreichen Todesfällen.*

Aber was ist die richtige Dosierung?

Noch immer hält Bernges mir die Ampulle hin. Ich könnte sie ins Wasser werfen. Und dann? Nun zielt seine Pistole genau auf meinen Kopf. Mein Blick fällt auf die riesigen Glasfronten hinter Bernges. Erst jetzt merke ich, wie geschickt er sich positioniert hat. Selbst wenn jemand über den Schulhof bis zur Halle kommen würde, könnte er Bernges nur von hinten sehen.

»Ich warte nicht gerne«, sagt Bernges, »ich möchte, dass du das weißt.«

Er legt die Ampulle auf seinen Schoß und rollt wenige Zentimeter auf mich zu. Dann hält er mir wieder das Fläschchen hin. Wortlos. Aber er braucht auch nichts mehr zu sagen. Ich greife mit der linken Hand an das Geländer und ziehe mich ein Stück aus dem Wasser. Mit der rechten nehme ich ihm das Fläschchen ab. Meine Hand zittert so sehr, dass ich Angst habe, die Ampulle fallen zu lassen. Eine Option ist das nicht. Das weiß ich. Ich sehe die Schachtel auf seinem Schoß.

Langsam gleite ich ins Wasser zurück, klammere mich mit dem linken Arm weiter an das Geländer. Ich fühle, wie das Zittern jetzt auch in meinem Gesicht angekommen ist. Meine Zähne klappern und ich kann nichts dagegen tun. Ich denke an Melanie. Wie lange hat sie ihm standgehalten? Hat sie das Zeug sofort geschluckt? Musste er sie zwingen? Was waren ihre letzten Gedanken?

»Trink.«

Ich sehe Bernges an. Warum? Warum ich? Was habe ich mit all dem zu tun? In seinen Augen finde ich die Antwort. *Du bist wie ich*, sagen sie. Die Waffe zuckt in seiner Hand. Er hebt sie höher.

Ich kann das nicht. Ich will das nicht. Ich will schreien. Will weglaufen. Will auf die andere Seite. Mika. *Aber das Wasser war viel zu tief.* Entsetzt starre ich auf meine Hand, die das Fläschchen hält. Mein Arm bewegt sich auf mich zu. Das bin nicht ich. Mein Arm bewegt sich ganz von allein. Mika. Meeresaugen. Es fängt doch gerade erst an.

NEIN!

Jemand schreit. Ein Schuss fällt. Und ich falle mit. Versinke im Wasser, das plötzlich kein Eis mehr ist, sondern heißes, kochendes, brodelndes Wasser. Ich sinke immer tiefer.

Atmen unter Wasser. Du musst atmen, denke ich. Ich habe vollkommen die Orientierung verloren. Wasser, überall ist Wasser. Dann endlich sehe ich die Linie am Beckenboden, die eine Bahn markiert. Wie von selbst richtet mein Körper sich an dieser Linie aus. Meine Augen brennen. Meine Arme und Beine schmerzen. Wer hat geschrien? Da war ein Schuss. Bin ich getroffen? Aber ich atme. Und ich schwimme.

Links, rechts, atmen.

Das Wasser wird ruhiger. Die Leichtigkeit, mit der mein Körper plötzlich darauf liegt, lässt mich staunen.

Am Rand nehme ich Schemen wahr. Sie rennen auf die andere Seite. Ich schwimme. Vor mir der Beckenrand. *Disqualifiziert wegen fehlerhafter Wende.* Diesmal werde ich alles richtig machen. Ich sehe die Wand. Will den Kopf senken und das Kinn zur Brust ziehen. Da erblicke ich die Hand. Sie senkt sich über den Beckenrand und taucht ein in das brodelnde, kochende Wasser. Ganz ruhig. So als ob ihr die Hitze nichts anhaben könnte. Ich hebe den Blick kurz über den Beckenrand und sehe in zwei Augen, die wie das Meer schimmern. Dann greife ich nach der Hand und Mika zieht mich aus dem Becken.

Irgendjemand bringt eine Decke, die Mika mir über die Schulter legt. Das Zittern ist wieder da. Aber diesmal ist da jemand, der mich festhält.

»Es ist vorbei«, flüstert Mika.

»Es hat doch gerade erst angefangen«, flüstere ich.

Obwohl ich kaum sprechen kann, muss ich lächeln.

Langsam, ganz langsam tauche ich auf. Sehe die anderen. Sehe Männer, die Bernges Handschellen anlegen. Wieland, der ebenfalls von zwei Männern festgehalten wird. Mikas Mutter, die zusammengesunken auf einem Startblock sitzt.

»Ich hätte dich schon damals umbringen sollen!«, schreit Wieland. Die Männer ziehen ihn zurück, reden auf ihn ein. Bernges zuckt nicht mal mit der Wimper.

»Du Schwein, du elendes Schwein. Warum bist du nicht verreckt? Warum?«

In seiner Stimme liegt so viel Schmerz, so viel Verzweiflung, dass ich Mitleid bekomme mit dem Mann, für den ich bisher nur Verachtung kannte.

»Du hast mir alles genommen. Alles.« Seine Stimme bricht weg. Die Männer müssen ihn nicht mehr beruhigen, nicht mehr festhalten. Doktor Klaus Wieland ist ein gebrochener Mann.

Bernges richtet sich in seinem Rollstuhl auf. Sein Blick fällt auf mich, aber ich drehe den Kopf weg. Ich kann seine Augen nicht mehr ertragen.

»Ich habe dir alles genommen?« Er lacht höhnisch. Einer der Männer legt ihm eine Hand auf die Schulter. Mehr nicht. Ein Mann im Rollstuhl, noch dazu in Handschellen, stellt keine Gefahr mehr dar.

»Ich habe dir alles genommen. Ja. Warum sollte es dir besser gehen als mir? Warum solltest du eine Zukunft haben? Ich habe keine Zukunft mehr. Du warst es. Du hast *mir* alles genommen. Du hast gewusst, dass ich nur das konnte. Schwimmen. Schwimmen und atmen. Das eine ging nicht ohne das andere.«

Wieder wirft er mir einen Blick zu. Was will er von mir? Hofft er, so etwas wie Verständnis zu bekommen?

»Du hast mir alles genommen. Meinen Körper. Meine Zukunft. Und meine Frau.« Sein Blick fällt auf Mikas Mutter, die sichtlich zusammenzuckt.

»Und all die Jahre musste ich mit ansehen, wie du dir deine beschissene Zukunft aufbaust. Wie du immer wohlhabender und erfolgreicher wirst. Musste deine sportliche Karriere verfolgen und später auch deine berufliche. Und dann hast du deine Tochter ins Rennen geschickt. Ich? Ich hatte nichts. Ich hatte keine Zukunft mehr.«

Den letzten Satz flüstert Bernges nur noch. Ich fange wieder an zu zittern, aber Mika hält mich fest.

Einer der Männer tritt hinter den Rollstuhl und schiebt Bernges in Richtung Ausgang. Als sie an dem Startblock vorbeikommen, auf dem Mikas Mutter sitzt, hebt diese den Kopf. Tränen laufen ihr übers Gesicht. Ich kann sehen, wie viel Kraft es sie kostet, Bernges trotzdem in die Augen zu blicken. Wie viel Beherrschung sie braucht, um den Mund zu öffnen. Ich denke an ihre Stimme, die immer so leise war, dass ich sie kaum verstehen konnte. Denke an ihre kraftlose Hand in meiner. Vielleicht bin ich deshalb so überrascht, als ich sie jetzt sprechen höre. Klar und deutlich.

»Du irrst dich, Ralf.«

Ralf. Der Name, an den ich mich nicht gewöhnen kann.

»Du hast dich die ganze Zeit über geirrt.«

Sie steht auf. Langsam, unter größter Kraftanstrengung, erhebt sie sich von dem Startblock und geht auf ihn zu.

»Er hat dir nicht die Zukunft genommen. Das konnte er gar nicht. Denn deine Zukunft trug ich unter dem Herzen.«

Bernges schaut sie fragend an.

»Du hattest eine Zukunft. Melanie.«

Er zuckt zusammen, als ob sie ihn geschlagen hätte.

»Melanie war deine Zukunft.«

Noch einmal holt sie tief Luft.

»Melanie war deine Tochter.«

Dann dreht sie sich um und verlässt die Halle.

29.

Irgendwann danach

Ich liege im Bett und versuche, meine Gedanken zu sortieren. Im Arm halte ich Mikas Pullover, den er mir gegen das Frieren geliehen hat.

Die Geräusche, die durch die angelehnte Zimmertür zu mir dringen, sind gedämpft. Ich höre das Klappern von Schranktüren, das Klirren von Tassen, die auf ein Tablett gestellt werden, und kann das Gurgeln der Kaffeemaschine erkennen.

Ich höre die Stimmen, die sich leise unterhalten, um mich nicht zu wecken, und die nicht ahnen, dass ich längst wach bin und ihnen lausche.

Melanie war Bernges' Tochter.

Melanies Mutter war die Freundin von Bernges. Bis zu seinem Unfall waren sie zusammen. Danach zerbrach die Beziehung, und es war Wieland, der sich um sie bemühte. Sie müssen ziemlich bald geheiratet haben, denn Melanies Mutter war schwanger. Was Wieland nicht wusste oder vielleicht auch nicht wissen wollte: Melanie war nicht von ihm.

Nach seiner Festnahme durchsuchte die Polizei Bernges' Wohnung und fand dabei auch sein Archiv, das er im Kleiderschrank verborgen hatte. All die Jahre hatte er Klaus Wieland beobachtet. Er verfolgte den Mann, dem er die Schuld für seine Behinderung gab, auf Schritt und Tritt. Dabei muss sein Plan gereift sein, Wieland ebenso die Zukunft zu zerstören, wie dieser es bei ihm getan hatte. Und Wielands Zukunft, das waren sein Beruf und seine Tochter. Dass Bernges dabei auf den illegalen Medikamentenhandel gestoßen war, den Wieland zusammen mit Drexler betrieb, war für ihn ein willkommenes Mittel zum Zweck.

Melanie musste sterben. Ihr Tod sollte so aussehen, als ob sie an den Medikamenten gestorben sei, die nur ihr Vater besorgen konnte. Bernges hatte alles bedacht. Er hat nur einen Fehler gemacht. Er hat Wielands Ehrgeiz unterschätzt. Obwohl der Arzt natürlich sofort erkannte, was zum Tod seiner Tochter geführt hatte, war seine Angst vor dem Verlust seiner Zulassung, vor dem Ende seiner Karriere, größer als seine Betroffenheit. Deshalb setzte er alles daran, die wahre Todesursache der Tochter, von der er nicht wusste, dass sie nicht seine war, zu vertuschen.

Ich schließe die Augen.

Lausche wieder den Stimmen, die aus der Küche zu mir dringen. Mika, der sich mit meiner Mutter unterhält. Er sagt etwas und ich höre sie lachen. Da fühle ich, wie das Eis in mir schmilzt, wie es aufbricht und etwas anderem Platz machte. Etwas, das ich noch nicht kenne.

Es hat gerade erst angefangen.

Und ich weiß jetzt, dass es weitergehen wird. Dass ich es geschafft habe. Ich bin über den breiten Fluss geflogen. Und ich bin auf der anderen Seite gelandet.

Danksagung

Es war nicht immer leicht, dieses Buch zu schreiben.
Aber ich war damit niemals allein. Es gibt einige Menschen, denen ich dafür danken möchte, dass sie mich auf meinem Weg begleitet haben.
Ein ganz herzliches Dankeschön an:

Rainer Wekwerth, meinen Kollegen und Schreiblehrer. Er war der Erste, der sofort an diese Geschichte geglaubt hat.
Karsten Strauß, Arzt und Suchttherapeut, dem ich Löcher zum Thema Doping und Querschnittslähmung in den Bauch fragen durfte.
Alice Gabathuler und **Gabriele Gfrerer**, die mehr sind als einfach nur Freundinnen und die mich einige Male vor dem Erfrieren bewahrt haben.
Andreas Steinhöfel, meinem ganz persönlichen Telefonseelsorger, der mir immer wieder Mut gemacht hat weiterzugehen.
Jutta Knollmann, meiner wunderbaren Lektorin, die meinen Text mit so viel Umsicht und Liebe gegengelesen hat.
Michaela Hanauer, der allerbesten Agentin von allen, die meiner Schreibleidenschaft immer wieder auf den richtigen Weg hilft und mir dabei den Rücken freihält.

Zum Schluss möchte ich dem **Hessischen Ministerium für Wissenschaft und Kultur** danken, das die Arbeit an diesem Roman mit einem Stipendium gefördert und unterstützt hat.